# Lo poco que recuerdo

# Lo poco que recuerdo

*José Ignacio Valenzuela*

Papel certificado por el Forest Stewardship Council®

Primera edición: abril de 2025

© 2025, José Ignacio Valenzuela Guiraldes
Autor representado por Antonia Kerrigan Agencia Literaria
© 2025, Penguin Random House Grupo Editorial, S. A. U.
Travessera de Gràcia, 47-49. 08021 Barcelona

Penguin Random House Grupo Editorial apoya la protección de la propiedad intelectual. La propiedad intelectual estimula la creatividad, defiende la diversidad en el ámbito de las ideas y el conocimiento, promueve la libre expresión y favorece una cultura viva. Gracias por comprar una edición autorizada de este libro y por respetar las leyes de propiedad intelectual al no reproducir ni distribuir ninguna parte de esta obra por ningún medio sin permiso. Al hacerlo está respaldando a los autores y permitiendo que PRHGE continúe publicando libros para todos los lectores. De conformidad con lo dispuesto en el artículo 67.3 del Real Decreto Ley 24/2021, de 2 de noviembre, PRHGE se reserva expresamente los derechos de reproducción y de uso de esta obra y de todos sus elementos mediante medios de lectura mecánica y otros medios adecuados a tal fin. Diríjase a CEDRO (Centro Español de Derechos Reprográficos, http://www.cedro.org) si necesita reproducir algún fragmento de esta obra.
En caso de necesidad, contacte con: seguridadproductos@penguinrandomhouse.com

*Printed in Spain* – Impreso en España

ISBN: 978-84-666-8158-2
Depósito legal: B-2.708-2025

Compuesto en Llibresimes

Impreso en Liberdúplex
Sant Llorenç d'Hortons (Barcelona)

BS 8 1 5 8 2

*Para Antonia, imprescindible e irrepetible*

El niño que no sea abrazado por su tribu, cuando sea adulto quemará la aldea para poder sentir su calor.

Proverbio africano

*Los que habitan en Pinomar aseguran que la vida transcurre plácida en ese sitio. Que los problemas del mundo exterior no llegan hasta aquellas calles de ensueño, ni se cuelan al interior de las casas primorosas, ni tampoco hacen nido en los parques siempre inmaculados. Los que habitan en Pinomar se saben favorecidos, únicos y privilegiados. Sin embargo, bajo la superficie del pueblo, laten secretos que amenazan con provocar tragedias y cambiar vidas. Este es uno de esos misterios: uno que nadie nunca hubiera deseado confesar.*

# PRIMERA PARTE

*Los siguientes quince segundos serán claves en el futuro de Elena Hausser.*

*15... 14... 13...*

*Si su padre hizo bien su trabajo y el contenido que flota dentro de la jeringa funciona, Elena podrá seguir viviendo. Por el contrario, si el líquido resulta ser un veneno plagado de bacterias ponzoñosas, sus órganos colapsarán en cadena y ella caerá desplomada, presa de estertores y espasmos involuntarios.*

*Por primera vez en su vida, Elena Hausser no tiene miedo de elegir. Y ese arrebato de valentía, tan poco habitual en ella, se debe exclusivamente a una sola verdad: ya no tiene nada que perder.*

*10... 9... 8...*

*Antes, cuando era muy poco lo que recordaba de su infancia, podía vivir en paz porque las atrocidades relacionadas con su apellido estaban ocultas en esa zona de su memoria a la* que no había accedido nunca. A veces, los que menos saben son los que mejor viven. Porque manejar información te obliga a decidir, a actuar, a tomar partido. Y eso cuesta, cansa y, a veces, te lanza de bruces al peligro.

Y Elena Hausser ha experimentado en carne propia el peligro de su propio apellido.

6... 5... 4...

Ya casi se han consumido los quince segundos.

Tiene que tomar una decisión. Otra decisión más, por desgracia.

Si presta atención, a lo lejos se oyen los gritos de Brian.

«¡Elena, no cometas una locura!».

3... 2...

Elena orienta la aguja hacia la piel de su antebrazo. El tiempo de decidir se acabó; es hora de actuar. Es hora de descubrir quién ganó la partida: si la vida o la muerte.

1...

«¡Elena, ábreme la puerta! ¡Elena, por favor!».

Entonces respira hondo, porque nunca le han gustado los pinchazos. Y actúa. Y mientras siente el líquido cargado de estabilizadores, adyuvantes y excipientes activos correr sin freno por su organismo, recuerda paso a paso la sucesión de eventos que la llevaron hasta ese preciso instante, a esa cornisa de la cual está a punto de caer. Y todos, todos ellos, tienen el rostro de Daniel.

Daniel. Maldito Daniel.

Se llena de odio al pensar en el que fuera su marido y cierra los ojos para enfrentar el resultado de su desesperada elección.

# 1

—¿Señora Elena? —oye al otro lado de la línea—. Soy Luisa. ¿Tiene un minuto?

Al instante, el corazón se le convierte en un puño de hielo en mitad del pecho, y un mal presentimiento le recorre la espalda hasta la nuca. Siempre es lo mismo: las pocas veces que la enfermera de su padre se comunica con ella, Elena muere en vida durante una fracción de segundo.

—Lo ha vuelto a hacer —agrega la mujer—. Quería que lo supiera.

Elena permanece en silencio unos instantes. Su primer impulso es desestimar la información, pero hay algo en el tono de voz de la enfermera que la hace decidirse.

—Voy para allá —sentencia, y coge las llaves del coche.

Aunque la casa de su padre queda solo a un par de calles al norte de la ciudad, Elena pisa con fuerza el acelerador.

«Lo ha vuelto a hacer».

Luisa es una mujer sensata, enfermera de profesión, que

ha dedicado muchos años a cuidar con devoción a Josef Hausser. Por lo tanto, es su deber como hija acudir las escasas ocasiones en las que requiere su presencia.

Elena frena a última hora en un cruce, alertada por la luz roja del semáforo. Percibe el chirrido de los neumáticos al patinar unos metros sobre el asfalto caliente. Un bocinazo del vehículo que va tras ella le recuerda que no está sola en el mundo.

¿Por qué la simple mención de su padre perturba de esa manera su estado de ánimo? ¿Será la culpa por no ir nunca a verlo?

«No es un asilo —se repite mientras retoma la marcha—. Mi padre es un hombre afortunado. Podría estar viviendo con otros ancianos, compartiendo cuarto con algún moribundo abandonado por su familia. Pero no. Vive en su propia casa, acompañado por Luisa. No tienes que sentirte responsable...».

La construcción es una coqueta vivienda de estilo español, con un sombrío corredor delimitado por arcos de piedra invadidos por el desorden verde de una enredadera. Las baldosas blanquinegras del suelo replican la urgencia de los pasos de Elena, que avanza directa hacia la habitación de Josef.

—¡Qué bien que haya podido venir! —la recibe Luisa—. Venga conmigo.

La mujer la lleva hacia el extremo opuesto de la habitación y la aleja de la figura de un anciano de cabello blanco que ni siquiera se da la vuelta para ver quién ha entrado. Ahí está, en el mismo rincón de siempre: la silueta de un hombre inmóvil que podría ponerse de pie en cualquier momento, pero que no lo hace porque dicen que el cerebro le jugó una mala pasada.

—Otra vez… —murmura Luisa.

Elena baja la vista hacia la hoja de papel que le extiende la enfermera: en el centro puede observar el número 29 hecho con un trazo tembloroso.

—La semana pasada y hoy —explica la enfermera—. Y considerando que sus brazos están completamente rígidos, ha debido de hacer un esfuerzo enorme para dibujar el dos y el nueve.

Elena sigue con la vista el contorno de cada uno de los números, que ocupan buena parte del folio, y no puede evitar sentir una nostalgia infinita por la lejana imagen de hombre poderoso que durante su infancia siempre tuvo de su padre. Un árbol colosal. Un gigante imbatible. Un médico casi mítico, cuyo legado y su amor por sus pacientes se habían extendido a lo largo de los años.

Verlo ahora convertido en un anciano solo le provoca un dolor que es incapaz de mitigar.

—¿No sabe qué puede significar ese veintinueve? —insiste Luisa.

No, no lo sabe. Hace años que ya no logra descubrir qué ocurre en la cabeza de su padre. Dejó de saberlo el día en que su madre la cogió de una mano, la llevó a la fuerza al coche y, sin darle ninguna explicación, se alejaron de Pinomar. No tuvo tiempo de despedirse ni del pueblo ni del hombre que, hasta ese momento, era el sol de su galaxia.

«Nunca te pregunté las razones que tuviste para abandonar a papá. Nunca. Si aún estuvieras viva, mamá, tendrías que responder cada una de mis preguntas. Pero te fuiste muy pronto. Y me quedé sola. Huérfana de madre y a cargo de un padre al que casi no conocí».

—No se preocupe —continúa la enfermera—. Voy a estar muy pendiente de cualquier cosa que él quiera decirnos.

Pero Elena ya no escucha. Con gesto brusco guarda el papel en el interior de su bolso y, tras un discreto movimiento de cabeza, sale apurada hacia la galería exterior. La bocanada ardiente del aire veraniego envuelve su cuerpo y la acompaña de regreso hasta el coche. Cierra la puerta de un golpe y enciende el aire acondicionado. Escondida tras los cristales polarizados de su moderno vehículo, se siente segura y protegida de la amenaza de su propio pasado. «Es una sombra que solo sabe crecer», piensa.

Y justo entonces se pregunta, con sincera intriga, por qué su padre ha trazado un solitario 29 en el centro de una hoja de papel.

## 2

Fueron apenas tres meses, escasos noventa días, de cortejo veloz y poco espontáneo en los que Daniel se esforzó al máximo y utilizó todos los recursos aprendidos a lo largo de los años en las comedias románticas que invaden el cine y las pantallas de los televisores.

La receta de enamoramiento consistió en un par de frases muy bien pensadas y pronunciadas en el momento más oportuno; en ofrecer un ramo de flores que escondió tras la espalda y que le dio con una enorme sonrisa; en una caja de bombones importados que había comprado por internet, y en una invitación a cenar en un restaurante caro —carísimo, como aconseja el protocolo del conquistador—, que terminó en un carnaval de champán y pasión en la suite panorámica de un hotel.

La ciudad entera se convirtió en su campo de galanteo.

No hubo esquina donde Daniel no desplegara alguna técnica de seducción. No quedó calle en la cual no dijera algo que alborotara mi corazón. ¿Y yo? Yo caí fulminada a sus pies. ¿De qué otra manera podía ser, si siempre he tenido problemas de autoestima?

Desde que era una adolescente oigo a los demás lamentar que se me ve bastante mayor para mi edad. Supongo que he heredado esa condición de mi padre. Él también parecía mucho más avejentado de lo que le correspondía por edad. Culpa de los genes. Nuestros genes.

El hecho es que a Daniel le bastaron apenas tres meses de noviazgo para preguntarme una madrugada, arropados juntos en la terraza de mi apartamento, con una botella de vino vacía como único testigo, si quería casarme con él. Yo ni siquiera me sorprendí, porque desde el primer momento en que lo vi, tres meses antes, la estaba esperando. Pensé en mi madre, en la felicidad que hubiera sentido por el prometedor futuro de su hija. Qué pronto se murió. No alcancé a vivir con ella mi etapa de adultez. No tuve tiempo de contarle mis miedos profesionales ni mis deseos de ser madre.

«¿Quieres casarte conmigo?», me susurró al oído. Y yo dije que sí, envuelta con él en una delicada manta de lana que sacamos a la terraza para soportar juntos la brisa gélida que sopla de madrugada.

Nos besamos hasta que él tuvo que irse para seguir con sus labores de empresario gastronómico y continuar la ronda de supervisión de cada uno de los restaurantes que había ido comprando los últimos años y que le llevaría semanas. Ojalá hubiera podido llamar a mi madre para contarle la noticia.

Y no supe a quién decirle que pronto, muy pronto, iba a casarme.

Podría haber ido a visitar a mi padre. Sí, podría haberlo hecho. Pero hubiera sido una pérdida de tiempo. Él no dice nada. Nunca dice nada. Solo sabe mirarme desde su silla de ruedas con esos ojos tan azules y transparentes que parecen haber perdido el color a causa de la vejez. Y yo no puedo evitar sentir culpa por verlo así, porque durante muchos años no supe nada de él.

Pero eso no fue responsabilidad mía. Mi madre nos separó.

Fui tan feliz en esa casa...

Hasta que ocurrió *aquello*, claro.

Aquello que no recuerdo demasiado bien.

Porque los recuerdos se desvirtúan.

Son una interpretación, no un registro.

Pero sí sé que me gustaba saltar sobre los charcos de luz que se formaban en el parquet del salón cuando el sol atravesaba al mediodía los cristales biselados de las enormes ventanas que iban del suelo al techo. La música. Cómo olvidar los boleros que siempre me asaltaban al entrar a la cocina donde Begoña preparaba alguna delicia, como su famosa receta de *beignets*. Begoña y su eterno olor a azúcar caramelizada. Begoña y sus enormes manos rojas por el esfuerzo y el trabajo constante. Begoña y sus rotundas carcajadas, que incluso conseguían, por un instante, ocultar el estruendo de su radio de pilas, siempre encendida. Begoña y su almidonado delantal, al que me gustaba aferrarme todas las mañanas.

Cómo extraño esos días.

«¿Quieres casarte conmigo?», preguntó Daniel una madrugada en la terraza de mi apartamento. Y yo dije que sí, sellando para siempre mi destino. Y bastó solo un año, apenas trescientos sesenta y cinco días, para que esa felicidad me estallara de golpe en pleno rostro.

¡No podía imaginar que las cosas iban a terminar de aquella manera!

## 3

Suspira con alivio al comprobar que todavía goza de al menos dos horas más antes de que Daniel regrese a casa después de casi un mes de viaje. Tiene que reconocer con cierta frustración que nunca imaginó que sería tan duro tener que separarse de él, de forma periódica, durante largas semanas. Pero así es su trabajo de empresario. Y así lo aceptó ella.

Sobre la mesa de granito de la cocina se acumulan platos con deliciosos alimentos que ese mismo día le han entregado y que Elena piensa disponer en elegantes bandejas.

—Necesito que me traigan lo necesario para una cena romántica —era el pedido que había hecho por teléfono el día antes—. Mi marido y yo cumplimos un año de casados y quiero celebrarlo como corresponde —confesó.

Ya tiene en la nevera varias botellas de champán. También ha cambiado las sábanas y ha llenado de flores la estancia principal de su casa, enclavada en el sector más privilegiado de la ciudad.

Dos enormes robles, que se pueden observar desde el amplio ventanal de la cocina, ofician como silenciosos testigos de todos los esforzados preparativos.

No ha dejado ningún detalle al azar: ahí están las dos copas de cristal de Baccarat, la vajilla inglesa que usa solo para ocasiones muy especiales, la cubitera donde descansa la mejor botella de champán que ha conseguido en el supermercado, un primoroso arreglo floral que le proporciona al conjunto un aspecto de inequívoco romanticismo.

Mira la hora en la pantalla del móvil: las nueve en punto. Daniel, su flamante marido, llegará en cualquier momento.

Junto al teléfono encuentra la hoja de papel con el número 29 que su padre ha escrito. ¿Qué significarán esos números? Porque tal vez no se trate de un 29, sino de un 2 y un 9. Repasa mentalmente las fechas más evidentes de las que tiene memoria: el cumpleaños de su padre, el de su madre, incluso el de ella misma. También hace el esfuerzo por recordar el día exacto en el que Luisa la llamó a Italia, donde ella estaba de vacaciones, para avisarla de que Josef había sufrido un derrame cerebral que lo dejó postrado en una silla de ruedas. No. Ningún acontecimiento importante coincide con las cifras que puede observar en medio del papel.

Toma un magneto y lo pega sobre la pulida superficie de acero inoxidable del refrigerador. Quiere tenerlo al alcance de los ojos, a ver si una repentina iluminación termina por darle la clave.

El rechinar del picaporte de la puerta principal la saca de golpe de sus reflexiones.

—¡Daniel! —exclama, incapaz de contener una sonrisa anticipada por la sorpresa que está a punto de ofrecerle.

Nadie responde.

Elena se extraña al comprobar, a través de la puerta abierta de la cocina, que no se ha encendido la luz del recibidor.

—¿Daniel? —musita al tiempo que una inexplicable sensación de alerta le despierta los cinco sentidos.

Aguza el oído, pero ni el más mínimo ruido rompe la quietud de la enorme casa.

«Tal vez Daniel ha abierto, se ha dado cuenta de que ha olvidado algo en el coche y ha vuelto a buscarlo», reflexiona.

Pero enseguida descarta la idea: la puerta principal emite un leve quejido al abrirse y al cerrarse. Y, por más atención que pone, no vuelve a percibir nada.

*Nada.*

«Es como si alguien estuviera manteniéndola abierta por alguna razón», piensa. Y la respiración se le congela en la garganta.

Procura avanzar de puntillas hacia el pasillo que desemboca en el amplio recibidor. Con horror comprueba que se ha dejado el teléfono en la cocina cuando ha consultado la hora hace unos minutos.

«No pasa nada —se dice—. No pasa nada. A lo mejor el viento ha golpeado alguna rama de los robles contra las paredes de la casa».

Pero el enorme ventanal de la sala, que puede apreciar en toda su altura y dimensión desde su emplazamiento en el pasillo, le revela la imagen de una vegetación inmóvil al otro lado del cristal.

«No hay viento —se angustia—. Justo hoy no hay viento».

Va a encender la luz cuando un nuevo crujido, que esta vez puede identificar como una pisada en el parquet, detiene su mano antes de pulsar el interruptor.

«Hay alguien más en casa».

A diferencia de lo que siempre imaginó que serían la desesperación y el pavor de enfrentarse a una situación límite, no consigue gritar. Por el contrario, se siente catapultada hacia una zona muda, un espacio donde las palabras carecen de significado y no alcanzan a reflejar la pesadilla de emociones que le bullen dentro del pecho.

Quiere retroceder, pero tampoco es capaz: está atrapada en una telaraña de miedo que no le permite mover ni un músculo.

Entonces divisa la silueta humana que se desprende de la oscuridad frente a ella: es un contorno negro que se desliza por encima del otro negro de las paredes y que se le echa encima sin que le dé tiempo a reaccionar.

Recibe el primer golpe en el estómago y le vacía los pulmones de oxígeno.

Elena siente su propio desplome, aunque no puede precisar la dirección de la caída. Cuando la mejilla se le estrella contra el suelo, ve que a escasos centímetros de distancia de su rostro hay un par de botas cubiertas por una delgada capa de barro. Alcanza a pensar que el riego automático debía de estar en funcionamiento cuando el dueño de ese calzado ha atravesado el jardín rumbo a la puerta principal.

Cierra los ojos para no ver una robusta mano masculina que avanza hacia ella, dispuesta a levantarse de nuevo y golpearla esta vez en pleno rostro.

De improviso, una tercera mano la toma por el cuello y le aprieta con fuerza la garganta, mientras un nuevo par de zapatos entra en su campo visual.

¿Cuántos intrusos han entrado en su casa? ¿Qué hacen allí?

Un violento bofetón le llena de sangre el interior de la boca, y un agrio sabor metálico le baja por la garganta.

¿Y Daniel? ¿Dónde está Daniel?

«Es el fin», piensa en el instante previo a perder la consciencia.

Sabiendo que el siguiente paso es permitir que su alma se desprenda del interior del cuerpo, se deja arrastrar por la corriente del miedo, que se la lleva lejos, tanto que todo se apaga. Y a partir de ese minuto, la vida se parece demasiado a la muerte.

## 4

Elena. Sí. Así me llamo.

¿O llamaba?

¿Cómo sé si todavía sigo viva?

Ni siquiera identifico dónde estoy. Debo de tener los ojos cerrados, porque lo que me rodea es oscuridad. Una oscuridad absoluta que me envuelve por dentro y por fuera. A veces tengo la sensación de que algo va a ocurrir, porque mi cuerpo, que no veo ni siento, parece reaccionar ante un estímulo externo que tampoco llego a percibir.

Si presto mucha atención, concentrando todas mis fuerzas, puedo oír que alguien intenta comunicarse conmigo. Hilachas de palabras llegan hasta este lugar donde me encuentro. Fragmentos de sílabas que, si me esfuerzo, puedo juntar, como en un rompecabezas de sonidos, hasta armar con ellos algo que mi mente sí reconoce.

«Elena».

¿Es Daniel el que habla? ¿Es la voz de mi marido la

que logra atravesar esta bruma de tinieblas en la que me encuentro?

No tengo más remedio que continuar recordando mi pasado para ver si tengo suerte y así consigo espantar las sombras que me han hecho prisionera. Es lo único que me queda. Pelear. Sobrevivir. Es lo único.

Fueron tres los intrusos que entraron esa noche en mi casa.

Lo sé porque vi seis botas, todas iguales. Y todas tenían barro sobre el cuero negro. De eso también me acuerdo. Deben de haber atravesado el jardín cuando los aspersores estaban en pleno funcionamiento, lanzando sus poderosos chorros de agua sobre el césped, que más parece una vibrante y verde alfombra.

«¡Elena!».

Sí, es la voz de Daniel. Quiero decirle que estoy aquí, aunque no sepa dónde. Quiero gritar que lo oigo, aunque no sepa desde dónde. ¡Daniel! ¡Mi Daniel!

Entonces un helado viento artificial se me mete por la boca, baja como nubes por la garganta y me despega los pulmones, que crujen como bolsas de papel al expandirse. El frío se propaga por mi organismo a través del ramaje de mis venas. La sangre se me ha congelado, o la han reemplazado por un líquido distinto. La oscuridad que me rodea comienza a quebrarse al igual que un delgado cristal que permite el paso de la luz.

La intensa luz que de pronto se adueña de todo, que me entibia los miembros, que destruye esa cárcel negra donde estaba retenida.

«¡Elena, mi amor...!».

Y de golpe surgen la sala de blancas paredes, la camilla donde descubro mi cuerpo malherido, el ajetreo de uniformes blancos en torno a mí, el suero, los monitores que registran cada pulsación de mi organismo, el dolor que me obliga a crisparme en un lamento que no puedo contener y el rostro de Daniel, mi Daniel, que se acerca, me sonríe, me besa y me da la bienvenida por haber regresado.

—Has vuelto, mi amor. ¡Quédate aquí conmigo!

5

Elena se conoce de memoria cada esquina de aquel cuarto de hospital. A veces el día se le va en dejar que la vista se pasee una y otra vez por los cuatro muros blancos que rodean su cama. Ya se ha aprendido con exactitud cada una de las imperfecciones del cemento, la pequeña grieta que bordea el marco de la ventana, la sucesión de enchufes eléctricos desde donde han ido retirando los equipos médicos cuando ya no eran útiles, e incluso las mínimas diferencias lumínicas de los dos tubos fluorescentes que cuelgan del techo y que cobran protagonismo al caer la tarde, cuando entra una enfermera y los enciende.

Su mejoría es lenta pero sostenida, tal como ha sentenciado el doctor con una sonrisa de satisfacción.

Daniel ha ido recuperando poco a poco los colores del rostro.

Para Elena, su marido es su mejor espejo: le basta con escudriñarlo para darse cuenta de si su condición de enferma es preocupante o no. Justo cuando volvió del coma que la había mantenido ajena al mundo durante casi dos semanas, se encontró con un Daniel extasiado de volver a verla. Sin embargo, cuando el médico señaló que no había que cantar victoria y que la posibilidad de una recaída siempre estaba ahí, la piel de su esposo palideció de golpe y tardó un par de semanas extras en recuperar el color.

Elena ha aprendido a leer cada variación en el tono de las mejillas de Daniel, o incluso en el rictus que acompaña sus silencios. Sabe que su marido y el doctor hablan fuera de la habitación, en los pasillos del hospital, para que ella no sepa la gravedad de sus lesiones. Pero con el simple hecho de que Daniel regrese a su lado le basta para adivinar cada diagnóstico o preocupación tatuados en sus ojos.

Lo que no ve venir, porque no es capaz de anticiparlo en ningún acto o palabra, es la decisión que él le comunica el día antes de que abandonen la clínica:

—No quiero seguir viviendo en esta maldita ciudad.

Elena se incorpora con dificultad. Trata de estirar el brazo hacia su esposo, pero la vía insertada en la muñeca le impide completar el movimiento.

Niega con la cabeza. No, no le parece una buena idea.

—Pero tu trabajo..., tus viajes... —Es la primera excusa que consigue articular.

—La gracia de mi trabajo es que puedo empezar cuantas veces quiera —contesta avanzando hacia la ventana—. Soy un empresario hostelero, ¿no? Puedo abrir un nuevo restaurante...

—No entiendo —balbucea.

—No hay nada que entender, Elena. ¡A esa casa no vuelves! —señala enfático—. No te voy a poner en riesgo nunca más. ¡Nunca!

Elena ve de nuevo, durante un brevísimo segundo, aquella tosca mano masculina que avanza directa hacia su garganta. Aunque cierra los ojos, a ver si así consigue pensar en otra cosa, sigue oyendo la voz de su marido a través del negro espacio en el que busca refugio.

—¿Y adónde quieres que nos vayamos? —inquiere, y abre los párpados, regresando contra su voluntad a la gélida realidad de ese cuarto de hospital.

—A Pinomar. Viviste allí hasta los cinco años, ¿no? Tengo pensado que nos instalemos en la casa de tu padre. Es enorme y está vacía —dice Daniel—. Te voy a sacar de aquí, Elena. Vamos a empezar de nuevo en un lugar tranquilo, más acogedor, menos violento.

Pi-no-mar.

Le bastan esas tres sílabas para volver a sentir el intenso aroma de los cipreses que rodeaban la residencia de su padre. O, en días de extremo calor, el aliento del lago que perfumaba el viento con su aroma a lodo virgen y ciénaga, y que los incesantes aleteos de las codornices se encargaban de esparcir. Vuelve a ver las casas primorosas, las vallas blancas bajas hasta el paseo de piedra y césped, los pequeños arbustos y rosales en cada entrada de los hogares. Las avenidas anchas y plácidas, copadas de palmeras y colores. Los inmaculados parques y las plazas con fuentes por donde circulaban familias de ensueño a las que los problemas del mundo exterior no parecían alcanzar. La cafetería favorita de su madre para merendar algo ligero, justo en la esquina del cine Celuloide, y la famosa heladería que alojaba en el vestíbulo.

Pinomar.

No ha puesto un pie en ese lugar desde hace casi treinta años. ¿Por qué Daniel ha decidido volver?

—A mí me gusta mi vida aquí —se queja Elena—. ¿Qué voy a hacer con mi trabajo…?

—Allí habrá algún laboratorio que necesite tus servicios, ¿no?

—Pero no estudié bioquímica para terminar ejerciendo en un sitio como Pinomar.

—Seamos sinceros, Elena. ¡Hace mucho que no trabajas! ¿Por qué ahora es un problema tu profesión?

—Olvídate de la bioquímica —dice, tratando de pasar al siguiente argumento—. Mi padre… No puedo…

Daniel se aparta de la ventana y se acerca a ella. Pone la mano sobre las sábanas de la cama y le acaricia despacio el muslo. A través de la tela puede sentir el calor intenso de su palma abierta.

—Tu padre lleva años en otro mundo, al menos eso es lo que dice la enfermera que lo cuida. ¿De verdad crees que va a echarte de menos? Ni siquiera va a darse cuenta de que no sigues en esta ciudad —exclama.

Entonces Elena no tiene más remedio que asumir, gracias a la expresión de lágrimas contenidas con la que Daniel la observa, que va a tener que ceder a los planes de su esposo.

Pinomar, una vez más, en su vida.

«Supongo que será por poco tiempo», reflexiona mientras vuelve a recostar la cabeza contra la almohada. Serán solo unos meses, en lo que Daniel recupera la seguridad y permite que el miedo lo deje pensar con mayor claridad.

Solo unos meses.

Pero no imagina lo equivocada que está.

# 6

Ya desde la distancia, la promesa de perfección parece cumplirse.

El coche entra en Pinomar atravesando un arco de piedra adornado con enredaderas floridas. Al instante, una sensación de familiaridad se apodera de sus cinco sentidos. Ahí están, idénticas a como las recordaba: la larga sucesión de casas dispuestas en una armoniosa distribución. Son verdaderas obras de arte. Cada una con su jardín perfectamente cuidado. Las fachadas pintadas de colores pastel. Las ventanas decoradas con macetas rebosantes de geranios. Las cercas de madera blanca que delimitan las propiedades recién pintadas.

En Pinomar todo se ve nuevo, inmaculado.

Los ojos de Elena se pierden en cada detalle mientras el vehículo avanza despacio por las calles adoquinadas. Los árboles, altos y majestuosos, forman una especie de túnel verde que brinda sombra y frescura a las aceras.

Ni una sola hoja fuera de lugar, ni una brizna de hierba más alta que otra.

La perfección del lugar es casi inquietante, como si alguien hubiera pasado largas horas ornamentando cada rincón solo para celebrar su llegada.

El bullicio habitual de la vida urbana, tan característico de las grandes ciudades, no existe en Pinomar; aquí solo se oye el suave murmullo de la naturaleza y el ocasional canto de un pájaro.

La geografía del lugar regresa en oleadas a su mente. Está segura de que al doblar la siguiente esquina, y después de continuar por esa avenida un par de manzanas, van a cruzar frente al exclusivo colegio privado de la zona. En efecto, a los pocos segundos aparece la placa de mármol donde se lee el nombre de la institución, plantada frente a la fachada principal de la escuela.

Elena se sorprende de su buena memoria.

Los vecinos, muy bien vestidos, pasean por la acera de Annunciation Street con una tranquilidad contagiosa. Algunos saludan con una sonrisa y un leve gesto de la cabeza al paso del vehículo, mientras otros siguen absortos en sus actividades: regando el jardín, paseando a los perros o conversando en su porche con un refresco en las manos.

—¡Mira, ahí está el cine! —le dice impresionada a Daniel, sentado al volante—. No puedo creer que se mantenga idéntico tanto tiempo después.

Y, frente al cine, la plaza central donde una fuente lanza chorros de agua cristalina hacia el cielo creando un arcoíris bajo los rayos del sol. Los bancos de hierro forjado, dispuestos alrededor, invitan a sentarse y a contemplar la belleza del lugar. Un grupo de niños alborota mientras las madres los vigilan, desde una distancia prudente, charlando entre ellas.

A medida que el coche se interna en el corazón de Pinomar, los jardines se hacen aún más exuberantes, con setos de lavanda y rosales trepadores que suben por las paredes. Es evidente que cada rincón está diseñado para impresionar, para transmitir una sensación de paz y perfección.

Por un instante Elena se deja seducir por esa fachada impecable y detenida en el tiempo. Pero, una vez más, su intelecto científico toma el control de sus pensamientos y barre de un zarpazo el fugaz encantamiento.

¿Puede un lugar ser realmente tan perfecto o es solo una ilusión construida con infinita premeditación?

Entonces comprende por qué le duele el estómago y ha mantenido apretadas las manos desde que cruzaron el arco de flores: en Pinomar la belleza asusta. Porque un esplendor mantenido a la fuerza durante tanto tiempo —en donde ni siquiera los árboles o las flores ornamentales de la plaza parecen haber sufrido el más mínimo cambio— no puede ser normal.

Y si nada ha cambiado en casi treinta años, eso significa que el pasado de Elena, aquel que creyó dejar atrás el día de su partida, sigue ahí más vivo que nunca.

En amenazante acecho, como un animal salvaje.

## 7

Número 11 de Old Shadows Road.

Respiro hondo intentando controlar mis latidos. La humedad se me adhiere al cuerpo y salta hasta mis hombros para hacerme hundir los talones en el asfalto ardiente de la acera.

La puerta es enorme, tan grande y alta como la recordaba. Blanca, con pequeños cristales que forman una ventana que va desde el dintel hasta media altura. No se ve el interior de la casa a causa de unos visillos de tul que cosió mi madre. Pero puedo estar equivocada: es poco lo que recuerdo.

Ante la luz cruel de ese día de verano, las maderas de la puerta brillan con fuerza. Seguramente años de esmerada limpieza, de pulir cada tirador, cada engranaje de los goznes, cada vidrio biselado que conformaba ese umbral que invitaba a traspasarlo.

A mis espaldas, puedo percibir la ardiente respiración del enorme camión de mudanzas que ha viajado con nosotros.

Pinomar nos da la bienvenida con un día de infierno, donde ni la sombra más refrescante sirve de algo. La llamarada del sol cae a plomo sobre nosotros mientras el oxígeno termina de consumirse secuestrado por una humedad imposible de eludir.

Dejo la maleta en el suelo y me seco el sudor con la mano. La descomunal fachada de la casa de mi padre parece sonreírme, tal como yo imaginaba que hacía cuando era una niña, a causa de las dos ventanas redondas a cada lado de la puerta que le dan a la entrada el aspecto de un rostro. La herrería de estilo español, rasgo característico de la residencia, reluce con intensidad frente a cada cristal. Cuatro enormes columnas van del suelo al techo sosteniendo un armazón de vigas, torreones e incluso un largo balcón que ocupa gran parte del segundo piso, y desde donde yo veía caer el sol sobre la copa de los árboles. Una galería recorre uno de los muros laterales, y en cada uno de sus pilares cuelga una maceta con orquídeas de diferentes colores.

No ha cambiado nada.

Todo sigue igual desde el día en que me fui.

Daniel pasa junto a mí, carga un par de cajas con nuestras pertenencias. Alcanza a guiñarme un ojo para continuar su camino hacia la puerta. Abre de un empujón certero y se pierde al otro lado de la fresca penumbra del recibidor. Yo no me atrevo a moverme. No sé qué voy a encontrar dentro.

Solo tengo capacidad para volver a ver en mi mente, una y otra vez, la desoladora imagen de nuestra casa sin muebles, ni cortinas en las ventanas, ni voces en los cuartos, ni frutas en la cocina. Un esqueleto de suelos relucientes tras la limpieza industrial que Daniel contrató para dejarla en perfectas condiciones.

Tal vez mi marido tenía razón. No podría volver a cruzar la sala de la otra casa, la del atentado, sin recordar en un violento sobresalto la irrupción de aquellos intrusos que me habían cambiado la vida para siempre.

Veo a Daniel circular al otro lado de los ventanales. Parece alegre, contento de estar ahí. Da órdenes, señala el espacio. Está acostumbrado a dominar la situación.

Yo sigo en la calle, de pie junto al camión de la mudanza, la piel brillante de sudor y los zapatos anclados al suelo, incapaces de dar el primer paso. Algunos mozos comienzan a bajar del vehículo las maletas, las cajas que contienen mis libros y los pocos muebles que hemos decidido traer.

—¿Para qué vamos a llevar tantas cosas si la casa de tu padre está intacta? —preguntó Daniel cuando comenzamos con los preparativos de la mudanza.

Y tenía razón.

Odio tomar decisiones. Nunca he sido buena para elegir entre varias opciones. Por algo siempre reacciono *a posteriori*.

Pero ahora no tengo alternativa: la puerta me llama en silencio y me pide que entre.

Que entre de una vez por todas.

El porche suelta un quejido mientras subo los escalones. Y me dejo tragar por la hambrienta boca de la casa.

8

Apenas pongo un pie en el recibidor, veo que el interior de la residencia mantiene la misma decoración que comienza a regresar en oleadas a mi cerebro. Junto a la puerta está la delgada mesita en la cual mi padre dejaba las llaves al regresar cada tarde de su consulta en el hospital de Pinomar. Del techo cuelga un enorme candelabro de hierro, que flota sobre la escalera de caoba y roble que sube en curva hacia el segundo piso. Una vidriera redonda con la imagen de una flor de lis, abierta como un ojo en el segundo rellano, arroja sombras azuladas, rojizas y verdosas sobre el parquet pulido. Algunos muebles están cubiertos con sábanas amarillentas por el paso del tiempo.

No hace falta que intente orientarme: mi cuerpo responde al entrar en contacto con la casa. Sabe con toda certeza que a mi derecha están las puertas que llevan al salón principal. A mi izquierda, el monumental comedor para doce personas donde yo jugaba a esconderme bajo la mesa imaginando que era mi elegante residencia infantil.

Si avanzo un par de pasos, me encuentro de frente con la puerta de la cocina, que tiene un ojo de buey por el cual se ve el otro lado. Y no alcanzo a frenar el movimiento de mis propias piernas cuando ya me descubro dentro, rodeada por las mesas de trabajo y las alacenas.

Todavía está el mismo aparador de madera con cristalera tallada, que guarda la vajilla y los vasos de uso diario. En el centro del espacio se encuentra la enorme estufa de varias hornillas, que en origen era de leña pero que mi padre hizo que modernizaran a gas.

Sobre ella se mantiene un enrejado armazón de metal, desde donde cuelgan las cacerolas, los cucharones y algunas ollas. El aroma de los *beignets* recién hechos me asalta desde el pasado, cuando durante horas enteras veía a Begoña, sonriente y enfundada en su siempre inmaculado delantal de trabajo, friendo uno por uno los buñuelos que tanto me gustaban.

Pero ya no hay música. Ni aroma a azúcar caramelizada. Por el contrario, la estancia tiene olor a humedad. El paso del tiempo ha despintado los muebles que cubren los muros, así como también el tono de los azulejos.

Un casi imperceptible ruido me trae de regreso al presente. La mente me engaña e insiste en convencerme de que se trata de una insistente gota que cae del grifo y provoca un leve pero monótono tintineo en el fregadero.

Pero no: es el sonido que emite un cerrojo de metal al abrirse.

—¿Daniel? —Mi boca pronuncia en un acto reflejo el nombre de mi esposo.

Es imposible no recordar *aquel* día. Todo comenzó con el ruido de un cerrojo al abrirse.

Intento mantener la calma al tiempo que me repito que nada puede pasarme en el interior de la casa de mi padre. Es imposible. Aquí solo se respira paz. Estoy protegida.

Sin embargo, alcanzo a ver que entre el aparador y el anticuado refrigerador, que continúa bufando su asmática y fría respiración, hay una puerta algo descascarillada por el paso del tiempo. El ligero movimiento de su hoja de madera me revela que no está bien cerrada y que debe de estar batiendo a causa de alguna corriente de aire.

Avanzo hacia ella para terminar de asegurarla, pero mi cuerpo, una vez más, reacciona ante lo que ni yo misma recuerdo.

«¡No puedes entrar, Elena! ¿Me oyes? Soy tu padre y te ordeno que nunca nunca abras la puerta del sótano».

La voz me llega desprendida de las viejas baldosas que cubren los muros y el suelo de la cocina. Y vuelvo a ver a mi padre, joven, con su delantal de trabajo con el apellido bordado sobre el pecho, enfrente de mí, en ese mismo lugar donde ahora me encuentro. Y también soy capaz de sentir una vez más ese vértigo por desobedecer que se confundía con el miedo que me daba indagar más allá de ese umbral que siempre me estuvo vedado.

Es la entrada al sótano.

Un sótano al que nunca bajé, por respeto a la orden de mi padre.

«Tu padre lleva años en otro mundo», me dijo Daniel hace un par de semanas.

Y tiene razón.

Nunca sabrá si desobedezco su mandato.

«Deja que los muertos entierren a los muertos». No sé por qué recuerdo aquella frase que mi padre solía repetir cuando era hora de pasar página y empezar un nuevo proyecto. «Pues muy bien, papá —pienso—. Entonces ha llegado el momento de enterrar un par de muertos».

Alargo la mano hacia el picaporte. Un persistente soplido se cuela entre las rendijas de la madera y me anuncia que el subterráneo es un lugar terriblemente gélido.

Voy a empujar la puerta cuando una voz que también parece extraída de mi memoria, pero que sin embargo es tan real como yo misma, detiene mi movimiento.

—¡Elena!

Al volverme, la veo: sonriente y enfundada en su siempre inmaculado delantal de cocinera.

—¿Begoña...? —musito incrédula.

La mujer abre los brazos y me recibe con el mismo cariño de antaño. Los pulmones se me llenan con el aroma del almidón de su ropa, restos de *beignets* y esa colonia francesa que por lo visto no ha dejado de usar.

—Mi niña..., mi niña —murmura sin dejarme ir.

—¿Cómo? ¿Cuándo? —No logro articular una pregunta de principio a fin—. ¿Qué haces aquí? ¡Es imposible!

—Tu marido me localizó hace unas semanas. Me explicó la situación, lo de la mudanza, y... No pude decir que no, Elenita. Quería volver a verte.

Entonces pienso que tal vez fue una buena idea escuchar

el consejo de Daniel y regresar a Pinomar. A veces volver al origen es la mejor manera de preparar la llegada del futuro.

—¿Dónde has estado todo este tiempo? —le digo llena de curiosidad.

—En Pinomar. Viviendo… —responde, resumiendo casi treinta años de existencia en esa última palabra.

Hundo la cabeza en el pecho de Begoña, más vieja, más encorvada, pero tan cariñosa como siempre.

—¿Y tu padre? —pregunta.

—Mal. Muerto en vida después de un derrame —digo con infinita tristeza—. La verdad, lo he visto muy poco en estos últimos años. Me hace daño.

El incansable soplido que me llega desde el borde de la puerta del sótano parece pedirme que entre, por fin, y descubra lo que se esconde en el subsuelo de la casa.

Es lo primero que haré cuando nadie me vea.

9

No hay luna. Tampoco estrellas. Fuera la oscuridad es implacable: un enorme hueco negro sin contrastes de luz, sin un sonido que traiga alguna sensación de vida. Una noche donde los grillos y los pájaros han decidido callarse, confabulándose para hacerla más larga y triste. Es curioso: después de tantos años, esa es la primera noche que pasa en la casa donde creció y el recibimiento es oscuridad y silencio.

Elena cierra la ventana de la habitación.

«¡No puedes entrar, Elena! ¿Me oyes? Soy tu padre y te ordeno que nunca nunca abras la puerta del sótano».

«¿Por qué, papá? ¿Qué secretos escondías con tanto ahínco bajo el suelo de nuestra casa?».

Despacio, como si sus pies no rozaran el parquet, camina hacia un tocador que nadie parece haber usado en siglos. Se sienta frente a él y se queda contemplando los adornos. Una oleada de ternura la sorprende y la hace sonreír.

Tantos recuerdos...

«Claro que podrás usar este lápiz de labios cuando seas más grande, Elena. Yo misma te enseñaré...».

Cada pieza encima del tocador la empuja un poco más hacia atrás. Los delicados frasquitos de colores imposibles, azul vitral, verde botella, palo de rosa, duplican sus imágenes contra el espejo biselado que se apoya en el muro. Elena los acerca a su rostro cerrando los ojos, como si al hacerlo pudiera sentir algún resto de los olores atrapados que la acompañaron durante su niñez.

Y allí también están las cajitas. Las misteriosas cajitas con tamaños diversos y extraños diseños pintados a mano. Con delicadeza, Elena las abre una por una, esperando que la sorprenda un regalo que atraviese el tiempo para hacerla feliz.

Y, de pronto, un destello ilumina un instante la oscuridad que la rodea.

Se gira sobresaltada, pero la penumbra del cuarto es lo único que está ahí para recordarle que no hay nadie más con ella.

Sin embargo, por más que lo intenta, no consigue detener su memoria, que insiste en obligarla a ver aquella silueta humana que se desprendió de la oscuridad en la otra casa. Una silueta que se deslizó por encima del negro de las paredes y que se le echó encima sin que tuviera tiempo de reaccionar. El primer golpe lo recibió en el estómago y le vació los pulmones de oxígeno. Elena siente cómo se desploma. Otra vez revive la dureza del suelo contra la mejilla.

Se pone de pie. Se aleja del tocador y abre la ventana: una bocanada de aire hirviente, que arrastra con ella el olor del lago de Pinomar, se extiende hacia los cuatro rincones del cuarto.

Hace calor esta noche. Mucho calor.

Se estremece espantada por el recuerdo, que por lo visto no tiene intención de dejarla en paz. De pronto, ve tras ella una sombra que cruza de lado a lado y se refleja en el espejo. Y el mismo espejo le permite ver que una mano masculina aparece por detrás y le cubre la boca.

La misma mano.

Los ojos de Elena se abren llenos de terror. ¡Están aquí! ¡Los tres hombres están aquí!

Elena da un salto y se estremece sobre el colchón. Se sienta, abre la boca, porque le falta el aire. Tarda unos segundos en descubrir que estaba durmiendo. Como experta bioquímica sabe que los sueños son impulsos eléctricos en el hipotálamo y que una pesadilla puede tener origen en una baja concentración de glucosa durante el reposo. Quizá debería haber comido algo antes de meterse en la cama.

Para la ciencia todo tiene una explicación lógica. Eso se lo enseñó su padre, y ella siempre fue una buena alumna.

La oscuridad no le permite adivinar qué hora es, y tampoco se atreve a encender la luz. A tientas, estira la mano para tocar a su marido, pero solo consigue palpar una almohada demasiado fría y huérfana al otro lado del colchón.

—¿Daniel? —murmura con la esperanza de que le responda.

Pero eso no sucede: la cama está vacía.

## 10

El pasillo es un largo túnel que debe sortear lo más rápido posible, antes de que el corazón termine de salírsele por la boca. La escalera la lleva directa hacia el recibidor, que también está a oscuras.

—¿Daniel?

Elena llega al último peldaño. Mira a ambos lados. Curiosamente, se siente perdida en su antigua casa. Todo le parece nuevo de tan ajeno que le resulta, como si desconociera los rincones de un sitio que, durante sus primeros años, fue su hogar.

Se detiene un momento para adaptarse a la penumbra que la rodea.

No la ayuda a calmarse el enorme y fantasmal bulto que divisa frente a ella, a un lado de los escalones: una vieja sábana blanca cubre lo que imagina que es un mueble en desuso. Lo primero que hará al día siguiente será pedirle a Begoña que termine de preparar la casa. No quiere sentir que vive en un lugar que no le pertenece.

Y entonces oye una voz familiar que llega hasta ella convertida en hebras a causa de la distancia.

—¿Mi amor...? ¿Eres tú...? —pregunta, aunque sabe que se trata de su marido.

No hay respuesta.

Elena echa a andar hacia la estancia que Daniel ha elegido como su nueva oficina. Se detiene al ver luz al final del pasillo, tras la puerta que comunica con el despacho. Su esposo está ahí. Una sensación de alivio le relaja los músculos. Va a abrir cuando los sentidos le advierten de algo que aún no alcanza a comprender.

—Sí, lo mejor será esperar unos días, hasta que Elena encuentre algo que hacer aquí en Pinomar —escucha decir a Daniel.

Elena renuncia a la idea de entrar. Su intuición le dice que debe quedarse en total silencio.

Atisba el interior a través de la ranura de la puerta entreabierta. Llega a ver que Daniel habla por teléfono, de espaldas a ella. Su voz es seria.

—Sí, supongo que pronto se pondrá a buscar trabajo. No va a quedarse toda la vida encerrada en esta casa —dice—. ¡No, no es buena idea que vengas! No quiero que Elena sospeche nada. ¡No lo eches a perder!

¿Sospechar? ¿De qué tendría ella que sospechar?

—Hay que actuar con calma —continúa Daniel—. Te repito... ¡Elena no puede sospechar nada!

Se lleva una mano a la boca, que ataja a tiempo una exclamación de sorpresa. Retrocede. Siente que el corazón le palpita más deprisa y la sangre le sube al rostro en una emboscada inesperada que la enrojece.

«¡Elena no puede sospechar nada!».

El dolor de las palabras duele más que un puñal. Eso es un hecho científico: el sistema nervioso simpático segrega adrenalina, que aumenta la frecuencia cardiaca, dilata las vías aéreas y contrae los vasos sanguíneos, y también produce cortisol. Entonces el corazón se hiperactiva y envía un mayor flujo sanguíneo, principalmente a las extremidades, para una respuesta de lucha o...

«¡Basta, Elena! ¡Una vez más estás escondiendo tus sentimientos tras tu cháchara científica que no le importa a nadie!».

Al parecer Daniel ha cortado la llamada, porque ya no se oye nada en el despacho. Si su marido sale al pasillo y la encuentra recostada contra el muro, con los ojos brillantes por las lágrimas retenidas y la garganta seca por el zarpazo de las dudas, sabrá enseguida que ha escuchado lo que no debía.

Entonces deja que sus piernas decidan la ruta. Lo lógico sería que se encaminaran hacia la escalera para llevarla a la planta alta, hasta su cama, donde ella podría llorar sus dudas y desconfianzas. Sin embargo, se sorprende de pronto al encontrarse en la cocina. Las plantas de sus pies acalorados dejan una huella de humedad sobre las baldosas blancas. ¿Qué hace ahí? ¿En qué momento se ha torcido el camino y la ha dejado a la deriva en una enorme cocina que le provoca más desconcierto que alivio?

—¿Begoña...? —se atreve a balbucear en busca de compañía.

No contesta nadie.

No sabe qué hora es, pero imagina que será tardísimo. Hora de estar dormida. Descansando. Pero no se mueve: por el contrario, se queda mirando la puerta cerrada que conduce al subsuelo.

«¡No puedes entrar, Elena! ¿Me oyes? Soy tu padre y te ordeno que nunca nunca abras la puerta del sótano».

Su expresión se endurece.

Espera unos segundos y entonces, de manera categórica, toma una decisión.

«A la mierda con las dudas. A veces no queda más remedio que desobedecer».

Avanza directa hacia la puerta y, sin el menor titubeo, la abre.

## 11

El sótano está en total oscuridad.

El cambio de temperatura le eriza la piel y hace que se estremezca. Un vaho de humedad y un aire viciado le hacen comprender que nadie se ha adentrado en ese lugar desde hace mucho.

«Mírame, papá. Tu hija perfecta, la obediente, la que nunca te contradijo se ha atrevido por fin a rebelarse».

Elena tantea el muro frío hasta encontrar el interruptor. El tubo de neón del techo se enciende con un chasquido y se queda parpadeando en un interminable e incómodo zumbido.

En una de las paredes de cemento gris y tosco ve lo que supone que es la marca de un enorme cuadro que debió de estar colgado ahí y del que solo queda el contorno rectangular apenas dibujado, como una huella dactilar abandonada en la escena de un crimen.

También descubre dos grandes mesas. Solo alcanza a ver

sus patas de madera, ya que ambas superficies están cubiertas por sábanas largas y raídas que ocultan algo. Contempla los diferentes bultos que se adivinan bajo las telas: algunos más altos, otros pequeños y breves.

Esta vez, la curiosidad es mayor que el miedo.

Con decisión, toma un extremo de la sábana y tira de ella hacia atrás.

Una nube de polvo se levanta y la envuelve una pequeña tormenta de medianoche. El lugar se enciende y se apaga al compás del neón que no deja de pestañear en el techo. Cuando la tierra se asienta, emergen a la vista una colección de tubos de ensayo, probetas, un descomunal y arcaico microscopio y todo tipo de aparatos de laboratorio dispuestos en un orden inquietantemente perfecto.

De un rápido vistazo identifica un par de tijeras de Metzenbaum, pinzas hemostáticas y de Adson, un separador de Farabeuf, una broca quirúrgica y varios bisturíes de diversa numeración.

«¿Qué es *esto*, papá? Siempre supe que tenías tu oficina y tu laboratorio en el viejo hospital de Pinomar, donde recibías a tus pacientes. Jamás me imaginé que escondieras algo así bajo el suelo de la cocina».

Elena no despega los ojos de aquel secreto médico que por lo visto lleva años abandonado. Coge un viejísimo cuaderno que parece haber sido arrasado por el moho y la podredumbre. Tiene una etiqueta descolorida pegada en la cubierta. Con delicada caligrafía alguien ha escrito «Mendel» en ella.

¿Mendel? ¿Se trata de un nombre o de un apellido?

¿O hará referencia a las leyes de Mendel?

«Repite conmigo, Elena, hasta que te entre en la cabeza: se trata del conjunto de reglas básicas sobre la transmisión, por herencia genética, de las características de los organismos progenitores a su descendencia, por medio de...».

—¡Elena!

La voz de Daniel golpea como un sable los muros del sótano y se queda haciendo eco unos segundos. Un tubo de ensayo se le resbala de entre los dedos y se hace mil pedazos junto a sus pies descalzos.

Elena corre escaleras arriba, el corazón le late con fuerza en cada sien.

«¡No puedes entrar, Elena! ¿Me oyes? ¡No puedes entrar!».

Su mano corta veloz la luz, que, de golpe, deja de iluminar la infinidad de frasquitos llenos de diferentes líquidos. El negro se traga una vez más el subterráneo.

Elena llega a la cocina y cierra enseguida la puerta, justo cuando Daniel entra en la estancia. Intenta esconder su nerviosismo bajo una expresión que pretende ser de total normalidad, a pesar de lo absurdo de su presencia ahí.

—Estás despierta... —se sorprende el hombre.

Ella solo lo mira, haciendo el enorme esfuerzo de volver a controlar el ritmo de la respiración.

—¿Estás bien? ¿Te pasa algo?

—¿No hay nada que tengas que decirme, Daniel...? —se atreve a formular con un tono que pretende sonar acusador.

Daniel se detiene. La mira con inquietud.

«¡Elena no puede sospechar nada!».

«Dime, Daniel, ¿qué es lo que no debo descubrir? ¡Eso me gustaría que me explicaras! Si fuera valiente y me atreviera a pedírtelo...».

Daniel sigue observándola en silencio. Piensa unos instantes su respuesta.

—Bueno..., yo iba decirte que... que te quiero mucho. —Sonríe—. Y que estoy feliz de que nos hayamos mudado. ¡En muy poco tiempo voy a inaugurar mi nuevo restaurante en Pinomar!

«Cobarde. Soy una cobarde».

—Te espero en la habitación, ¿de acuerdo? No tardes, chiquita. —Daniel le da un beso en la frente y sale.

Elena no se mueve, petrificada ante las palabras y la reacción de su marido. De repente, hasta la cocina se ha convertido en un infierno abrasador, como el resto de su nuevo hogar.

Se queda quieta un instante. Un instante fugaz en el que se da cuenta de que todo, absolutamente todo, podría ser una gran mentira.

## 12

Un calor inclemente parece achicharrar la calle, convirtiéndola en un horno capaz de derretir el asfalto.

Brian se quita las gafas de sol y se pasa la mano por la frente para secarse el sudor. Se ajusta los auriculares y busca su música preferida. La música calma su temperamento apasionado.

Y es una fórmula eficiente para olvidar.

La *Sinfonía fantástica* de Berlioz no da tregua a sus tímpanos. Es una de sus piezas favoritas no solo por la composición, sino también por el argumento. La historia de un joven músico que después de tomar opio se pierde en una interminable pesadilla de visiones y horrores, todo por culpa de una mujer que lo convirtió en un neurótico acabado, se parece demasiado a su vida.

A veces mirarse en un espejo ajeno ayuda a sentirse mejor. Al menos, permite dejar de pensar.

Brian observa la avenida algo desorientado. Parece estar

buscando algún sitio. Su única compañía es una enorme mochila a la espalda, un estuche de saxofón, una maleta tan vieja que da la impresión de estar viviendo sus últimas horas y el periódico del día, que lleva metido en uno de los bolsillos traseros del pantalón.

No necesita más por el momento. Cuanto menos tenga, más fácil le será escapar.

Sus gastadas botas lo llevan hacia una estrecha calle de adoquines, flanqueada por muros blancos y puertas de colores vibrantes. Pinomar es un sitio hermoso, lleno de posibilidades.

Brian se quita los auriculares y se detiene frente a una puerta roja, que está medio abierta. La residencia tiene tres pisos y un altísimo tejado en punta a dos aguas.

Se saca el periódico del bolsillo y echa un nuevo vistazo a la sección de anuncios clasificados. Quiere cerciorarse de que se encuentra en el lugar correcto. «Alquilo habitación en acogedora casa familiar, Annunciation Street, a dos manzanas del cine Celuloide».

—Sí, todavía tengo un cuarto disponible para alquilar —le anuncia la voz de una mujer.

Brian sonríe y, sin pensarlo dos veces, se guarda otra vez el periódico en el bolsillo y entra en la pensión.

Nora es una mujer cuya edad Brian no consigue descifrar. Su piel es joven y aún lozana, pero el vestido que lleva revela que hace mucho que entró en el terreno de la adultez bien conservada.

Ella lo ve dejar la maleta en el recibidor antes de entrar.

Recorren juntos un pasillo alfombrado. Un sinfín de retratos al óleo, desde donde los observan los antepasados a través del tiempo, decoran las paredes. Todos tienen expresiones serias y algo forzadas, como si quisieran aparentar una importancia que en realidad les es propia. Al llegar a la sala, Brian deja sobre el sofá, con infinito cuidado, el estuche del saxofón, que mima apoyándolo sobre uno de los cojines.

Luego echa un rápido vistazo al lugar donde se encuentra: el ambiente que lo rodea no es precisamente una fiesta del arte moderno. Por lo mismo, la dueña de la casa parece combinar con la decoración: anticuada, sencilla, algo insípida, alguien que seguro que da suma importancia a los escudos de armas y a los árboles genealógicos.

Es justo lo que Brian necesita en estos momentos. La mediocridad raras veces nos sorprende; es cotidiana, segura. Allí viven los que se contentan con ser felices, los que prefieren no pensar.

—Has tenido suerte —comenta Nora sentándose junto a él—. No hay más pensiones en esta zona. Esta es la única.

—Me lo he imaginado. Por eso he venido para acá en cuanto he visto su anuncio —responde.

—No hace falta que me trates de usted —aclara—. Sé que parezco algo mayor, pero no soy tan vieja.

Nora mira curiosa el estuche del saxofón y lo señala.

—¿Eres músico? —pregunta.

—Sí. Un aficionado que busca nuevas aventuras y un trabajo. —Brian sonríe y evita mirar a Nora a los ojos, no vaya a descubrir que lo que ha dicho es mentira—. Soy un cliché, supongo —agrega. Y con toda intención dice—: ¿Puedo pagar unos meses por adelantado?

—¡Claro que sí! —exclama ella sorprendida—. Ningún huésped me había ofrecido nada así.

Brian abre la mochila y comienza a hurgar en su interior en busca de su billetera. Saca el iPad, que deja sobre el sillón.

—¿Hay conexión a internet? —consulta.

—No, lo siento —se lamenta Nora—. No entiendo nada de esas cosas. Con suerte hay un teléfono...

«Es perfecto. Pinomar es perfecto. Por primera vez vuelvo a creer que Dios está de mi parte».

De pronto, entra un hombre alto, fuerte y musculoso, con la cabeza rapada y vestido con el intimidante uniforme de la policía local. Se detiene en seco al encontrar a Brian en el sofá, junto a Nora.

Brian se levanta de un salto, los ojos fijos en la placa de comisario que le brilla sobre el pecho y en el revólver que le cuelga del cinto.

—Manuel, ven —pide Nora—. Te presento a... a... —e interrumpe su frase a mitad de camino al darse cuenta de que desconoce el nombre de la persona con la que acaba de hacer el trato.

—Me llamo Brian Miranda —se apura en responder con la voz más firme de la que es capaz, para disimular al máximo el miedo que se ha apoderado de sus cuerdas vocales.

—Brian es nuestro nuevo huésped —dice la mujer—. Ha alquilado el cuarto de la buhardilla.

El policía avanza hacia el centro de la estancia. La luz directa del sol que entra a través de los visillos algo polvorientos y raídos que cubren las ventanas llena de reflejos dorados los botones de su camisa y la hebilla del cinturón. Endurece la mirada y se enfrenta al nuevo inquilino.

—Te presento a Manuel, mi hermano —anuncia Nora.

Este, serio, le extiende la mano.

—Mucho gusto —asiente el policía.

Brian se arrepiente de haber cruzado el umbral de la puerta roja. Pero ya es muy tarde. Nora ya tiene en las manos el poco dinero que le quedaba, y no puede montar una absurda escena para retractarse de lo que acaba de hacer, menos con el comisario de Pinomar frente a él.

Tendrá que ser cuidadoso. El más cuidadoso del mundo.

De todos los lugares del pueblo, él tenía que escoger este.

«Retiro lo dicho: Dios nunca ha estado de mi parte. Y esta es otra prueba del odio que me tiene».

La indecisión se apodera de él por un segundo. Pero solo por un segundo.

Está cansado, necesita con urgencia una ducha, comer, estar solo, pensar. Huir del maldito calor que cae como un bloque de cemento sobre él. Pero no se mueve. Ya tiene un nuevo lugar donde esconderse y está dispuesto a todo para conservarlo.

## 13

La habitación es modesta y está en el tercer piso, el más alto de la casa. Las paredes tienen un papel azul descolorido, con esos motivos florales que se repiten una y otra vez, del suelo al techo. También hay algunos cuadros pintados al óleo que evocan paisajes: playas solitarias, muelles decrépitos y acantilados cubiertos de niebla.

Aparte de una cama estrecha, la mesita de noche, un armario con un espejo de medialuna en una puerta y una lámpara desgastada que cuelga del techo, el cuarto tiene tres lujos inesperados: una pequeña nevera, un baño privado y, lo mejor de todo, una inmensa ventana antigua. Se abre con dos batientes de madera blanca que dan a un pequeño balcón de estilo francés.

Me fascina ese ventanal. Es un regalo que la casualidad me ha dado y sé que le sacaré provecho. No está nada mal. Esa ventana será mi escape cuando el mundo se complique a mi alrededor.

—Espero que estés cómodo aquí, Brian —me dice Nora desde el umbral—. Bienvenido a casa.

Tras despedirme de ella y cerrar la puerta en busca de privacidad, me siento en el balcón. Dejo vagar mis pensamientos mientras observo el paisaje. No es nada impresionante, solo se ven los tejados de las construcciones vecinas, pero me pierdo en ellos unos momentos. Una brisa sofocante me recuerda que son las tres de la tarde y que este verano es un verdadero infierno. Vuelvo al interior.

Con cuidado, coloco el estuche del saxofón sobre la cama, seguido de mi mochila. Me quedo mirándola un instante antes de abrirla. Saco un cuaderno, lo hojeo sin prisa. Entre sus páginas encuentro un recorte de periódico. Me quedo observándolo, pero no lo leo. Solo lo dejo sobre el edredón.

Camino hacia la pequeña nevera y saco una cerveza. La abro con la mano. Está helada. Justo como me gusta.

Me paso la botella fría por la cara, dejando que el dolor del hielo me despierte. El frío quema al contacto, como diminutos puñales que me atraviesan la piel. Pero necesito esa molestia pasajera. Es lo único que me mantiene enfocado, me ayuda a enfrentarme de nuevo a la realidad de mi situación.

Determinado, me siento en el borde de la cama y cojo el recorte de periódico.

Las palabras saltan a la vista: «Director de orquesta prófugo tras ser acusado de asesinato».

> Un hombre acusado de matar a su novia se fugó del cuartel policial donde se encontraba después de que lo arrestaran la semana pasada.
>
> Kevin Quiroga, músico de profesión, estaba detenido sin

derecho a fianza. Las autoridades habían presentado una solicitud de extradición para entregarlo a su país de origen y que se enfrentara a un cargo de asesinato.

Lo acusan de matar a su novia, Maggie Ferrari, cuyo cadáver fue hallado en el vehículo personal del acusado, en un aparcamiento del aeropuerto internacional de la ciudad, días después de que se denunciara su desaparición. Ferrari tenía heridas de arma blanca en la cara y el cuello, según la policía. Se había denunciado su desaparición el 28 de octubre, después de que hubiera faltado al trabajo unos días. Su familia avisó a la policía y llamó a los hospitales cercanos para comprobar si estaba ingresada. Al día siguiente por la noche, la policía descubrió su cuerpo ensangrentado en el maletero del vehículo de Quiroga.

El nudo de mi garganta se endurece. Arrugo el recorte y lo rompo en varios pedazos. Me dejo caer sobre el colchón y me cubro la cara con las manos, esperando, como un idiota, que el milagro que nunca llega lo haga ahora. Estoy inmóvil, rodeado por esos trozos de papel que en teoría cuentan mi historia.

Una historia de la que debo escapar.

Antes de que el pasado me alcance, como la imparable ola de un tsunami.

## 14

La casa está inmaculada. Sin duda, Begoña ha hecho un magnífico trabajo desempolvando las habitaciones y limpiando meticulosamente los candelabros de cristal. Mi ropa ya se encuentra colgada dentro de los armarios, perfumados con delicados *sachets* de lavanda y romero. Mis zapatos, alineados, en perfecto orden y simetría. Ya no hay muebles cubiertos por sábanas ni sombras imprecisas de cajas amontonadas cuando cae la noche.

Siento, por primera vez desde mi llegada, que la transición de la mudanza ya está completa.

Hoy necesito salir. Es urgente. Debo encontrar un trabajo lo antes posible o voy a volverme loca. Necesito hacer algo, destinar las horas del día a alguna actividad que me haga sentir útil, aunque no tenga nada que ver con mis estudios de bioquímica. No me importa. La idea es mantenerme ocupada.

Además, quiero volver a sentirme atractiva. A veces un

simple cepillado de cabello y un toque de brillo en los labios son el truco para acortar la diferencia entre mi apariencia y mi verdadera edad. A pesar de todos los horrores pasados, de la conversación que oí desde el despacho de Daniel, aun con las dudas y el miedo, hoy me siento una mujer nueva. Con energía.

Inmersa en esos pensamientos, salgo de mi dormitorio, bajo deprisa la escalera y camino hacia la puerta de la calle, con la anticipación que me provocan el cambio y la aventura.

Al pie de los peldaños está Begoña, que me detiene nerviosa. Me pregunta si voy a salir. La siento ansiosa, preocupada, dispuesta a evitar mi partida de cualquier manera. No entiendo la pregunta, la encuentro absurda, ya que voy con el bolso colgado al hombro y maquillada. Le explico que pienso ir a buscar trabajo y a disfrutar un poco el día. Le digo que ya no quiero estar encerrada en casa.

—Mejor no vayas, Elenita —me responde—. Quédate aquí.

Esa extraña preocupación me desconcierta.

—¿Quedarme haciendo qué? —pregunto, y retomo el camino hacia la puerta—. ¿Mirar las paredes?

Begoña me observa seria. La veo apretar los puños, rechinar la mandíbula. No me gusta su expresión. Ya basta. No tengo que darle explicaciones. Si sigo en esta casa voy a enloquecer. Allá, en la gran ciudad, yo era una mujer normal, tenía actividades, una profesión. Necesito volver a encontrarle sentido a mi vida y no pienso discutir ese tema con ella, por mucho que me conozca desde que nací.

Begoña, testaruda, me sigue a escasos centímetros mientras me dirijo a la salida. Antes de atravesar el umbral, me doy media vuelta y la encaro.

—Vuelvo luego —sentencio con frialdad.

Mis palabras, por supuesto, parecen caer en oídos sordos.

—No te conviene salir. Por favor, Elena, no es bueno que andes sola por las calles —me ruega—. Hazme caso.

La miro de nuevo sin comprender. ¿No es bueno que ande sola por las calles?

¿Qué edad cree que tengo? ¿Cinco años?

«¡No puedes entrar, Elena! ¿Me oyes? Soy tu padre y te ordeno que nunca nunca abras la puerta del sótano».

¿Es que Begoña se siente con la misma autoridad que mi padre para prohibirme que haga algo en mi propia casa?

Decidida, salgo hacia la acera y la dejo atrás, en el recibidor, con su cara sombría y temerosa.

Hoy no existe el miedo.

Hoy nada ni nadie puede evitar que salga en busca de una nueva esperanza.

## 15

Al recorrer North Hill Road, la avenida principal que cruza Pinomar de este a oeste, me invade la certeza de que, definitivamente, soy una mujer de grandes ciudades. Me gusta el encanto que provocan las multitudes, pasar inadvertida y caminar libre en medio de cientos de personas que no te conocen y a las que no les importas.

Hay cierto encanto en ser invisible. Te hace libre.

Ahora siento lo opuesto mientras camino por las angostas pero perfectas calles del pueblo.

Además, tengo la sensación de que Pinomar no ha cambiado en nada desde que mi madre me sacó de aquí cuando cumplí cinco años. Giro a mi alrededor y recuerdo lo pequeño que es, con su aire pintoresco y escenográfico. Las viviendas tienen todas el mismo estilo, como si estuviesen hechas en una misma fábrica y producidas gracias a un mismo molde. Solo el color de las fachadas y el ángulo de los tejados cambian.

Aquí hay algo raro. Una sensación que me inquieta.

¿Qué es?

*¿Qué?*

De pronto, me detengo: miro a los lados y me doy cuenta, por primera vez, de que la calle está desierta.

Es extraño: son las once de la mañana y la vida parece esconderse en este lugar.

Sin embargo, me llama inesperadamente la atención una de las casas, donde justo acaban de cerrar una puerta. Tengo el presentimiento de que alguien ha estado observándome y se ha escondido antes de que lo descubra. Tal vez es solo una percepción mía, parte de la inseguridad de andar sola por unas calles muertas, pero creo haber visto, incluso, el rastro de una persona antes de que la puerta me bloqueara la visión.

Avanzo unos pasos.

Me siento observada, estoy segura de que alguien me está mirando.

La intuición me hace fijarme en la casa de la puerta verde. Y justo en ese momento veo que alguien termina de correr una cortina al otro lado de la ventana.

Es cierto. Me están vigilando.

No puede ser una coincidencia. Estoy segura.

—¡¿Pasa algo?! —grito a todo pulmón. Pero nadie me responde.

Solo oigo otra puerta que se cierra en la distancia. Alguien más que se ha metido en su hogar. ¿Qué pasa aquí?

«No te conviene salir. Por favor, Elena, no es bueno que andes sola por las calles».

Por lo visto, Begoña tendrá que darme una buena explicación. ¿Es que ella sabía que esto iba a ocurrir? ¿Por eso me ha prevenido y ha hecho lo imposible por retenerme junto a ella?

La incomodidad se apodera de mí y apresuro los pasos. Antes de doblar la esquina alcanzo a ver que la puerta de una residencia se abre y, del interior, se asoma lo que parecer ser una mujer mayor. Me clava la mirada, que arde sobre mi piel.

Giro la cabeza y en la casa de al lado, en el segundo piso, un hombre se deja ver detrás de un ventanal.

Nadie dice nada. Nadie se mueve. Solo me observan desde la distancia.

Ahí viene el golpe de adrenalina en el sistema, lo que provoca que un pánico sutil se apodere de mí. No es coincidencia que a mi paso se cierren puertas, se descorran cortinas y las personas del pueblo se escondan. Como científica sé que las casualidades no existen.

Algo extraño está pasando.

Apuro el ritmo tratando de huir de una realidad que no entiendo.

Veo a una mujer robusta, vestida de gris, que viene hacia mí en sentido contrario. ¡Por fin alguien caminando en la calle!

—Señora, disculpe —la intercepto.

La mujer se detiene en seco al verme y abre los ojos muy impresionada. Trato de obviar el rictus de sorpresa de su rostro y, antes de que pueda articular alguna pregunta, no me deja ni siquiera abrir la boca. Espantada, se aleja a pasos agigantados. Le grito, trato de detenerla, y ante el sonido de mi voz parece huir más rápido y se pierde en la esquina frente a un parque cuidadosamente podado.

¿Soy yo la que está provocando todo esto?

## 16

El cartel anuncia: «Se busca empleado».

Está escrito con una caligrafía perfecta y lo han pegado en la angosta puerta de una librería.

Abro de un empujón y entro, en un intento por buscar refugio del caos que acabo de atravesar. El interior parece una burbuja atrapada en el tiempo. Me recibe una agradable penumbra algo ámbar, que con sutileza acaricia los lomos y las cubiertas de cuero de cientos de libros que se apiñan en las repisas. El suelo está cubierto por una alfombra raída que silencia y amortigua mis pasos.

Pienso que debe de ser una librería especializada en volúmenes viejos, raros, de coleccionista, esos que tanto me gustaba consultar en mis años de universidad.

Avanzo entre las estanterías de libros y uno en particular me llama la atención. Lo cojo del estante con infinito cuidado y, al abrirlo, noto ese particular olor a tinta y humedad que emana de las páginas. Entonces recuerdo la hipótesis de Mariko Aoki, que plantea que el olor de los libros puede desencadenar un inesperado movimiento intestinal, y que estudié hace años en la facultad. La «teoría de la estimulación del olor», como también se llama, es una hipótesis convincente, pienso mientras dirijo mis pasos hacia el fondo del lugar.

«¡Basta! Suspende ahora mismo tu inútil obsesión por la ciencia».

¿Será que echo mucho de menos mi profesión?

De pronto, una voz femenina me sobresalta:

—Buenos días.

Me doy la vuelta para verla y me enfrento a una mujer de unos cuarenta y cinco años que está subida en una escalera de tres peldaños que la aúpa hasta las baldas superiores. Me cuesta distinguir su presencia recortada contra la estantería repleta de libros. Su figura menuda, el pañuelo de seda que le rodea el cuello y la ropa que lleva reflejan una vida sin grandes emociones, mientras su semblante pálido sugiere un cansancio persistente. A pesar de todo, me resulta atractiva, dueña de un tipo de belleza que más bien depende de la luz correcta para hacerse notar. O desaparecer.

¿La conozco? Su rostro me parece lejanamente familiar.

Desciende el par de peldaños deslizando con infinita delicadeza la mano derecha por la barandilla.

—¿Puedo ayudarte en algo? —pregunta.

Contesto que he visto el cartel fuera y que estoy interesada en el puesto. Le explico que soy bioquímica, que acabo de llegar al pueblo y que ando buscando algo que hacer. Lo que sea. Asiente y me extiende la mano.

—Bueno, me parece que tenemos que hablar. Mucho gusto, me llamo Ángela —se presenta.

Tengo la impresión de que Ángela está saliendo de un ataque de asma, porque su voz se percibe algo gastada, como si necesitara más aire del necesario para poder articular una palabra. Los círculos oscuros que luce bajo los ojos son el resultado evidente del bloqueo y estrechamiento de los conductos que transportan aire dentro y fuera de los pulmones. «Una vieja y polvorienta librería no es el lugar ideal para un sistema respiratorio debilitado», pienso.

—Elena Hausser —le contesto.

La reacción de Ángela al oír mi nombre me provoca un nuevo desconcierto. Frunce el ceño y sus mejillas pálidas pierden aún más el color.

—¿Elena Hausser...? ¿Tú? ¿De *aquellos* Hausser...? —masculla.

En ese momento, una mujer de edad avanzada se asoma desde la trastienda. El sobrio pero elegante vestido gris que lleva hace juego con su cabello plateado. La dureza que asoma a sus ojos le da un aspecto incisivo y algo amenazante.

—Ángela, necesito que me ayudes a catalogar los nuevos libros —señala, y se detiene al verme.

Espantada, la recién llegada se lleva la mano a la boca en un gesto de terror.

«No te conviene salir. Por favor, Elena, no es bueno que andes sola por las calles».

«¡Ya basta, Begoña! ¡¿Acaso tú sabías que esto iba a suceder?!».

La anciana sigue mirándome con horror y no entiendo nada. El evidente miedo que ella siente por mí me contagia, y ahora soy yo la que está atemorizada.

—¡¿Qué hace aquí esta mujer?! —exclama, sin quitarme los ojos de encima.

Repito que he visto el cartel de la puerta, pero esta vez la voz me sale a tropezones de la boca. La dueña de la librería no me deja terminar y comienza a gritar.

—¡Fuera de aquí! ¡Fuera! ¡Dios mío, ayúdame, esto no puede estar pasando!

Siento que un puñado de lágrimas me sube hasta los ojos. Me doy media vuelta y escapo a toda velocidad. Mi corazón se ha convertido en un tambor desafinado que bombea sangre sin control. Siento que me laten las sienes y, por más que abro la boca para llenarme de oxígeno los pulmones, me falta el aire con cada exhalación.

Corro hacia la calle y el sol me abofetea con violencia. El cambio de luz entre el interior y el exterior es demasiado brusco. Las pupilas se me dilatan de tal manera que, por un segundo, me quedo en la más completa oscuridad. Alcanzo a notar que mis pies bajan de la acera hasta la calle. Una ráfaga inesperada cruza frente a mí. Pestañeo con rapidez, intentando calibrar mis pupilas en medio del estallido de luz que me rodea.

—¡Cuidado! —oigo que alguien grita a mis espaldas.

Una mano masculina me coge del codo, deteniendo mis pasos, y me empuja hacia atrás. Al instante percibo el rugido del motor de un vehículo que corta con violencia el aire a escasos centímetros de mi cuerpo. De mi boca escapa un grito al descubrir que estoy en mitad de la calle, que un coche por poco me atropella, y de la impresión suelto el bolso, que cae al suelo.

—¿Estás bien? —me pregunta el hombre, que sigue sosteniéndome entre los brazos.

No reacciono a sus palabras. Su proximidad me permite contemplar solo una parte de su rostro: una boca de labios rosados, un mentón con una barba de varios días, unos auriculares por donde se escucha la *Sinfonía fantástica* de Berlioz.

—¿Estás bien? —repite.

Entonces salgo del trance en el que me encuentro, igual que un pez que hubieran arrojado fuera del agua, y me despego de los brazos de ese hombre que me sonríe intentando demostrar que no pretende hacerme nada malo.

—¡¿Qué...?! —Lo encaro—. ¿Tú también vas a esconderte al verme...?

El tipo frunce el ceño sin comprender mis palabras.

Echo a correr. Oigo su voz al tratar de detenerme para decirme que me he olvidado el bolso sobre el asfalto. Pero ya no puedo frenar la huida. Estoy condenada a seguir corriendo para que nadie vuelva a verme, para que nadie me señale con el dedo, para convertirme en una sombra imprecisa, a ver si así todos se olvidan de mí.

¿Qué saben ellos que yo no...?

«¡Elena no puede sospechar nada!».

## 17

—«Elena Hausser». —Brian lee en voz alta el nombre y el apellido escritos en el permiso de conducir.

Los visillos no dan abasto al intentar contener la luminosidad, que se convierte en una avalancha dorada que enciende a Brian y Nora, sentados juntos en el sofá de la sala.

—¿Hausser? —Nora levanta la vista y no puede evitar un gesto de sorpresa.

—Eso dice aquí. Elena Hausser. ¿La conoces? —pregunta.

Nora tarda en responder. Se pone de pie, camina hacia la ventana y termina de cerrar las cortinas. De manera abrupta, la luz suspende su reinado y la estancia baja un par de tonos de claridad.

—¿La conoces? —insiste intrigado.

—No sé quién es la mujer que aparece en la foto de ese carnet, pero hace muchos años vivió en Pinomar una familia con ese mismo apellido, en una casa muy hermosa —dice Nora. Y agrega en un suspiro—: Imposible olvidarse de los Hausser.

—¿Y sabes dónde queda esa casa?

—Sí, en Old Shadows Road. No está muy lejos de aquí —contesta tan opaca como el resto de la decoración—. ¿Quieres que vayamos más tarde?

—Te lo agradecería. Querría devolverle el bolso lo antes posible —le sonríe.

Nora asiente y camina hacia la puerta que comunica con la cocina. El músico la mira avanzar sin hacer el menor ruido entre los muebles. No entiende por qué, de pronto, la dueña de la pensión ha cambiado de expresión de una manera tan evidente. Su rostro ahora trasluce una preocupación que él, sinceramente, no puede descifrar.

—Hausser —murmura Nora casi en sordina justo antes de salir de la sala—. Hausser...

Al caer la noche, ambos se encaminan a cumplir su propósito. Brian lleva entre las manos el bolso de Elena. Nora avanza decidida, haciendo evidente, con toda certeza, que sabe hacia dónde se dirige.

El calor del día se prolonga incluso más allá del atardecer y no da tregua al humedecer la piel y el nacimiento del cabello.

Antes de llegar a la residencia de los Hausser, hay que subir una pequeña colina y atravesar un camino largo lleno de árboles y flores amarillas. Nora se detiene y señala la construcción con un amplio movimiento del brazo. Destaca en ella una enorme puerta de pequeños cristales. La altísima fachada parece sonreír a causa de dos ventanas redondas ubicadas en el muro principal.

El número 11 de Old Shadows Road.

Brian se queda en silencio, admirando las imponentes columnas que se alzan hasta un hermoso y labrado balcón, y la galería lateral, cubierta de orquídeas de diferentes colores.

—¿Estás segura de que esta es la casa? —le pregunta a Nora, extasiado ante lo que ve.

—Aquí vivió la familia Hausser. La inolvidable familia Hausser.

Brian empieza a caminar hacia la puerta principal, pero Nora no se mueve de donde está. Él la mira desconcertado.

—¿No me acompañas? —se sorprende.

—No —responde ella, sin despegar los ojos de la enorme residencia.

Nora retrocede un par de pasos. Niega con la cabeza y se aparta un mechón de cabello que le cae sobre los ojos.

—Este lugar nunca me ha gustado —dice rencorosa—. Tengo que regresar... Mi hermano va a llegar a cenar y... ¡Buena suerte!

Antes de que Brian pueda decir nada, la mujer se da media vuelta y se aleja. La oscuridad de la calle termina por tragarse su silueta. Lo que queda tras su partida es el zumbido de las cigarras y la humedad, que no se cansa de empañar el aire y dificultar la respiración.

Pero a Brian no le importa. Está donde quiere estar. Por eso, sin pensarlo dos veces, hunde el dedo en el botón del timbre.

Y es entonces cuando empiezan, de verdad, los problemas.

## 18

Elena termina de bajar la escalera desde el segundo nivel cuando de pronto el timbre interrumpe sus pasos y los detiene.

¿Visitas? ¿A esta hora?

Si Elena hubiese tenido tiempo de reflexionar sobre las consecuencias de abrir la puerta en un momento tan inadecuado como el que estaba atravesando en ese instante, tal vez habría podido anticiparse a ellas. Si hubiera aplicado algún tipo de método científico a su atropellada y brevísima reflexión al tiempo que alargaba la mano hacia el pomo —daba lo mismo cuál: un simple análisis de causa y efecto; una rápida disección de los datos e información extraída de la realidad; un examen riguroso y atento de los hechos percibidos—, quizá podría haber evitado que los hechos futuros se desencadenaran de una manera inevitable.

Pero, en general, Elena Hausser reacciona *a posteriori*. Y ese es su principal defecto.

Al abrir, reconoce de inmediato los labios, el mentón con la barba sin afeitar y la sonrisa. Lo único que le falta a esa imagen es la *Sinfonía fantástica* escapándose por los auriculares.

—¿Elena Hausser? —pregunta Brian desde el umbral.

Ante el gesto afirmativo, el hombre le enseña el bolso, el mismo que ella dejó caer en la calle y que no tuvo tiempo ni de recoger. Elena sonríe agradecida.

—Fuiste tú —señala.

Durante una fracción de segundo que parece extenderse más de la cuenta, nace un instinto compartido entre ambos. Una sensación de bienestar que les permite mirarse a los ojos sin que resulte inadecuado. Brian ni siquiera podría decir de qué color es la ropa que viste Elena. El vértigo de esos ojos le ha robado la atención. No puede despegar la mirada de ese rostro que se ha convertido en un imán, mientras todo lo que la rodea comienza a escurrir como cera líquida.

Si Elena hubiera analizado con más detenimiento la situación, habría sabido que tenía problemas.

Problemas serios.

De pronto, la voz de Daniel rompe el momento.

—¡Elena! —llama desde el fondo del recibidor.

Ella retrocede de manera instintiva, separándose de Brian. Daniel entra proveniente del salón. Se sorprende al ver a un hombre en la puerta, junto a su esposa. Tan cerca de su esposa, de hecho.

Se produce un silencio que Brian vuelve a interrumpir.

—Brian Miranda, buenas noches —se presenta.

—Mira, me ha traído mi bolso. Lo perdí hoy en la calle y… y Brian lo encontró —interviene Elena, avanzando hacia su marido.

—Pensé que ya no quedaba gente honrada en este mundo —asiente—. Muchísimas gracias.

«Muévete. Sal de esta casa. Ya no hay más que hacer aquí», se dice el músico.

Pero no consigue despegar los pies del suelo.

La sensatez tampoco es una virtud de la que él haga gala.

—Acciones como esta merecen una recompensa —anuncia Daniel—. Soy el marido de Elena. ¿Por qué no te quedas a cenar con nosotros?

«Rechaza la invitación. No te compliques la vida».

Sin embargo, Brian sonríe sorprendido por el cordial recibimiento. Motivado por un sentimiento nuevo e inesperado, responde:

—Encantado.

Y con solo esa inocente palabra ya nada volverá a ser lo mismo.

## 19

Sentado a la gran mesa de cedro, rodeado por doce sillas de tapiz francés, no puedo dejar de admirar la decoración clásica del lugar. El comedor, con inmensos arcos blancos que forman un semicírculo a nuestro alrededor, es un poco más formal de a lo que estoy acostumbrado, pero tengo que admitir que es de un gusto exquisito.

Es un espacio noble, como detenido en el tiempo. Se nota que ni el interior ni los adornos se han tocado en décadas. Todo es fruto de un esplendor pasado, de una vida de lujos que ya no existe. El escenario perfecto para que los fantasmas de las generaciones previas sigan rondando por aquí, recordándonos a los vivos que, si disfrutamos de estas comodidades, es porque ellos estuvieron antes, levantando con sus propias manos este oropel del que ahora gozamos.

Desde la cabecera, Daniel guía el desfile de la sirvienta, a quien llaman Begoña, que pone y retira los platos sin hacer el menor ruido. La elegante vajilla blanca, la cubertería de plata, la tenue iluminación de las velas que sobresalen de un florido arreglo central...; todo invita a una buena conversación.

Sin embargo, Elena no ha dicho una sola palabra. Se limita a seguir con la mirada a Begoña, esa figura casi imperceptible que circula alrededor de la mesa, consciente de que está siendo observada.

—Así que eres músico, Brian. —La voz de Daniel resuena un instante en ese espacio tan amplio, donde lo único que interrumpe el silencio es el sonido de los cubiertos, que parecen instrumentos quirúrgicos en una sala de operaciones.

Begoña aprovecha la interrupción para abandonar el comedor. Veo a Elena seguirla con la mirada mientras desaparece rápido al otro lado de la puerta, que da a la cocina.

—Sí, toco varios instrumentos. Claro que lo que más me gusta es el jazz —respondo, dándole un sorbo a mi copa de vino.

—¡Entonces estás en el lugar perfecto! El jazz es el alma de Pinomar —dice Daniel, con una sonrisa de satisfacción.

—Lo sé. Por eso he venido hasta aquí. Llegué hace apenas un par de días buscando una nueva vida —añado mientras no le quito la vista de encima a Elena. A través del cristal de mi copa, la observo con disimulo.

—¿De verdad? Nosotros también llegamos hace un par de días —comenta Elena, interesada de repente en la conversación.

Dejo la copa de vino sobre el mantel de hilo y apoyo el mentón en un puño. En esa posición, hago contacto visual otra vez con esos ojos color cielo que se han vuelto a fijar en los míos.

—Entonces somos tres los recién llegados —murmuro, dejando escapar las palabras en un susurro—. Me agrada saber que no soy el único que no conoce a nadie.

Daniel abandona los cubiertos sobre el plato y me mira en silencio, mientras tamborilea con los dedos en la mesa. Asiente, como si acabara de llegar a una conclusión importante.

—Estaba pensando, Brian, que podrías sernos de gran utilidad en el restaurante de lujo que estoy a punto de inaugurar aquí, en Pinomar. A eso es a lo que me dedico. Y al escucharte hablar de jazz, he pensado que sería una excelente idea tener a alguien tocando música en directo mientras la gente cena. ¿Qué te parece?

Me quedo en silencio un instante mirando a Elena. Hay algo en sus ojos, un brillo de expectación, que me deja claro que está esperando mi respuesta.

«No aceptes la propuesta —me digo—. Da las gracias, pero niégate. Inventa cualquier cosa. No te compliques más la vida».

—¡Me parece que tienes razón! —exclamo, ignorando por completo la advertencia de mi propia voz interior.

—Bueno, Brian, pues has conseguido tu primer trabajo en este pueblo. Va a ser un placer recibirte en el restaurante. ¡Brindemos por eso! —dice Daniel alzando la copa.

Los dos levantamos las nuestras en un gesto de celebración y confianza. Sonrío, satisfecho, aunque una parte de mí insiste en que he cometido el peor de los errores. Pero estoy dispuesto a afrontar eso y más con tal de seguir contemplando esos ojos azules que no pienso dejar escapar.

Después de todo, Dios dejó de quererme hace mucho. ¿Qué más desgracias puede enviarme?

## 20

—Hora de dormir, doctor Hausser.

Luisa, en una rutina mil veces ejecutada, repite cada uno de los precisos movimientos que realiza noche tras noche: se cerciora de que las almohadas se hallen en la posición correcta para soportar el peso de la cabeza del anciano; comprueba que las dos pastillas hayan desaparecido del dispensador; verifica que el seguro de la ventana esté corrido, al igual que las gruesas cortinas; echa un vistazo al termostato de la habitación y se asegura de que la temperatura se encuentre en 22 grados centígrados, tal como le gusta a Josef Hausser...

Satisfecha, la enfermera asiente. Su trabajo, al menos durante esa jornada, ha terminado. Va a apagar la luz, pero algo le llama la atención.

Algo que no forma parte del paisaje rutinario de sus rondas nocturnas.

Un trozo de papel reposa en el suelo junto a las pantuflas de piel de oveja que Elena envió por correo como regalo a su padre hace ya más de cinco años. Unos centímetros más allá, yace un bolígrafo.

Luisa comprende en un instante lo que acaba de suceder.

Con cierta alarma, recoge veloz el papel donde Josef Hausser ha trazado otro 29, y esta vez ha añadido un 4.

No hay duda: por alguna razón el anciano se ha obsesionado —de nuevo— con recordar la fecha clave de su vida.

29 de abril.

Los ojos de la enfermera saltan desde los números hacia la cama, donde el anciano la observa en silencio, arropado por las sábanas.

Josef suelta un suspiro hondo. Sabía a ciencia cierta que ese momento iba a llegar. Tarde o temprano, sería necesario enfrentarse con valor a la ejecución de su propio plan. También es consciente de que el siguiente paso —el primero— es el que más trabajo le va a requerir.

Recuerda cuando todo era más llevadero, aquellos días en los que el plan era apenas el esbozo de una locura con la cual llenar las larguísimas horas de su forzado retiro. Durante un tiempo su proyecto no fue más que una ensoñación imprecisa, un rompecabezas de piezas desordenadas salpicadas por los diferentes hemisferios de su cerebro. Fantasías de medianoche. Alucinaciones de revancha. Una locura que, sin embargo, poco a poco fue cobrando forma. Engrosando su musculatura. Adquiriendo la densidad de un objeto vivo y concreto, y dejando atrás la fragilidad de un deseo ambiguo.

Y ahí, en medio de aquel huracán de anhelos y propósitos,

latía con vigor el corazón de la venganza. El motor de cada una de sus decisiones.

Cuando el plan de Josef Hausser era solo eso, una salida de emergencia a la frustración y el coraje nacidos un 29 de abril, él se juraba a sí mismo que no iba a dar marcha atrás. Que esta vez sí sería valiente. Que llegaría hasta las últimas consecuencias. Que reuniría la fuerza necesaria para jugarse por fin el todo por el todo.

Ese día acaba de llegar.

Ahora es de verdad.

Le basta una mirada cargada de intención para que la enfermera sepa lo que tiene que hacer.

—¿Está seguro, doctor? —pregunta ella con el alma en vilo.

Y el hombre asiente.

## 21

—¿Trabajar en una librería? ¿Tú?

Daniel mira por encima del periódico a Elena, que intenta sonreír para demostrar que está decidida y dispuesta a llegar hasta las últimas consecuencias en la determinación que ha tomado: trabajar en lo que sea y en lo primero que aparezca.

—Sí. En la librería del bulevar, la que está en...

—Sí, sé cuál es —la interrumpe—. Yo también crecí en Pinomar. Y no me parece que debas perder el tiempo en un lugar así —sentencia.

—Y según tú, ¿en qué debo perder el tiempo?

—No hay ninguna prisa para que busques trabajo. Esta casa es enorme, y me imagino que habrá mucho que colocar después de la mudanza. Además, ¿cuánto te pueden pagar en esa ratonera llena de polvo?

—¡No es un asunto de dinero, Daniel! —se queja, desarmando por completo la sonrisa con la que pretendía convencerlo—. Necesito hacer algo, salir de aquí. ¡Tú sabes que yo tenía mi vida, mi trabajo y...!

—¡Las cosas han cambiado, Elena! —Daniel cierra el periódico con un gesto de fastidio y se levanta del butacón donde se había puesto a leer—. Si de verdad quieres buscarte alguna actividad, habla con el padre Milton. Él es el párroco del pueblo. Tal vez puedas ayudarlo con algún servicio social o trabajo comunitario. Pero que una científica vaya a meterse en una librería sin futuro...

El hombre avanza hacia la puerta, dispuesto a salir. De nada sirven los jarrones con flores frescas que Elena ha cortado esa mañana en el jardín, ni las velas de vainilla que ha encendido para perfumar el ambiente, ni las primorosas cortinas que ha atado con delicadeza a cada lado de la ventana, para formar un armónico marco en torno al paisaje exterior.

Nada sirve: Daniel ha logrado arruinarle la mañana con un solo movimiento adusto de sus cejas pobladas, y ya no hay posibilidad de retroceso en su incomodidad.

«¡Elena no puede sospechar nada!».

No hay instante del día en que consiga olvidar aquella conversación telefónica que oyó un par de noches atrás.

«Cobarde —se dice—. Eres una cobarde. No has sido capaz de preguntarle quién estaba al otro lado de la línea».

—Daniel... —masculla, aventurándose a iniciar una nueva discusión.

Pero calla. La lengua le pesa dentro de la boca y se le pega al paladar por la falta de saliva.

—Habla con el padre Milton —repite, interrumpiendo

cualquier posibilidad de seguir hablando—. Yo me voy al restaurante.

La puerta se cierra y pone punto final a la conversación. Elena aprieta los puños y desvía la mirada del periódico, que permanece sobre el sofá, como un recordatorio de que Daniel ha estado ahí.

«¡Elena no puede sospechar nada!».

Abre la puerta y se precipita hacia el pasillo, donde su marido termina de ponerse la americana para salir a la calle. Un golpe de adrenalina le recorre la columna vertebral y remata en su nuca, provocándole un ligero estremecimiento que no es capaz de disimular.

Entierra con fuerza las uñas en las palmas de las manos, sosteniéndose al borde de un vértigo que le dobla las rodillas y que está a punto de hacerla desistir. Pero consigue despegar la lengua del paladar, con la misma dificultad con que se desprende el papel pintado de una pared. Y cuando lo logra, su boca, veloz y traicionera, dispara su primera bala sin que ella pueda evitarlo:

—Tú y yo tenemos una conversación pendiente.

El aludido se detiene a mitad de camino hacia la salida. Se vuelve hacia ella, el ceño fruncido.

Elena respira hondo, llenándose los pulmones de oxígeno. Intenta poner en orden sus argumentos, pero el estruendo de su corazón, que late de manera enloquecida, no le permite ni siquiera escuchar sus pensamientos. Se moja los labios.

Por primera vez, Elena quiere actuar *a priori*.

—Mi amor, no tengo tiempo para seguir hablando —dice su marido abriendo la puerta.

El calor del exterior se precipita como una mala noticia hacia el recibidor. Junto a él entran también los ruidos de la calle, el motor de un autobús cargado de escolares y los ladridos de un perro.

—Quiero saber qué está pasando con nuestra relación, Daniel —sentencia, y su boca, una vez más, toma la decisión de adelantarse a cualquier reflexión—. Quiero saber cuáles son tus sentimientos hacia mí...

Daniel suspende la marcha. Una vena se le marca en el cuello, señal de que ha contraído los músculos de la cara y de que su cuerpo entero parece en estado de alerta. Y por tercera vez en menos de un minuto, los labios de Elena se abren y pronuncian la pregunta que le quema las entrañas:

—¿Hay otra?

Incluso los ruidos del exterior se quedan a la expectativa. Elena siente que la distancia que la separa de su esposo se multiplica, que las paredes se expanden y que el techo se eleva, y todo para conseguir que se sienta pequeña, pequeñísima, enfrentada a un gigante que la mira desde lo alto con dos ojos cargados de agravio.

—Voy a hacer como que no he oído lo que acabas de preguntar —exclama desde su cima, allá, a lo lejos—. ¡Cómo te atreves! Lo que he hecho... ¡siempre!... ha sido por ti. ¡Es demasiado doloroso que digas algo así!

Antes de que ella pueda esbozar siquiera una respuesta, el golpe de la puerta al cerrarse le anuncia que la conversación se ha acabado. El indignado rastro de Daniel termina de esfumarse en el aire, igual que un humo que se disuelve en la brisa, y las dimensiones del vestíbulo vuelven a su estado original.

Y en el centro está Elena, sola, con las uñas incrustadas en las palmas de las manos, afligida por la sensación de que ha sido injusta, impulsiva y que ni siquiera le ha dado a Daniel la oportunidad de explicarse.

«¡Elena no puede sospechar nada!».

Ha tomado una decisión: la única posible, considerando las circunstancias.

«Por lo visto, no me queda más remedio que ir a visitar al padre Milton», se dice.

Y suelta un derrotado suspiro de resignación.

## 22

El cambio de calor a frío es tan brusco e imprevisto que Elena siente que todos sus poros se yerguen al mismo tiempo, desconcertados y en franca rebeldía. Se tiene que estrechar a sí misma para intentar entibiar sus brazos desnudos, que son los primeros en recibir la gélida bienvenida del interior de la iglesia. Da la sensación de que los gruesos muros de piedra y cemento del edificio no hubieran conseguido atemperarse nunca desde el día de su inauguración. Los pilares que bordean la nave central, así como el suelo de baldosas y las dos estatuas de mármol que reciben a los recién llegados, exudan un aliento gélido que le traspasa la piel y se instala sobre los huesos.

Mientras avanza por el pasillo, Elena se da cuenta de que la última vez que estuvo en una parroquia fue en el funeral de su madre. Y desde esa fecha han transcurrido... ¿cuántos años? ¿Seis? ¿Siete?

«Te fuiste demasiado pronto, mamá, por culpa de ese cáncer. Y me dejaste sola, con demasiadas preguntas sin responder».

El interior del templo está desierto: ni rastro del sacerdote o de devotos feligreses. El confesionario, ubicado a un lado del altar, permanece en total silencio y abandono. Incluso la luz que atraviesa las altas vidrieras de la bóveda pierde entusiasmo en su camino hacia el suelo y ni siquiera alcanza a crear sombras que delaten su presencia. Un par de velas arden en lenta agonía, y su aroma a cera virgen se confunde en una pegajosa trenza con la humedad reinante.

De pronto, el ligero crujido de una madera a sus espaldas la sobresalta y la obliga a volver la cabeza. Se da cuenta de que la puerta principal termina de cerrarse en un movimiento pausado, aunque no ha entrado nadie.

«Tal vez fue el viento lo que la empujó, para luego dejarla regresar a su posición original», se dice.

Cuando oye el chasquido metálico del pasador al entrar en la cerradura, todo vuelve a la más absoluta inmovilidad, igual que una fotografía de colores desvaídos y opacos.

«¿Qué ha hecho que la puerta se abra? ¿De verdad creo que ha sido el viento?».

—¿Padre Milton?

La voz de Elena parece despertar las entrañas de la iglesia: de inmediato se enciende una lámpara en el umbral que comunica con la sacristía. A los pocos instantes, la robusta figura de un hombre, alto y ancho, se dibuja a contraluz. La sotana, que se mueve con sus pasos, proyecta una sombra algo imprecisa y ondulante que se extiende hasta tocar la punta de los zapatos de la mujer.

—¿Quién me busca? —oye decir.

—Buenas tardes, padre. Soy Elena Hausser y necesito hablar con usted.

La sola mención de su nombre provoca que el párroco avance unos centímetros hacia el frente. El resplandor de la lámpara le da de lleno en el rostro y revela sus facciones de líneas angulosas y un prominente mentón que se apoya en un cuello tan grueso como el tronco de un roble. Desde ahí observa a la recién llegada, que sigue a mitad de camino en el pasillo y que claramente no comprende la expresión de total conmoción del sacerdote.

—¿Hausser? —farfulla, y se mete la mano en el bolsillo para enredar los dedos en las cuentas de nácar de su rosario.

—Sí. Llegué hace un par de días a Pinomar y vengo a ofrecerme para ayudar en lo que necesite.

Sin esperar a que el cura interrumpa sus palabras, Elena se lanza de lleno a explicarle su situación de recién instalada en el pueblo. Sin pausa, le habla de su profesión, de su interés por conseguir un trabajo similar ojalá lo más pronto posible para no terminar deambulando como un fantasma inútil por los pasillos de su nueva residencia. Por lo mismo, ha decidido aprovechar su tiempo de desempleada de la mejor manera posible, y tal vez organizar algún tipo de servicio social o comunitario a través de la parroquia sea una buena manera de ocupar sus horas libres.

El padre Milton sigue escrutándola de pies a cabeza, en un gesto que refleja mucho más que un simple interés por conocer mejor a una nueva oveja del rebaño. Hay algo en sus ojos que pone de manifiesto que no terminan de asumir lo que están viendo.

—Acompáñame —es su respuesta.

Regresa hacia la sacristía, seguido de cerca por Elena, que debe apurar el paso para imitar las grandes zancadas que da el hombre. Se adentran en un estrecho pasillo, aún más helado que la iglesia, donde la escasa luz convierte en una difusa y oscura mancha la sotana del sacerdote. Salen a lo que parece ser un patio interior rectangular, adoquinado y sin la más mínima presencia de plantas o árboles.

Cuando la vista de Elena termina de acostumbrarse al resplandor que rebota en el suelo y los muros, descubre que el padre Milton está abriendo el candado que bloquea una puerta metálica.

—Adelante —le dice, invitándola a entrar.

## 23

Elena entra en un cuarto atiborrado de cajas de diferentes tamaños, utensilios de limpieza, botes de pintura, restos de madera y un sinfín de bolsas de plástico que apenas permiten el paso.

—Te presento la bodega de la iglesia —sentencia el padre Milton.

Ella se vuelve hacia él, aún incapaz de descifrar qué hace ahí.

—¿No me has dicho que querías aprovechar tu tiempo de la mejor manera posible? Bueno, aquí tienes mucho que hacer. Ni siquiera sé qué hay en este trastero. Y alguien tiene que ordenarlo un poco.

Y antes de que ella pueda rechazar el ofrecimiento, el sacerdote le extiende la mano y le muestra el contenido.

—Toma, te dejo las llaves. Cuando termines, me buscas en la sacristía.

Elena suspira hondo y recibe el llavero. Sabe que, al menos durante las horas siguientes, no tiene escapatoria. Milton se va a dar media vuelta para salir, pero se detiene. Desde la puerta se queda mirándola, lleno de intención. Abre la boca para decir algo, pero se arrepiente.

—¿Pasa algo? —lo encara la mujer.

—Te pareces mucho a tu padre.

—¿Lo conoció? —La voz de Elena refleja la ansiedad que le provoca el tema.

—En este lugar todo el mundo conoció a tu padre —reflexiona Milton—. Y viéndote a ti ahora... he vuelto a recordar.

El hombre sacude la cabeza para borrar las imágenes de su mente. Y sale con prisa, llevándose con él el dramatismo de su sotana negra, que se sacude como una bandera de luto al avanzar por el despiadado sol de plomo del patio interior.

Elena sabe que no tiene más remedio que ponerse manos a la obra. No está dispuesta a regresar tan pronto a su casa, a sentarse a esperar a que Daniel vuelva del restaurante para iniciar una nueva ronda de discusión. La mejor manera de calmar los ánimos con su marido es hacer lo que él propone.

Se quita el bolso, que deja sobre una de las polvorientas cajas que se apilan en la bodega.

Es en ese preciso momento cuando oye el ruido algo oxidado de los goznes de la puerta.

—¿Padre...?

Pero nadie le responde. Esta vez tiene la certeza de que hay alguien cerca de ella. Puede sentir la presencia de otra persona, que la observa desde algún rincón de esa estrecha despensa donde apenas caben ella y el desorden reinante.

—¿Quién está ahí...? —se aventura a preguntar, con miedo a que le respondan.

Sin embargo, el silencio es total. Solo se oye su respiración, cada vez más inquieta y alterada.

El presentimiento de que otra persona la acecha aumenta sin que pueda evitarlo.

Un ligero crujido, que oye tras su espalda, le confirma que no está sola. Es imposible que no vuelva a sentirse precipitada hacia el mismo pozo de angustia donde cayó la noche en que tres desconocidos entraron en su casa. Aquella vez todo comenzó con el leve sonido de un zapato cubierto de lodo avanzando en el parquet de su recibidor.

La sangre se le hiela, anticipándose a un miedo que se hace a cada instante más concreto y real.

No de nuevo. No otra vez.

—¡¿Quién está ahí...?! —grita, intentando romper el hielo que le ha congelado las extremidades.

De pronto, una mano masculina se posa en su hombro. La presión de esos cinco dedos sobre la tela de su blusa desata un calambre de horror que le seca la boca en una fracción de segundo y le borra los colores del rostro. Sabía que iba a volver a encontrarse con esa mano y que no sería solo en sus pesadillas. Su destino está marcado.

Al darse la vuelta, dispuesta a enfrentar su muerte, se encuentra con la sonrisa que tan bien conoce y el mentón mal afeitado que ya ha visto en varias ocasiones.

—¡Tranquila! ¡Soy yo...! —exclama Brian retirando la mano de su hombro y alzando los brazos en un gesto de inocencia.

Elena, enfurecida, golpea el pecho del hombre descargando así todo el miedo y el alivio, que se confunden en un solo grito.

—¡Casi me matas de un ataque...! ¡¿Me has seguido...?!

Sin esperar una respuesta, porque es obvia, la mujer retrocede dispuesta a tomar su bolso y salir lo antes posible de la bodega. Sin embargo, su pie tropieza con un trozo de madera que está en el suelo. Pierde el equilibrio y tiene que agarrarse a una torre de cajas apoyadas contra un muro, para no caer. El montón se inclina hacia un lado a causa del golpe del cuerpo de Elena y las cajas se vuelcan con estrépito, dejando a la vista un sector de la pared.

Brian abre muchísimo los ojos: parece haber visto algo sorprendente tras Elena.

Sin siquiera preguntar, ella vuelve la cabeza.

En el centro de lo que considera un escenario fríamente montado, como si alguien se hubiera tomado el tiempo de colocar cada detalle para conseguir el mayor impacto dramático, Elena descubre un enorme retrato con un marco grueso y dorado, que muestra la imagen de una mujer pintada al óleo. Los ojos del cuadro la observan con una expresión familiar, tan conocida que Elena tiene por un instante la sensación de estar mirándose al espejo.

—¿Eres tú...? —pregunta Brian.

No, es imposible que sea ella: el retrato es antiguo, y la ropa que viste la mujer es de otra época. Los tonos marrones se mezclan con los negros y los rojos intensos, y las pinceladas del rostro dibujan una expresión perversa, como si la modelo estuviera a punto de estallar en una risotada burlona y peligrosa. Pero, a pesar del desprecio que transmite la pintura, es el mismo rostro de Elena el que los observa desde la tela.

—Eres tú, Elena —exclama—. ¡La mujer del cuadro es igual que tú...!

## 24

Hasta la bodega de la iglesia parece guardar un expectante silencio cuando Brian comienza a quitar del camino algunas de las cajas que se acumulan en desorden, para descubrir la totalidad del retrato. El espacio que los rodea deja de ser solo un cuarto repleto de basura, bolsas de plástico y utensilios de limpieza: ahora es un lugar infinitamente más importante, un sitio que guarda algo extraordinario. Algo que no se entiende. Algo a lo que Elena se acerca cautelosa, sin estar segura de estar viendo bien.

—¿Qué es *eso*...? —pregunta sin esperar una respuesta.

Brian levanta el cuadro desde el suelo y lo gira hacia ella, facilitándole una visión mejor.

—Eres tú... —lanza el músico, sorprendido.

Elena levanta la vista y se enfrenta a la imagen de su propio rostro, atrapado en un amenazante y viejo marco dorado. Le devuelve la mirada, como desde un espejo de óleo, un rostro más amargo, más fiero, más cruel.

—Eres tú, Elena —insiste Brian—. ¿No te das cuenta? La mujer del cuadro es igual que tú.

Ella se lleva una mano a la boca en un intento por atajar a tiempo el grito que le provoca la imagen. No puede creer lo que ve.

No es posible.

¿O sí?

—¿Por qué hay un cuadro tuyo en esta bodega? —Brian continúa con sus preguntas, una tras otra.

«Soy yo. Es mi rostro, los mismos rasgos, el color de la piel, el cabello. Soy yo. Soy yo».

—¡No soy yo...! —exclama intentando poner punto final a su miedo y su desconcierto.

La ansiedad provoca en Elena un golpe de adrenalina tan intenso que tiene la sensación de estar al borde de una cornisa, con los pies apenas sosteniéndose en el filo del vacío, casi a punto de caer. Quizá lo mejor sea abrir los brazos, echar la cabeza hacia atrás y dejarse succionar por una caída vertiginosa que acabe con todo. Siente que el corazón le bombea sangre a un ritmo anormal. Es incapaz de alejar los ojos de su doble.

«¿Por qué yo misma me sonrío con desprecio desde el marco de ese retrato? ¿De qué me burlo? ¿De mi propia desgracia?».

—¡No soy yo...! —insiste.

—¿Es tu madre...? —se aventura el hombre.

El espanto de no tener respuestas la ha arrojado una vez más a ese terreno donde el lenguaje pierde su contenido y se convierte en un esqueleto de letras inútiles, que ya no sirven para nada. Está muda. Otra vez —igual que la noche de su ataque— aterriza en esa zona más parecida a la muerte que a la vida. Un lugar de silencio profundo y privación de sonidos. Un lugar donde el alma se separa de la materia y la deja tan vacía como las palabras que han huido de su boca.

Un impulso visceral informa a Elena de que tiene que huir de ambos lugares: de la bodega y de ese territorio silente.

Debe alejarse todo lo posible de ese retrato que la avergüenza y humilla con su sola presencia.

Echa a correr y Brian, que tampoco entiende nada, sale tras ella.

—¡Elena...! ¡Espérame! —le grita.

Traspasa la puerta de la bodega y llega al patio interior. La luz del sol la castiga con furia y, por un segundo, tiene que cubrirse el rostro con las manos. Un estallido de luz blanca, que rebota en los muros de cemento y dentro de su cabeza, la ciega y le permite volver a ver, repetido en cada una de las chispas que provoca la reverberación, el rostro de esa mujer pintado sobre la tela.

Su propio rostro.

El instinto de supervivencia le ordena que escape de ese lugar, de esa imagen suya que, como un espejo, le anticipa un mundo lejano y repugnante donde ella pudo existir alguna vez.

## 25

A Daniel le parece que lleva demasiados años escondiendo sus secretos. Al menos una vez al día repasa mentalmente el listado, de principio a fin, y vuelve a ratificar su obsesión por llegar hasta el final del camino que no tuvo más remedio que elegir.

Eso lo tiene muy claro: la vida jamás le permitió la opción de seleccionar la ruta que lo llevaría hasta el fin de su existencia. Demasiado pequeño aún, el destino lo lanzó de bruces hacia delante y lo obligó a seguir un guion que otra persona escribió por él.

«Sácame de aquí. ¡Soy inocente! ¡Ayúdame a salir de este lugar!».

Aquella voz aún hace eco en el interior de su cabeza. Sin embargo, escuchar ese timbre tan familiar ya no le provoca lágrimas. De alguna manera ha conseguido superar el zarpazo de la culpa cuando piensa en la mujer que lo hizo todo por él, pero a quien no consiguió salvar del atropello.

«Busca un abogado, Daniel. La justicia tiene que darse cuenta de que soy inocente».

Una vez al mes, el viernes de la última semana, Daniel cumple con su ritual. La cita es siempre a la misma hora. Aparca su vehículo a un lado de la puerta principal. Baja del coche, la mirada algo perdida, sabiendo que es cuestión de minutos que vuelva a sentir el desgarro que le provoca estar ahí. Entra en la prisión. Saluda con una leve inclinación de cabeza al guardia de turno que vigila el ingreso de los visitantes. Nunca ha cruzado una palabra con ninguno de ellos. Solo se limitan a compartir, por un breve segundo, una mirada distante y un gesto de educación.

Daniel avanza por el pasillo central del lugar, un corredor estrecho y lúgubre que hace que olvide, durante la visita, el implacable sol de Pinomar. Camina intentando controlar la rabia. La furia. La sensación de injusticia que lo acompaña desde hace ya tanto tiempo.

«Aquí estoy. Otro mes más».

Hay cosas que no merecen perdón. Ni perdón ni olvido.

«¿Van a condenarme? ¡Pero si soy inocente! ¡No puedo pasar el resto de mi vida entre rejas por algo que no he hecho...!».

El último viernes de cada mes Daniel hace el mismo esfuerzo por evitar que las lágrimas ensucien su ritual. Odia llorar. Eso es para hombres débiles y mujeres que no son capaces de controlar los arrebatos de su temperamento. Pero él es un maestro en decir lo que no piensa, en sonreír cuando quiere gritar de rabia o en fingir una vida distinta de la que lleva por dentro.

«Ya no voy a salir de aquí. Nadie cree en mi inocencia. ¡Voy a morirme tras estas rejas...!».

Sigue avanzando por el tétrico pasillo de la prisión. Repasa mentalmente cada una de las palabras que le dirá cuando la tenga frente a él.

«Lo que queda ahora es esperar a que esta bola de nieve vaya creciendo, poco a poco, hasta alcanzar el tamaño de mi odio. Ya nada puede detenerla. Es imposible. Es cuestión de tiempo que volvamos a sonreír y a vivir en paz. "Ni perdón ni olvido", me repito todos los días cuando abro los ojos. ¿Y sabes por qué? Porque no olvido tu mirada, no olvido el timbre desesperado de tu voz gritándome desde el otro lado de los barrotes. No olvido. No puedo olvidar. Ni mucho menos perdonar».

Cada vez que Daniel visita la cárcel, repasa tramo a tramo el camino que lo dejó anclado ahí. Como siempre, concluye que carga demasiados secretos sobre los hombros.

Pero él puede con ellos: es fuerte, siempre lo ha sido. Además, desde muy joven aprendió a mentir muy bien.

—Tiene cinco minutos —le recuerda el guardia.

Y la gruesa puerta de metal termina de cerrarse tras él.

## 26

En la parroquia se respira paz. La temperatura es perfecta gracias a los inmensos muros de piedra y protege a los fieles que acuden por su penitencia; les evita sentir el calor pantanoso que hace arder las calles del pueblo.

«Así debe de ser estar en el cielo».

Ese pensamiento cruza la razón del padre Milton cuando sale del confesionario acompañado de la mujer que acaba de narrarle, llena de culpa, sus más íntimos secretos.

Echa un rápido vistazo a su iglesia y una enorme satisfacción se apodera de él. No hay nada más placentero para su alma que la tranquilidad que proporciona la casa de Dios. Le gusta cuando el templo está semivacío, solo con un par de fieles arrodillados, orando en silencio, soñando tal vez con un Dios improbable que perdona y castiga con la misma intensidad.

«Las iglesias, como los teatros, son primos hermanos —reflexiona el sacerdote—. En ambos se encuentran la sombra y la luz, el silencio y el respeto. Los vestuarios luminosos. El drama. Y los dos son grandes lugares para esconder la verdad. Esa verdad que no deseamos que nadie descubra».

De pronto, como un violento latigazo, la puerta se abre e interrumpe los pensamientos del padre Milton y los rezos de su congregación. El hombre ve surgir la figura de Elena de la pantalla de luz blanca que inunda el umbral de la entrada principal.

—¡Padre...! ¡Padre Milton! —grita ansiosa mientras avanza a grandes zancadas por el pasillo central.

El revuelo de sus pasos y el eco de su grito provocan que la paz, convertida en un pájaro desordenado, huya del templo. Presintiendo lo que viene, Milton se vuelve hacia sus fieles y les señala con un sutil gesto de la mano que abandonen el lugar. Después, sale al encuentro de la recién llegada, que respira de manera ruidosa y descontrolada.

—¿Qué pasa...? —inquiere.

Elena se le acerca pálida, temblorosa, seguida por Brian, que también tiene la preocupación reflejada en el rostro.

—¿Quién es la mujer del cuadro? —exclama Elena fuera de control.

—¿Qué cuadro? —responde cauteloso.

«Nadie va a dudar nunca de un sacerdote. Nunca. Por eso una iglesia es el lugar perfecto para esconder lo que no se desea mostrar».

Antes de responder, Elena hace una pequeña pausa para respirar mejor. Siente que a su alrededor se teje una gran intriga. La iglesia, la figura que de soslayo ve esconderse detrás del confesionario, la expresión del padre Milton, la respiración agitada de Brian a sus espaldas. Toda una serie de información visual y sensorial que parece advertirle que debe estar más atenta que nunca. Un gran escenario donde cada elemento desempeña un rol especial. Una representación colectiva donde la única que no conoce su papel es ella.

Y, como actor principal, el cuadro. El extraño cuadro.

—¡Quiero saber quién es la mujer del óleo que está en ese cuarto! —exclama.

Milton da un paso al frente, acercando su inmensa figura con sotana a Elena para tratar de apaciguarla con ese gesto un tanto desafiante.

—No sé de qué hablas —sentencia, y hace un esfuerzo enorme por ocultar la verdad tras su voz de hombre de bien—. ¡Y baja la voz, que estamos en una iglesia!

«Estamos en una iglesia». Como si esa frase lo resumiera todo. Como si las estatuas de mármol, los cirios siempre encendidos y las flores blancas del altar fueran instrumentos que obligaran al silencio.

—¡Le exijo que me diga quién es la mujer que aparece en el cuadro! —vuelve a gritar, y su voz rebota insolente en cada uno de los pilares de la nave central.

Sin hacer caso a sus órdenes, Milton la ignora y se acerca a la mujer a la que ha confesado minutos antes y que, ante el reclamo del sacerdote, sale de su escondite.

—Llama a alguien de la casa Hausser. Diles que vengan a buscarla, que está muy alterada. ¡Rápido! —ordena.

La mujer asiente y se aleja. Milton se vuelve hacia Elena,

que ve echarse una vez más la enorme sombra de luto hacia ella.

—No sé de qué me estás hablando —dice, y desvía la mirada ante la posibilidad de que puedan leer la mentira en sus ojos—, pero quiero que me lleves ahora mismo a ver ese cuadro. ¡Rápido!

Y otra vez el largo pasillo que desemboca en el patio central. La luz del sol que calcina los adoquines y los muros de cemento. La puerta de metal que se abre. La bodega que los recibe a los tres y les ofrece la visión del retrato, que sigue recostado contra la pared.

—¡Ahí está...! —exclama Elena al tiempo que lo señala.

La impresión en el rostro de Milton es clara, y un reflejo que parece inconsciente hace que se persigne. Alterna las miradas al cuadro y a Elena, sin emitir una palabra.

—Dígame quién es esa mujer, padre... —suplica.

Su paciencia ha llegado a su fin. Impetuosa, se acerca a Milton y se enfrenta a él buscando sus ojos. Quiere la verdad. Una verdad que, sin embargo, está segura de que seguirá eludiéndola.

—¡¿Quién es, padre?! —grita.

Milton no responde. Está convencido de que no es la hora apropiada para confesiones, y Dios, en su infinita sabiduría, tendrá que entenderlo. Es hora de callar, de seguir adelante con lo pactado.

—¡¿Qué hace ese cuadro aquí?! ¡¿Cómo ha llegado a esta bodega?! —pregunta el sacerdote.

—¡No lo sé...! —contesta Elena, confundida.

—Al parecer estaba escondido detrás de unas cajas que se cayeron y... Bueno, así fue como quedó a la vista —interviene Brian.

Entonces el padre Milton parece perder la compostura. Se le enrojece el rostro, le tiemblan las manos y les grita agresivo:

—¡Fuera de aquí! ¡Ahora!

«¿Irme? ¿Sin la remota posibilidad de una respuesta coherente? No. No voy a moverme de aquí sin saber quién es esa mujer idéntica a mí».

—¡Por favor, padre! —suplica.

—Acepta mi consejo, Elena Hausser —dice bajando la intensidad de la voz—. No sigas haciendo preguntas. El que mucho pregunta... se arriesga a que le contesten —amenaza—. Y, ahora, las llaves. ¡Dame las llaves de la bodega!

Elena no puede creer lo que oye. La agresividad con la que el padre Milton la está tratando raya en la grosería. Agitada, le extiende las llaves y el sacerdote se las arrebata de las manos.

—¡Sal de aquí...! ¡Fuera, he dicho! —exclama.

Brian pone la mano en la cintura de Elena y la ayuda con ese gesto a encontrar la puerta de salida. Antes de abandonar el lugar, la mujer se vuelve por un momento hacia el padre Milton y comprueba que ahí, en la penumbra de la bodega, un hombre de Dios ha dejado de serlo.

## 27

El calor de Pinomar se le agazapa en los hombros, la curva hacia abajo, la obliga a frenar los pasos porque choca de frente contra una sólida y ardiente pared de humedad.

—¡Elena! —Brian hace el intento de detenerla.

—¡¿Qué quieres?! —ruge, superada por la situación.

—Ayudar a que te calmes, nada más...

Elena baja la guardia: se da cuenta de que ha sido grosera y una ola de arrepentimiento le llena de culpa la conciencia.

—¿Será por ese cuadro por lo que todo el mundo me mira raro en este lugar? —elucubra—. ¿Pensarán que yo soy la del retrato?

Y entonces, justo cuando Brian va a abrir la boca para decirle que van a resolver el enigma y que no piensa dejarla sola en una situación tan confusa como esa, la voz de Daniel corta su entusiasmo:

—¡Mi amor...!

Elena y Brian se vuelven. En los ojos desmesuradamente

abiertos de Elena se refleja la imagen de Daniel, que acaba de cerrar la puerta del coche y se acerca rápido hacia ellos.

—¿Y tú...? ¿Qué haces aquí? —exclama sorprendida al ver a su marido.

—Begoña me ha llamado al móvil. Me ha dicho que la han avisado, de parte del padre Milton, de que habías tenido una crisis. ¿Qué ha pasado?

—No ha sido nada —interviene Brian—. Solo ha habido un problema con...

—Discúlpame —lo detiene Daniel con un gesto de la mano—, pero estoy hablando con mi esposa.

Brian percibe el escudo infranqueable que Daniel acaba de levantar en torno a su mujer. La coge del brazo y la pega a su cuerpo. El músico retrocede un paso.

—Ven, mi amor, vamos a casa. Allí me cuentas qué ha pasado.

El instinto le dice a Elena que no debería ir. Que sería mejor que se quedara con Brian y que no volviera a su hogar hasta más tarde. Pero sabe que ya no es posible. La presencia de Daniel ha empañado toda probabilidad de alegría. Se vuelve hacia el músico y le sonríe discreta. Hace un torpe gesto de despedida con la mano y se aleja hacia el vehículo de su marido.

Brian se queda solo mientras ve cómo el coche, con sus dos ocupantes, se pierde por la calle. Espera quieto. Sin moverse. La luz filtrada entre los árboles deja ver el endurecimiento de su mirada.

Decidido, entra enseguida en la iglesia. Cuando sale una vez más hacia el patio central, se detiene en seco al ver que el padre Milton está asegurando la puerta de la bodega con un grueso candado.

Sigiloso y veloz, Brian se esconde tras el recoveco de uno de los muros de piedra. Desde ahí observa al sacerdote, que revisa una y otra vez que el candado haya quedado bien cerrado. Ya cerciorado de ello, se da la vuelta y abandona el lugar llevándose el sonido de su sotana en movimiento. Brian, decidido, sale tras él.

El músico tiene que ser cauteloso y superar sus propios temores. Desde niño, las iglesias le han provocado una cierta aprehensión. Y más aún ahora, que siente sobre la conciencia el peso de estar mintiéndole a todo el mundo. Cada santo, cada par de ojos que lo miran desde una estatua o incluso desde el crucifijo central, lo juzgan por no decir la verdad.

«¿Qué va a pensar Elena cuando se dé cuenta de que no soy la persona que ella cree? ¡Ni siquiera le he confesado mi verdadero nombre!».

«Kevin Quiroga, músico de profesión, estaba detenido sin derecho a fianza. Las autoridades habían presentado una solicitud de extradición para entregarlo a su país de origen y que se enfrentara a un cargo de asesinato». Sacude la cabeza para intentar borrar lo que decía el periódico.

Sigiloso, sigue al padre Milton, que entra en la sacristía y deja la puerta casi abierta. Brian se asoma y lo ve abrir una gaveta y echar en el interior el manojo de llaves. Desde su escondite, fija la vista en el cajón. En sus ojos relampaguea una idea.

Una idea que podría cambiarlo todo.

Una idea que va a cambiarlo todo.

## SEGUNDA PARTE

*Elena Hausser sabe que lo que está a punto de suceder es culpa suya. De nadie más. Ella es la responsable absoluta de la inminente tragedia que pende sobre su cabeza, una catástrofe que se adivina mucho peor que cualquiera de las otras catástrofes que haya atravesado.*

*También sabe que todo se resume en tres fatídicos errores en su vida.*

*Solo tres.*

*Tres.*

*El primero fue asumir que sus recuerdos eran hechos reales. Sucesos que de verdad había experimentado.*

*Sin embargo, ese error le permitió ser feliz durante algunos años. Cuando comentaba con infinito candor y superioridad moral que su infancia había sido una época feliz, llena de juegos y amor desinteresado, lo decía en serio. Aunque la verdad fuera otra, solo que ella no lo sabía.*

*Pero con el tiempo Elena Hausser descubrió que no hay*

*nada peor que creerse sus propias mentiras. Y eso fue lo que hizo. No de manera voluntaria, claro, sino de forma inconsciente. Asumió muchas cosas que no eran ciertas. Las dio por verídicas. Por vividas. Y las incorporó en su catálogo mental de situaciones profesadas.*

*El segundo error de Elena Hausser fue descubrir todo eso muy tarde. Para cuando vio la luz, el daño ya era demasiado grande.*

*Y ahora, enfrentada al monstruo de sus peores pesadillas, comprende que vivió engañada por los demás, pero también por ella misma. Por su particular selección de recuerdos.*

*Lo poco que recordaba terminó por convertirse en su más indeseable enemigo.*

*Es hora de solucionar las cosas. Y para poder enmendar el camino, para por fin convertirse en la dueña de su propia existencia, Elena Hausser sabe que tiene que cometer un tercer error.*

*El más grave de todos.*

*El más peligroso de todos.*

*El más noble de todos.*

*Y que ocurra lo que tenga que ocurrir.*

## 28

La luna, inmensa y blanquecina, se asoma por la ventana abierta de la cocina e ilumina el interior de la residencia. Uno de sus rayos alcanza a Elena, que está sentada, el mentón sujeto por ambas manos, los ojos extraviados.

El olor de una infusión perfuma el aire en su camino de la cocina a la mesa. Begoña deja frente a Elena una taza humeante.

—¿Un cuadro? —vuelve a preguntar Daniel.

Elena, que estaba perdida en algún lugar recóndito de su cabeza, alza la mirada y enfrenta a su marido.

—Sí. El retrato de una mujer de otra época, pero igual que yo. Idéntica.

Daniel hace una pausa. Niega con la cabeza, frunce los labios en un gesto de preocupación. Se vuelve hacia Begoña y la luz del color de la leche le da en pleno rostro a través de la ventana abierta.

—¿De qué es el té que le has servido? —pregunta.

—Es una infusión de valeriana, señor. Es buena para dormir y relajarse.

—Eso es justo lo que necesitas, mi amor. Dormir y relajarte. ¿Por qué no subes al cuarto, te acuestas y dejas que Begoña te lleve la cena a la cama?

Elena lo mira asombrada: le está contando una historia tan increíble como perturbadora y su marido parece no sentir ni la más mínima curiosidad.

«¿En qué se ha convertido? ¿O siempre ha sido así y no me he dado cuenta?».

—Te estoy diciendo que en la bodega de la iglesia hay un cuadro antiguo con el retrato de una mujer clavada a mí —repite—. ¡Por eso, cuando la gente se cruza conmigo en la calle me huye y no se atreve a hablarme!

—Lo mejor que puedes hacer es subir y...

—¡Daniel, ¿no vas a decir nada?! ¿No te parece raro? ¡Las casualidades no existen!

—Lo que me parece es que estás demasiado alterada —responde, empujando la taza con la infusión hacia ella—. Tú no eras así.

Elena lo interrumpe al ponerse de pie y abrir los brazos exigiendo silencio.

—¡El padre Milton me advirtió que no siguiera investigando, porque a lo mejor no me iba a gustar lo que pudiera encontrar! —exclama—. ¿Eso no te parece extraño? ¡El cura me amenazó! ¡Me echó a gritos de allí!

Daniel también se levanta de la silla. La taza humeante se queda en total abandono sobre la mesa, expuesta al rayo de luna que persiste en pintar de plata un sector de la cocina.

—La verdad, Elena, no me importa lo que haya dicho ese sacerdote. Yo solo quiero que descanses —sentencia. Y agrega, mirando a Begoña—: Llévale la cena a la habitación en cuanto esté lista.

Daniel camina hacia la puerta para salir al pasillo. Su esposa niega con la cabeza, incapaz de aceptar y asumir que ese haya sido el final de la conversación. Se adelanta y le cierra el paso, enfrentándose a él sin escudos ni armaduras ante esa avalancha de desprecio por su angustia.

—¿No vas a cenar conmigo?

—No. Tengo trabajo —responde él sin alzar la voz—. Me quedaré hasta muy tarde encerrado en mi despacho.

Otra noche sola. Otra noche en la que la cama es un terreno demasiado vasto y frío para su alma. Otra noche más en esas condiciones.

—¡No, tú te quedas conmigo! —demanda.

Una ola de hastío ahoga a Daniel. Sin embargo, se contiene. Debe disimular. No está dispuesto a perder la compostura ni mucho menos a quedar en evidencia. De pequeño aprendió una gran lección: si quieres dominar a otros, tienes que dominarte a ti mismo.

Ese pensamiento súbito lo llena de una energía inesperada. Es hora de invertir los papeles del drama: ahora la víctima será él.

—No puedo creer que me hables en ese tono —masculla cargando de reproche cada palabra—, cuando todo lo que he hecho ha sido por ti —se queja—. Si abandoné nuestra vida anterior fue para salvarte. ¡Si estoy aquí, luchando para empezar de nuevo, es por amor...!

Sus palabras rebotan contra las viejas baldosas de los muros. La fría cerámica las tiñe de desconsuelo y las deja vibrando unos segundos más antes de apagarlas. Begoña baja la vista y trata de esconderse mientras prepara la cena, para que los dueños de la casa ignoren su presencia.

—Que no se te olvide que todo lo he hecho por ti —espeta Daniel, y sale.

Elena traga saliva. Mira la taza de valeriana, que sigue sola en mitad de la mesa. Gira la cabeza y se enfrenta a la puerta cerrada del sótano. Intenta descubrir en el suelo los cadáveres de las palabras que su marido le ha lanzado a la cara y que han ido a morir estrelladas en las paredes de la cocina. No hay más que hacer. Está rodeada de intentos de actividades que se concibieron para ejecutarse entre dos, pero que a última hora se convirtieron en monólogos.

Está sola.

Y asustada.

29

Elena se deja llevar por sus propios pies, que suben la escalera y la depositan en su cuarto, tan enorme y vacío. Descorre las gruesas cortinas y abre las ventanas: un aire cargado de cantos de grillos y cigarras se mete dentro y enfría la habitación.

Se recuesta en la cama y apoya la cabeza en el cerro de suaves almohadones forrados de exquisitas telas y bordados elegantes. Cada detalle que la rodea es placentero, desde el majestuoso butacón de delicados colores que instaló cerca del tocador hasta el olor a violeta que se desprende de los seductores aceites que vuelan desde el baño.

Cierra los ojos.

La belleza y el buen gusto pueden ser insoportablemente aburridos. Como su nueva vida.

Como Pinomar.

«Quizá por eso mi madre me sacó de aquí a los cinco años, para evitar que creciera convertida en una mujer tan inútil como las orquídeas que cuelgan de mi balcón».

Si pudiera recordar las razones...

Las razones exactas de su huida.

Elena intenta hacer memoria. Primero de manera consciente, siguiendo un estricto orden cronológico. Luego, ante el fracaso de su empeño inicial, trata de recordar sin un orden en particular. Al final, se da por vencida, ya que solo consigue flashes efímeros de movimientos imprecisos, de gritos inconclusos, de pasos acelerados rumbo a ninguna parte.

Basura mental.

Fuga de energía.

Pero lo que siempre consigue rescatar de su memoria es la soledad que se instaló en su vida tras el divorcio de sus padres. Mucha soledad. Una sobredosis de soledad infantil que la acompañó durante años. Soledad de náufrago abandonado en medio del mar. Soledad de único superviviente de un accidente aéreo en plena cordillera nevada. Soledad de medianoche profunda en un descampado en el fin del mundo.

Hoy la soledad es una cama demasiado grande, con una única persona dentro.

La soledad es una vieja amiga. La ha visto cara a cara durante demasiado tiempo. Y, por lo mismo, puede recordarla con facilidad.

La puerta del cuarto se abre y entra Begoña. Carga una bandeja con la cena, que deposita frente a Elena.

—¿Y Daniel?

—Ya se ha encerrado en su despacho —responde—. Cómete todo, Elenita; mira que has llegado pálida de la calle...

Begoña le acerca un poco más la bandeja arrastrándola

por encima del edredón. Es en ese momento cuando, sin quererlo, Elena ve su propia imagen reflejada en las tapas de plata que cubren los platos. Una imagen distorsionada. Una imagen demasiado parecida a la del cuadro de la bodega de la iglesia. Afectada, desvía la mirada.

Sola.

Una vez más, sola.

Begoña se le acerca, cómplice y algo incómoda por lo que piensa hacer.

—¿Puedo hacerte una pregunta, Elenita…? —le dice misteriosa.

Elena la observa y asiente.

Begoña parece vacilante. Se acerca más.

—¿Cómo… cómo era el cuadro ese…?

—Viejo. Como si hace mucho tiempo hubieran pintado a alguien igual que yo —contesta, haciendo un enorme esfuerzo por apartar de la mente los trazos al óleo que conformaban aquel rostro idéntico al suyo.

Begoña asiente. Levanta la tapa de la bandeja y deja a la vista un arcoíris de vegetales y frutas que ha preparado para ella. Pero esa noche nada parece tener sabor o dulzura. Esa noche hasta la miel más sabrosa resulta amarga.

—¿Y dices que estaba en la iglesia? —insiste la mujer.

—Sí… En la bodega.

—¿Y de verdad era igual que tú?

—Clavada. ¿Quién será esa mujer, Begoña? ¡Eso es lo que me atormenta!

La aludida esta vez no dice nada. Se queda quieta, al acecho, esperando un acontecimiento inoportuno que está a punto de producirse. La luz de la luna dibuja sombras y reflejos sobre el rostro de la mujer y la convierte en un espectro que parece extraído de otro tiempo y superpuesto a la decoración del cuarto.

«¿Por qué sigue aquí? ¿Qué quieres decirme, Begoña? ¿Qué estás tratando de preguntarme?».

De pronto, Elena cae en la cuenta. Un estremecimiento le recorre la espalda, como una alimaña de puntiagudas uñas que se le clavan en el nacimiento de la nuca.

—¿Tú sabes quién es? —se aventura a preguntar.

En efecto: Begoña lo sabe. Tiene que saberlo. Su rostro palidece y, por más que se esfuerza en negar con la cabeza, todo en ella dice lo contrario.

—¡No! —responde la sirvienta.

—¡Begoña, no me mientas! ¡Tú sabes quién es esa mujer idéntica a mí...!

—Qué puedo saber yo —se defiende.

Begoña se agita. Intenta ocuparse en algo, para escapar del acoso. Finge que se asegura de que no falta nada en la bandeja. El limón cortado, los trozos de pan, los cubiertos, la servilleta de hilo.

—¡Dime!

—¡No! Yo solo quería saber cómo era el cuadro porque... —Hace una pausa intentando buscar una buena excusa que nunca llega—. Olvídalo, no me hagas caso.

—¡Begoña, por favor, ayúdame a entender! ¡Tú sabes mucho más de lo que me has dicho! Por algo has tratado de advertirme esta mañana. ¡Tú no querías que saliera a la calle! ¡Sabías lo que mi presencia iba a causar en el pueblo!

—Cuando termines de cenar, me tocas el timbre y subo a buscar la bandeja.

Sin una palabra más, Begoña sale apurada del cuarto.

Enseguida, la habitación recupera su aire de inutilidad. Desde las cortinas que se mecen con la ligera brisa de verano hasta el jarrón con rosas blancas que alguien dejó sobre su mesita de noche.

Nada de ahí le sirve.

Pero esta vez Elena no está dispuesta a permitir que la noche pase de largo y se convierta en madrugada sin que ella haya hecho nada por evitarlo. Empuja la bandeja hacia un lado, se baja de la cama y sale de la habitación con un ímpetu que ni ella misma reconoce.

Espera encontrar respuestas al otro lado del pasillo.

## 30

Como de costumbre, el corredor de la primera planta está en penumbra. Elena avanza decidida sin despegar la vista del charco de luz que se cuela por debajo de la puerta de la oficina de Daniel, al fondo del pasillo. Nada la detiene. Piensa pedir explicaciones y no se va a ir de ahí hasta conseguirlas.

—¿Daniel...?

Silencio.

Elena agarra el picaporte y comienza a girar. La anticipación de algo inevitable, igual que aquella noche que escuchó lo que no debía, le contrae el pecho.

La puerta se abre y Elena se encuentra ya dentro del despacho. Daniel está de espaldas y habla por el móvil con voz evidentemente apasionada, una voz que Elena no reconoce y que nunca ha sido capaz de provocar.

—No, no. No quiero que vengas a esta casa. —El hombre baja el tono de la conversación—. Yo iré a verte en cuanto tenga oportunidad. Por ahora confórmate con los besos que

te mando por teléfono y que pronto te voy a dar en persona.
—Ríe bajito, provocador—. No, no empieces. Si tú sabes que te amo...

Elena se estremece al escucharlo. En un instante, la esperanza de ser feliz desaparece ante sus ojos. Juraría que el suelo se inclina en una pendiente tan pronunciada que ella rueda ladera abajo, sin descanso, sin poder asirse a nada para evitar desplomarse. El vértigo de un pozo sin fondo engulle su cuerpo, que le parece tan ajeno y distante como la identidad de la persona que está al otro lado de la línea.

—¡Daniel! —grita cuando consigue recuperar la voz.

El hombre, espantado, corta la llamada al tiempo que se vuelve hacia su mujer. Los colores abandonan su rostro y su semblante entero adquiere el blanco de la luna llena que brilla sobre Pinomar.

¿Hacia dónde correr? ¿Dónde conseguir las palabras exactas que lo salven de esa situación?

«¡No debo poner en peligro la continuidad del plan! ¡Qué imbécil...! ¡¿Quién me manda a abrir la boca?!».

—¡¿Se puede saber con quién estabas hablando?!

Por primera vez en su vida, Daniel siente que las palabras se le quedan atrapadas en la boca. Elena da un paso y cierra la puerta de un golpe violento. Daniel sabe que está acorralado. Piensa de manera vertiginosa cómo salir de este hueco en el que ha caído. No puede permitir que la situación lo atrape.

Elena lo mira con desprecio. En medio de su inmenso dolor acaba de descubrir una fuerza nueva, provocadora e invencible, que le permite enfrentarse al enemigo.

Y esta noche Daniel es el enemigo.

—Contéstame... ¡¿Con quién hablabas?!

Daniel sabe que, si se demora en responderle, todo estará perdido. Veloz, cambia las fichas del juego.

—¿Desde cuándo te dedicas a espiarme tras la puerta? —retruca.

—No desvíes la conversación. ¡Confiésame que tienes a otra y terminemos ya con esta farsa!

—¡Elena, por favor!

—¡No llevamos un año casados y ya tienes a otra! —sentencia con la claridad de comprobar que no está equivocada.

—No sabes lo que estás diciendo.

—Lo sé perfectamente, Daniel. ¡Te he oído! ¡Le has dicho que la amas, que la vas a besar! ¿Quién es? —agrega morbosa—. ¿La conozco?

—Después del accidente te has quedado paranoica, por lo visto.

La mención del accidente la arrastra una vez más a esa noche y la lanza de bruces a un recuerdo que duele como un puñetazo en la boca del estómago.

—¡No fue un accidente! —ruge—. ¡Tres tipos entraron en casa y me golpearon hasta dejarme inconsciente! Y eso no tiene nada que ver con esto. ¿Cuánto hace que tienes una amante? —lo interroga envalentonada por el curso de la conversación—. ¿Por eso me has traído corriendo a Pinomar, para que no me encontrara con ella?

—No voy a seguir discutiendo contigo en este estado —responde Daniel.

—¡La otra noche también te escuché hablando con ella, y no quise decirte nada por temor a haber oído mal! Pero acabo de confirmar que tienes una amante, y no te lo voy a tolerar. ¿Me oyes? ¡No voy a permitir que me trates así...! —sentencia.

Daniel sabe que no puede defenderse. Es inútil. Su imprudencia lo ha dejado desnudo en medio de la plaza. No tiene más remedio que aguantar con la mayor dignidad posible el chaparrón que se desgrana sobre su cabeza. Avanza decidido hacia la puerta y escapa rápido hacia el pasillo.

Una oleada de furia se apodera de Elena. Ahora entiende tantas cosas... Seguro que Daniel ya se ha aburrido de ella, de sus dudas, de su escaso atractivo, del hecho de que nunca ha sabido sacarse demasiado partido, y por eso se ha buscado a otra. Pero ya habrá tiempo de asumir las culpas. El enemigo huye. Y ella no va a permitirlo.

—¡¿Adónde crees que vas...?! ¡Ven aquí...!

Daniel sale de la casa y se dirige hacia su coche. La noche parece ser cómplice de la agonía del momento. El viento mueve los árboles, provocando un sonido humano parecido a un grito. Incluso el canto de las cigarras ha enmudecido para no perderse detalle de los acontecimientos. Elena baja de dos en dos los peldaños que la llevan hasta la acera.

—¡No te atrevas a dejarme hablando sola!

El hombre se pone al volante y enciende el motor. Elena corre hacia el vehículo, dispuesta a cualquier cosa. «Es fácil matar —piensa—. En este preciso instante podría matarlo con mis propias manos. Debe de ser muy fácil acabar con un ser amado, sobre todo cuando traiciona tu confianza de esta manera». Se ve a sí misma abriendo la puerta y lanzándose sobre su marido. Le rodea el cuello con ambas manos. Aprieta hasta sentir que la garganta se le estrecha hasta tal punto que el aire se estanca a mitad de camino. Daniel boquea como un pez agónico, los labios morados, los ojos a punto de estallar en las cuencas. Este pensamiento la aterroriza, pero sigue corriendo hacia el coche, tratando de detener al enemigo que esa noche se le escurre entre los dedos.

—¡Ven aquí, no seas cobarde! ¡Daniel...!

Pisa a fondo el pedal del acelerador y sale a gran velocidad. Elena se queda sola, frente a la casa, que esta vez no le sonríe desde la fachada. Siente que el dolor, convertido en la mordedura de un animal salvaje, la desgarra por dentro. ¿Cómo se puede amar y odiar tanto en un mismo momento? Respira con la boca abierta, intenta calmar el desorden de su respiración.

¿Y ahora? ¿Eso es todo? ¿Así concluye su primer y único año de matrimonio? ¿Con el rugido de un motor que se lleva a su marido lejos, ocultándolo al final de una calle oscura?

En silencio, se gira para entrar de nuevo en su casa. Al hacerlo se encuentra de golpe con una sonrisa que ha aprendido a conocer muy bien y ese mentón mal afeitado que ya ha visto en tantas ocasiones. Abre la boca para gritar, pero Brian se adelanta hacia ella y la toma por ambos brazos.

—¡Tranquila, tranquila, soy yo...! —la calma.

—¿Hasta cuándo piensas aparecer así, de la nada?

—¿He venido en un mal momento?

—No podías haber escogido uno peor —le lanza directo a la cara.

Se suelta del abrazo del músico y avanza hacia su casa. La enorme puerta de cristales biselados la llama en silencio, prometiéndole que, una vez que atraviese su umbral, el mundo exterior dejará de ser una amenaza para ella. Brian se saca unas llaves del interior del bolsillo, estira la mano y se las enseña. Elena las mira durante un segundo, pero alza los hombros, se gira sin interés y sigue caminando.

—Le robé las llaves de la bodega al sacerdote.

Esas palabras la detienen en seco. Se vuelve hacia Brian y sus ojos relampaguean al ver de nuevo las llaves tintineando en el aire.

—¿No te interesa que vayamos a investigar más acerca de ese cuadro misterioso?

## 31

La bodega está en total oscuridad y silencio, llena de un olor melancólico que parece preservar los objetos que no se dejan ver, pero que están ahí, esperando a ser descubiertos. Al abrirse, el candado estropea la quietud. Unos instantes más tarde, el ruido oxidado de la puerta lo cambia todo.

Brian se asoma y con él la luz opaca de la luna, que también se mete en el trastero y provoca extrañas sombras en los muros.

—No hay nadie. Tranquila —dice Brian.

Entra seguido por Elena, que va tras él cautelosa, con las manos cruzadas sobre el pecho, protegiéndose del frío y del desorden. Brian enciende la luz, que no logra iluminar por completo los objetos que se amontonan.

—Este lugar…, no sé…, me pone los pelos de punta —comenta Elena en el umbral.

—Tranquila. Lo máximo que puede pasarnos es que nos dé alergia por la cantidad de polvo que hay.

Elena lo mira seria y llena de reproche. Brian esboza una sonrisa encantadora.

—Era una broma, mujer. Para obligarte a reír.

Elena se siente incómoda con el comentario de Brian, aunque agradece su esfuerzo por tratar de distender la atmósfera. Intuye, sin embargo, que se necesita mucho más que ingenio para lograr que ella olvide la inesperada traición de Daniel, el miedo interno que le causa aquella bodega y, en particular, el cuadro que aún reposa contra uno de los muros.

—A lo que hemos venido —lo apura.

Entre los dos arrastran la pintura hacia el centro de la estancia. Al exponerlo a la luz, el cuadro se convierte en el protagonista. Elena niega con la cabeza, sobrepasada.

—Es idéntica a mí —mascullas en un hilo de voz.

—Estoy seguro de que hay una explicación. A lo mejor es tu pariente... ¿No dices que tu familia vivió en Pinomar durante mucho tiempo?

—Sí, mis padres nacieron aquí. Igual que yo —dice Elena bajito, sin apartar la vista del retrato—. Cuando cumplí cinco años, ellos se divorciaron y yo me fui con mi madre a otra ciudad...

Elena se interrumpe.

No necesita cerrar los ojos para volver a ver el momento exacto en que su infancia se hizo trizas. Ahí está una vez más lo poco que recuerda: el ruido de la puerta del sótano al cerrarse con violencia tras el cuerpo de su padre; los gritos de su madre, que golpea cada vez con menos vehemencia; las llaves del vehículo, que tintinean; la maleta, que se cierra con su ropa de niña en el interior.

«¡Nos vamos, Elena! ¡Súbete al coche!».

—Fue un 29 de abril —susurra—. Es curioso, nunca olvidé la fecha, a pesar de la nebulosa que tengo en la cabeza. Mi madre me forzó a irme con ella sin una sola explicación. Pasaron muchísimos años antes de que volviera a ver a mi padre. Después de que mi madre muriera, yo... Yo justo en ese momento retomé el contacto con él...

El nuevo paréntesis en la narración permite que ambos comprueben que el silencio más absoluto se ha apoderado de la iglesia, el patio central y la bodega donde se encuentran. Pero, por lo visto, Elena no está dispuesta a cerrar la boca.

—Para ese entonces, él ya había tenido un accidente vascular y... —Levanta la cabeza y enfrenta los ojos de Brian, que la observan con atención—. Mi padre está en una silla de ruedas. No habla. No se mueve. Está muerto en vida.

Brian se acerca compasivo y extiende despacio una mano hacia Elena, sin pensar en el peligro de que los descubran. Con dulzura le toca el rostro y seca la amenaza de un par de lágrimas que titilan tras las pestañas. Ella se estremece ante el contacto. Los dos se examinan en una mirada larga, tan larga e insondable como el misterio que los rodea.

Elena reacciona al darse cuenta de la intensidad del momento, de lo cerca que están el uno del otro, de la emoción que le produce el contacto con Brian. Nerviosa, retrocede.

—¿Examinamos el cuadro? —propone—. A eso hemos venido, ¿no?

Al igual que Elena, Brian también parece salir de un trance. Con la conciencia de haber cruzado un límite que no debió, asiente y se acerca al retrato observándolo con atención.

Cuatro ojos recorren la tela y cada una de las pinceladas. Los trazos del pincel son vigorosos, están cargados de energía y parecen haber sido hechos hace apenas un par de horas. A juzgar por la vitalidad y la brillantez de los colores, el retrato no ha estado expuesto nunca a la luz solar. Es evidente que la penumbra de la bodega ha ayudado a preservar la particularidad de aquella misteriosa mujer tan parecida a Elena. Una misteriosa mujer que parece burlarse de ellos desde el pasado.

«Piensa —se dice Elena—. ¡Piensa!».

Quizá sea el momento de llamar a alguno de sus amigos científicos —esos *nerds* sin vida social con los que ella se relacionaba en su vida pasada—, a ver si pueden someter el cuadro a un análisis químico. Alguna información útil podrá extraerse de la distribución irregular de la pintura en diversas zonas de la obra; o de los pigmentos, barnices o aglutinantes utilizados por el autor; o algo aportará una sesión de rayos X para determinar el estado de conservación o las craqueladuras presentes en la capa pictórica.

Tal vez, si Elena solicitara que sus colegas llevaran hasta Pinomar iluminación ultravioleta, podrían evidenciar la discontinuidad en la superficie de la pintura, y así detectar pérdidas y fisuras en el óleo. O, mejor aún, si emplearan reflectografías infrarrojas para inspeccionar hasta el último filamento de la tela, está segura de que conseguirían rescatar alguna pista de la historia que esconde el retrato.

«¡Joder, que hagan lo que sea preciso, pero necesito respuestas cuanto antes o voy a volverme loca!».

De pronto, un nuevo hallazgo causa una súbita euforia en Brian, que se endereza de un salto.

—Mira, aquí está la firma del pintor.

—¡Saber quién pintó este cuadro puede ser un buen punto de partida! —exclama ella triunfal—. ¿Puedes leer algo?

—Vi... Vicente. Sí. Vicente. «Vicente Robledo».

—¿Lo conoces? ¿Es un pintor famoso?

Elena se acerca a Brian, que sigue leyendo.

—No soy experto en arte, para nada. Y no, no me suena. Nunca lo había escuchado. Mira, junto a la firma pone «1961». Debe de ser la fecha en la que lo pintó.

—Hace más de medio siglo.

—Qué increíble, no parece tan antiguo.

—¿Quién es esta mujer? ¡¿Quién?!

«No sigas haciendo preguntas. El que mucho pregunta se arriesga a que le contesten».

Brian sigue examinando la obra mientras Elena permanece quieta, sin moverse de su sitio. No puede evitar un nuevo y profundo suspiro. Tiene la certeza de que solo han descubierto la primera parte de un complicado rompecabezas.

—No hay nada más escrito que nos pueda dar información. Pero ya sabemos que el artista se llama Vicente Robledo y que lo pintó en 1961.

—Llamaba —dice Elena sumida en un trance.

—¿Cómo?

—Que lo más probable es que esté muerto. Igual que la mujer del retrato.

Brian se queda considerando lo que Elena acaba de decir. De pronto, una idea le cambia la expresión del rostro y parece despegar, de un golpe, el velo de la incertidumbre.

—¡Ya sé quién puede ayudarnos a conseguir información del pintor!

Elena le dedica una sonrisa sin mucho entusiasmo. En otro tiempo, apenas un par de meses antes, quizá habría celebrado dicha ocurrencia con un aplauso, con un gritito de alegría o con un abrazo sincero. Ahora ni siquiera sabe si sigue siendo esa misma persona, la mujer que recuerda que era. Y tampoco sabe si alguna vez volverá a serlo.

La única certeza que posee es que no tiene más remedio que confiar en ese hombre que se alza junto a ella en la penumbra polvorienta de la bodega.

No puede recurrir a nadie más por la sencilla razón de que no hay nadie más en su vida.

Solo fantasmas.

## 32

Nora los recibe en la salita.

—¿Para qué me necesitan? —pregunta algo nerviosa ante la presencia de Elena.

—Sé que a ti te gusta el arte. ¿No conocerás por casualidad a Vicente Robledo? —lanza Brian.

Una pausa.

—¿El pintor?

Elena y Brian se miran ilusionados.

—¡¿Lo conoces?! ¡¿Está vivo? —exclama Elena.

Una nueva pausa.

—Sí, lo conozco. Vive aquí, en Pinomar. —Mira a Elena con evidente desconfianza—. ¿Por qué? ¿Le quieren comprar algún cuadro?

Elena no se percata de la intención de las palabras de Nora, está demasiado emocionada para detenerse en pequeños detalles.

—¿Tienes su dirección?

Nora se concede el lujo de hacer un nuevo paréntesis antes de responder. Muy raras veces se tiene enfrente a alguien con el apellido Hausser, y, aunque se siente nerviosa, no deja de reconocer la importancia del momento.

«Es tan parecida a Josef... —reflexiona la dueña de la pensión—. Los genes son algo serio. No hay cómo escapar de ellos».

—No, no tengo la dirección de Vicente Robledo —responde—. Pero estoy segura de que aparece en el directorio telefónico.

—¡Perfecto! —Brian no puede contener la emoción al girarse hacia Elena—. Yo me encargo de eso, no te preocupes.

—Y mañana mismo vamos a verlo —remata ella excitada.

Nora percibe la agitación de ambos. De soslayo se fija en el vestido arrugado de Elena. También está algo sucio. Igual que su cabello.

«¿Dónde han estado metidos?».

—¿Puedo preguntar qué pasa?

Elena y Brian se ponen de pie.

—Pasa que necesito resolver un tema con ese señor. Tiene que contestarme muchas, muchísimas preguntas —dice Elena.

«Por lo visto, no hay tiempo para la verdad».

Brian y Elena abandonan el salón. Nora va tras ellos. Es su momento de participar en algo que parece interesante, y eso en su vida no ocurre muy a menudo. Intuye que el misterio que se traen esos dos puede ayudarla a salir del aburrimiento en el que chapotea a diario. Una monotonía que, como cruel arena movediza, día tras día la engulle un poco más.

Nora sabe mejor que nadie que, cuanto más sola se halla una persona, más esquiva y retraída se vuelve. Lo comprueba a diario. Acumula las cicatrices del aislamiento en el cuerpo y en el alma. El encierro ha ido creciendo a su alrededor igual que una enredadera que nadie ha conseguido podar, ni siquiera ella misma, y que ha ido creciendo, impertinente, abarcando paredes, suelo y techo. Y Nora también sabe que, una vez que el desamparo se incrusta y echa raíces, ya es demasiado tarde para retroceder y cambiar de planes.

—Bueno, si por alguna razón no aparecen los datos del pintor en el directorio, yo podría tratar de conseguírselos de alguna otra manera —ofrece para dilatar su marcha.

—Gracias —dice Elena, sincera, mientras sale por la puerta hacia la calle—. De verdad, muchas gracias…

La sala vuelve a estar desierta y silenciosa. Como el resto de la casa.

Nora se molesta: por más que ha lanzado los anzuelos precisos para atrapar a la presa, se ha quedado compuesta y sin novio. Antes de que el fastidio le espante el sueño, apaga las luces, corre las cortinas y se dirige a su habitación.

Por desgracia, una noche más parecida a la anterior.

Pero Nora comete un error: esa noche sí será especial.

Ninguno de los tres implicados es consciente de lo que realmente ocurrirá bajo ese techo.

Para ellos ha sido un simple intercambio de información, de promesas de ayuda y de fingida cordialidad.

Pero la verdad es que ahí, en el insípido salón de muebles anticuados y papel mural algo desteñido, empezarán los problemas.

Tras esa conversación, ya nada volverá a ser igual.

Al menos puede irse a dormir sabiendo que lo ha intentado.

Y que ha seguido paso a paso las indicaciones del plan.

## 33

Brian y Elena avanzan en silencio hacia la residencia de los Hausser, en el número 11 de Old Shadows Road.

El músico piensa en la belleza insuperable de las noches de verano. En que las palabras estorban cuando todo es perfecto. Alza la vista hacia un cielo negro, elegante, poblado de miles de estrellas y cruzado por una brisa agradable. Aunque Old Shadows Road no es una calle oscura, las farolas que se elevan de manera regular siguiendo la línea de la acera solo sirven para hacer las sombras más densas. Por lo visto, es una avenida que hace honor a su nombre.

Pinomar está lleno de esos detalles que encantan y hechizan.

Y, por lo visto, también de secretos que laten y hierven bajo el pavimento de las calles.

Sin darse cuenta, llegan a su destino. Brian se lamenta de que el camino haya sido tan corto.

Elena, de un vistazo rápido, comprueba que el coche de

Daniel no está aparcado frente a la casa. No sonríe por fuera, pero sí lo hace por dentro.

Es increíble que la vida se esfuerce en continuar con su desconcertante normalidad a pesar de todo lo que le ha ocurrido en los últimos tiempos.

«¡Elena no puede sospechar nada!».

«¡No puedes entrar, Elena! ¿Me oyes? ¡No puedes entrar!».

«No te conviene salir. Por favor, Elena, no es bueno que andes sola por las calles».

—Bueno, aquí estás. Sana y salva.

Los dos saben que se encuentran en un momento demasiado frágil que podría cambiarlo todo. Pero también saben que es mejor ignorarlo y optar por una despedida banal: asentir, sonreír y ya.

De pronto, el viento mueve juguetón un bucle del pelo de Elena y le cubre los ojos con él. Sin pensarlo, y de manera intuitiva, Brian le quita el mechón y lo acomoda detrás de su oreja.

Solo eso. Nada más.

Apenas un pequeño gesto absurdamente íntimo.

—No te preocupes, mañana vengo a buscarte cuando haya localizado la dirección de Vicente Robledo —explica él.

Elena asiente. Se le acerca siguiendo un impulso y le da un beso en la mejilla. Ella no nota que, al hacerlo, Brian se estremece.

—Buenas noches —dice, y le hace un gesto de despedida.

Brian se anima y la coge del brazo; la arrima a su pecho y

la retiene un segundo más. Se miran a los ojos. Elena, en ese momento, se enfrenta a un hallazgo sorprendente: sentir el placer súbito que la cercanía de Brian le provoca.

«¡Aún estoy viva!».

Elena descubre con alegría que, a pesar de que su sensatez no es constante, sino un sinfín de intermitencias, todavía es dueña de su cuerpo, y que su piel conserva la habilidad de erizarse ante el contacto ajeno. Por lo visto, después de todo lo que ha vivido será capaz de volver a ser la que era: la Elena Hausser que existió antes del atentado y de esos tres hombres que invadieron su casa.

«Que arda Troya...», piensa Elena.

Aunque no es momento de pensar.

Es momento de abandonarse.

De dejarse arrastrar.

Además, se muere de ganas y no tiene nada que perder.

Entonces ¿cuál es el siguiente paso?

Solo uno.

Pero es peligroso. Y lo sabe.

—¿Qué te hizo Daniel?

La inesperada pregunta la desconcierta y la devuelve de bruces a la realidad. Concluye que esa noche tendría mil razones para quedarse allí, a su lado, arropada por la penumbra de la calle, disfrutando del hecho de que a Brian no parece importarle que ella aparente más edad de la que da fe su certificado de nacimiento.

Elena Hausser debe elegir entre el placer y el silencio. Y su mente analítica —ese maldito cerebro que siempre reacciona cuando ya ha sucedido lo peor— le revela que solo hay una opción... por el momento.

«Maldita sea».

Se separa de él con suavidad.

—Discúlpame. Necesito dormir.

—Hasta mañana, entonces. —Brian se acerca para besarla en la mejilla.

Elena retrocede y entra en la casa, apurada. Su mayor deseo es subir de dos en dos los peldaños, atravesar el largo pasillo de la planta alta, encerrarse en el baño y lavarse por fuera primero y por dentro después.

El músico se queda mirando con ilusión la puerta cerrada. Se da cuenta de algo que lo hace sonreír: Elena y él ya son cómplices, tienen un secreto.

Un secreto que no guarda relación con el retrato de la bodega ni con el pasado inconfeso de Brian.

Un secreto que late con fuerza cada vez que él piensa en ella. Un secreto que, para desgracia de ambos, va a cobrarse más de una víctima.

## 34

Permanecen un momento inmóviles ante la verja de madera blanca que los separa del jardín de la casa.

32 New Hill Road: el hogar de Vicente Robledo.

Un serpenteante camino de adoquines lleva a Elena y a Brian hasta la puerta. El persistente aroma de un jazmín en flor los acompaña a lo largo del trayecto.

Vicente resulta ser un anciano delgado, muy alto, de aspecto distraído y pálido como una criatura submarina que nunca ha entrado en contacto con la luz del sol. Los recibe con una sonrisa amable, aunque sus ojos, de un inquietante tono azul, se muestran suspicaces. Por lo visto, no está muy acostumbrado a recibir visitas. Sin embargo, el gesto del pintor cambia de golpe al descubrir el rostro de Elena, que se asoma por detrás de Brian: al instante sus pupilas comienzan a arder con un fuego frío en su rostro antiguo.

«Me ha reconocido —piensa Elena—. Es el mismo gesto que he visto en los habitantes de Pinomar desde que llegué».

Cuando entran en el vestíbulo, descubren que la residencia está llena de libros polvorientos, periódicos atrasados, lienzos inacabados, tubos de pintura resecos y pinceles momificados. Hay una chimenea delineada por una repisa de madera de castaño. Sobre ella cuelga una antiquísima naturaleza muerta de frutas, flores y una hogaza de pan. Enfrente de la chimenea hay dos sillones de terciopelo verde desvaído. Completa el mobiliario una señorial y rígida poltrona con reposabrazos cubiertos por protectores de ganchillo en hilo blanco. El lugar parece un museo personal donde los objetos hablan y cuentan historias.

La desconfianza del dueño de la casa aumenta con cada segundo cargado de silencio. Elena y Brian se presentan y lo encaran sin rodeos:

—Necesitamos hablar del cuadro que pintó —dispara el músico.

Por toda respuesta, Vicente Robledo señala los muros repletos de óleos que llenan el espacio del suelo al techo. De un rápido vistazo, los recién llegados alcanzan a identificar algunos retratos de rostros desconocidos, paisajes clásicos de Pinomar y algún que otro motivo más bien abstracto.

—¿Cuál de ellos...? —pregunta con cierta ironía.

Un gato con sobrepeso emerge de entre unas macetas donde agonizan un par de plantas de interior y se frota indiferente contra las piernas de su dueño. Durante un breve segundo, su ronroneo es lo único que se oye en el estudio.

—El cuadro que está en la bodega de la iglesia —aclara Brian—. ¿Conocía usted a la mujer?

—No sé de qué cuadro me habla, muchacho.

«Es evidente que está mintiendo, porque titubea al hablar».

—El de la mujer que se parece a mí. —Elena ha agotado su paciencia y no quiere seguir jugando—. Sabe perfectamente de qué retrato estoy hablando.

—Ah, ese cuadro… —musita—. Sí, pero de eso hace mucho tiempo, ya casi ni lo recuerdo.

—Lo pintó en 1961, para ser exactos —añade Elena.

—¿Y dicen que está en el almacén de la iglesia? Vaya, veo que el padre Milton no sabe apreciar el buen arte. Qué triste destino para una obra tan interesante.

—¿Quién era la modelo? —insiste.

Elena lleva la mirada hacia la mano izquierda de Robledo: no hay alianza. Por un instante albergó la fantasía de que pintor y modelo hubieran sido marido y mujer en el pasado, que él hiciera un retrato de su propia esposa y que, por una delirante jugarreta del destino, ella —y a través de ella los Hausser— estuviera unida a ese anciano de ojos de ciego y ademanes tan lánguidos como los de su gato.

El gesto de Vicente Robledo insinúa que intenta hacer memoria, aunque en realidad a Elena le parece que selecciona alguna mentira que ofrecerles.

—Se llamaba Raquel —dice.

Elena y Brian se miran con complicidad: al menos ya tienen un nombre.

—¿Cómo la conoció?

—Vivía aquí, en Pinomar.

—¿Está viva?

Vicente hace una pausa y se acerca a un aparador con bisagras a la vista y superficie de mármol. Abre una de las puertas y del interior saca una botella de cristal tallado con un tapón de plata.

—¿Puedo ofrecerles un licor de menta? —pregunta llenándose una copa.

—¡¿Dónde puedo encontrar a Raquel?!

—Puede visitarla en el cementerio. Raquel murió hace muchos años.

Elena niega con la cabeza, frustrada. Siente la penetrante mirada fosforescente del gato, que la observa echado sobre la gastada alfombra.

—¿Qué más puede contarnos sobre ella? —pregunta Brian.

—Era una mujer de gran belleza —afirma sin dejar de mirar a Elena—. Pero… es complicado. No sé, tampoco la conocí mucho…

«Una vez más, vuelve a jugar a las evasivas. ¿Por qué?».

—Me imagino que no hace falta que le diga quién soy yo —lo encara Elena.

—Lo siento, no sé quién es usted —responde sin siquiera ocultar la evidente mentira de sus palabras.

«Eso no es cierto. Sé cómo me ha mirado cuando me ha visto aparecer en la puerta de su casa».

—Pinomar ya ha descubierto que soy la hija de Josef Hausser.

El gato bufa y el pelo del lomo se le eriza; se prepara para un ataque.

—Esa mujer, Raquel…, ¿es mi antepasada?

Elena sabe que Vicente tiene muchas respuestas, pero no parece dispuesto a compartirlas con ellos.

—¿Cómo quiere que lo sepa? —replica él de pronto alterado—. Yo solo pinté el cuadro. ¡Han pasado décadas!

—Pero usted ha vivido aquí toda la vida —continúa Elena, ya casi enfrentada al hombre—. Es obvio que conoció a mi familia, a Raquel. ¡Tiene que saber si hay alguna relación entre ella y los Hausser!

El gato lanza un zarpazo hacia delante, en evidente pie de guerra. Al verlo, Vicente Robledo endereza el cuello, deja la copa sobre una mesa auxiliar y, por primera vez, sube el tono de voz.

—Creo que es hora de que se vayan —sentencia.

—Ha sido muy amable al recibirnos sin avisar —interviene Brian, que considera prudente salir de ahí.

Elena lo mira confundida. No pueden marcharse, tienen que averiguar algo más sobre la mujer del cuadro. ¿Cuál era el apellido de Raquel? ¿Tenía más familiares en Pinomar? ¿A qué se dedicaba cuando estaba viva? ¿Es cierto que está muerta? Pero Brian la toma del brazo y la obliga a despedirse. El anciano suspira aliviado al verlos atravesar el vestíbulo y, desde su lugar junto al gato, observa a Elena con una mezcla de tristeza y temor.

—Hay cosas que es mejor dejar en el pasado, jovencita —dice casi en un susurro—. Y Raquel es una de ellas.

Elena siente un escalofrío ante aquella mirada que parece atrapada en una cárcel de recuerdos. Brian la conduce hacia la salida mientras sus ojos y los del pintor permanecen enganchados.

Cuando la puerta se abre, el olor a jazmín les recuerda que allí fuera la vida sigue su curso, implacable.

Salen de la casa con el eco de Vicente Robledo aún tronando en la cabeza. Aquel hombre ha abierto una puerta que Elena no sabe muy bien adónde conduce, pero que, al igual que la del sótano, ya no puede dejar de abrir.

—Nos está mintiendo —afirma Brian.

Elena no contesta. Pero su silencio también es una respuesta.

## 35

La decoración es impecable: líneas limpias, pocos elementos pero minuciosamente elegidos, mesas de madera oscura alineadas a la perfección y decoradas con centros de flores blancas. Las luces tenues crean un ambiente acogedor y cálido. Observo que en las paredes bailan sombras suaves que se proyectan desde una enorme lámpara que preside el techo. La belleza y la exquisitez del lugar son innegables.

—Bienvenidos a mi obra maestra —dice Daniel a cada uno de los integrantes de la larga fila que espera para entrar en su nuevo restaurante.

Por lo visto, todo Pinomar ha acudido al evento.

A pesar de que después de nuestra violenta discusión no he vuelto a cruzar palabra con mi marido, he accedido a vestirme para la ocasión y he asistido a la inauguración. Este va a ser mi último regalo a nuestra relación: sobrevivir a una noche de falsas apariencias. Sin embargo, como sospechaba, me siento fuera de lugar, aunque hago un enorme esfuerzo por mantener la compostura.

Veo la boca de mi esposo sonreír a diestro y siniestro y pronunciar palabras que no alcanzo a percibir. Pero no me hace falta oírlas. Aunque lo intente, solo soy capaz de escuchar su traición, que me llega desde el pasado, un par de días atrás: «Por ahora confórmate con los besos que te mando por teléfono y que pronto te voy a dar en persona».

No fue mi imaginación. Daniel me engaña.

«Tú sabes que te amo…».

No alcanzo a evitar que mi mano intercepte una copa de champán de una bandeja que cruza frente a mis ojos. Tengo miedo. Sé que va a ser una mala noche.

¿Y Brian? ¿Dónde está?

Begoña permanece a mi lado en un discreto segundo plano. Su presencia me hace sentir menos sola. «No hay peor soledad que la que se siente al estar rodeada de gente», leí alguna vez, ya no sé dónde. Pero sí recuerdo que en aquel momento, como buena científica, dicha afirmación me pareció una cursilería sin límite. Hoy la entiendo. Y no solo la entiendo, sino que la vivo en mis propias carnes.

Estoy sola. Pinomar entero contribuye a esa sensación.

—Bienvenidos a mi obra maestra —escucho por centésima vez por encima del barullo que solo sabe crecer.

Cuando vuelvo a llevarme la copa a los labios, descubro que el champán se ha acabado. ¿En qué momento me lo he bebido? Hasta mis oídos siguen llegando jirones de conversaciones ajenas, risas algo destempladas y palabras que soy incapaz de distinguir. Sentir todas esas respiraciones y cuerpos circulando a mi alrededor me acelera los latidos del corazón y pone mi propia respiración y mi cuerpo en alerta.

Tendría que haberme quedado en casa.

De pronto, tengo la certeza de que *alguien* me observa desde un rincón del restaurante. No necesito darme la vuelta para saber que tengo un par de ojos clavados en la nuca, ávidos de que me gire para enfrentarse a mis ojos.

—No tendrías que haber regresado.

Es su voz. Esa voz que hace años que no escucho.

—¿Papá? —mascullo al tiempo que me doy la vuelta con un movimiento brusco.

Pero no, no está ahí. No puede estar ahí. Lo dejé en un lejano hogar custodiado día y noche por una enfermera que no se despega de su lado. Además, él tampoco puede hablar. Josef Hausser, mi padre, está muerto en vida, condenado a esperar la muerte sentado en una silla de ruedas o recostado sobre una cama con colchón ortopédico y llena de cojines.

Sin embargo, hacía tanto que no oía su voz... Y ahí estaban aún esas cinco palabras, haciendo eco dentro de mi cabeza: «No tendrías que haber regresado».

Cuando cojo una nueva copa de champán de otra bandeja que pasa por mi lado, descubro esos otros ojos que sí me observan con detenimiento. Me recuerdan a la mirada de su gato, ese animal obeso que no hizo el menor esfuerzo por congeniar conmigo. Desde su esquina, Vicente Robledo me saluda con una brevísima inclinación de cabeza, a pesar del desaire del día que lo visitamos en su hogar. No puedo evitar sentirme insegura en su presencia.

Hace calor.

Por lo visto, la multitud que ha venido a acompañar a Daniel ha arrastrado con ella el vaho ardiente de la calle y lo ha dejado atrapado entre los muros del restaurante. Me falta el aire. Por más que abro la boca para llenarme los pulmones, nada baja por mi garganta. Solo bocanadas hirvientes que aumentan más mi ahogo.

Bebo un largo trago de champán para mojarme la lengua. A través del cristal de mi copa alcanzo a ver al padre Milton, que se ve que tampoco ha querido perderse la fiesta. Todos lo saludan a su paso. Juraría que él y Vicente Robledo cruzan una mirada cargada de intención. ¿Se habrán puesto de acuerdo en algo? ¿Habrán hablado algo en relación al cuadro de Raquel?

Un ligero cosquilleo se apodera de mis manos.

Lo sabía: va a ser una mala noche.

Nuevo trago a mi copa.

Hago un barrido visual por el local. Me detengo en Daniel, que me sonríe complaciente, haciéndome sentir infantil, algo habitual en él, sobre todo desde el ataque que sufrí en mi antigua casa. A diferencia de lo que hubiera sido correcto, no le devuelvo la sonrisa y me escondo otra vez tras mi copa.

—Bienvenidos a mi obra maestra.

Necesito salir de aquí cuanto antes.

¿Dónde demonios está Brian?

Veo a Ángela y a su madre, las dueñas de la vieja librería

donde fui a pedir trabajo. Cuando sus ojos se topan con los míos, me esquivan la mirada. Y esa es la gota que colma el vaso. Decido acercarme a ellas, que se muestran cada vez más nerviosas a medida que acorto la distancia.

—Buenas noches, es un placer tenerlas aquí —digo con sarcasmo.

Ángela fuerza una sonrisa y yo le doy un sorbo al champán.

—Muchas gracias. Me alegra verte de nuevo —miente.

Vuelvo a corroborar mi primera impresión: Ángela no está bien de salud. Hay un esfuerzo en su voz gastada que no me parece sano, como si sus pulmones no fueran capaces de satisfacer la demanda de oxígeno. Su madre, por el contrario, por más que lo intenta, no consigue borrar de su semblante un gesto agrio que lleva demasiado tiempo instalado entre las arrugas de su ceño.

—¿Puedo hacerles una pregunta? ¿Por qué reaccionaron así al verme?

Me doy cuenta de que mi tono es más duro de lo que pretendía, pero me importa poco.

—Solo estaba buscando trabajo —insisto—, y ustedes necesitaban a alguien que las ayudara. ¿Qué fue? ¿Mi apellido?

Aurora, la madre de Ángela, abre la boca para responder, pero antes de que pueda decir nada, una melodía suave y envolvente llena el aire.

La música calma la tensión por un momento. Todos se giran hacia el escenario. Casi a oscuras, con una luz cenital sobre él, Brian sujeta el saxo del que brota la música, melancólica, enigmática. En un instante ha captado la atención de todos los presentes, incluida la mía. Hay algo en su forma de acariciar el instrumento, su expresión cuando cierra los ojos y deja que la melodía fluya a través de él, que me atrae y me perturba. Soy incapaz de apartar la vista de él. Por un momento ha desaparecido el mundo entero y solo está él en la sala.

Cuando abre los ojos, me localiza entre la audiencia. Y sonríe.

La comezón de las manos se ha extendido ahora hacia el resto de mis brazos. Mis miembros ya no me pertenecen. También me han abandonado. No debería haber salido de mi casa. ¿Begoña? ¿Dónde estás? ¿Adónde han ido Ángela y su madre? ¿Y Vicente Robledo? Siento que las pupilas se me abren de golpe, del mismo modo que si alguien las hubiera amenazado con un violento golpe de luz. Al parpadear con fuerza, la sensación se esfuma. Pero el exceso de luz me hiere las retinas y me deja medio ciega en mitad de ese océano de personas que aplauden y celebran las pulsaciones casi orgánicas que se escapan del saxofón de Brian hasta convertirse en un solo tono repetido hasta el infinito, marcando el ritmo de los latidos de todos los corazones encerrados en ese lugar.

«No tendrías que haber regresado».

La puerta del restaurante se abre y el sopor que me arropa se dispersa igual que una bandada de pájaros asustados.

A pesar de mis pupilas laceradas, veo que aparecen un par de policías que avanzan entre la gente. Uno de ellos se acerca a conversar con Nora. Debe de tratarse de Manuel, su hermano. Miro a Brian en el escenario, y la confianza y la fluidez de hace unos instantes han desaparecido. Ahora está nervioso, inquieto. Lo busco con los ojos y trato de adivinar qué ocurre. Incluso ha detenido su intervención unos segundos, supongo que por la interrupción de los policías.

Reanuda la pieza, pero ya no soy capaz de escuchar.

Alcanzo una tercera copa de champán. El local está cada vez más lleno. El aire se vuelve denso, pegajoso. Me siento observada. Sigo sin poder respirar, el aire no me entra en los pulmones. Entonces un zumbido llega hasta mis oídos. No es el saxofón. No son las voces. No son los aplausos. Es algo más, algo tan concreto como si de pronto hubiesen soltado dentro del salón un millón de abejas. La vibración es cada vez más fuerte. Trato de concentrarme en la actuación de Brian, pero el sonido se intensifica y rebota cruel dentro de mi cabeza. Basta. Es hora de salir de aquí. Me va a estallar el cerebro. El corazón me late con fuerza. Intento avanzar hacia la puerta, pero no soy capaz de dar un paso. Las piernas no me obedecen. Papá, no me dejes sola aquí… ¡Tengo miedo! ¿De qué, hija mía? De Daniel, papá. Tengo miedo de su sonrisa, de sus ojos, que nunca se posan en mí. Eso te pasa por haber regresado, Elena. No tendrías que haberlo hecho. Ahora no te queda más remedio que asumir las consecuencias de tus actos. Papá, no, no me hagas daño. Yo nunca te he hecho daño, Elena. Jamás. Eres mi hija. ¡No, papá, no te acerques! ¡Me duele! ¡Papá, por favor, también tengo miedo de ti!

—Elena, ¿estás bien? —me parece escuchar a Begoña, pero su voz suena como si estuviera debajo del agua.

¿O soy yo la que está sumergida?

Además, está el zumbido.

El zumbido que no da tregua.

Quiero responderle a Begoña, decirle que no, que no estoy bien, que estoy agonizando, que necesito que me lleve a casa, pero las palabras se me atascan en la garganta. Un sudor frío me recorre la espalda. Siento que las piernas se me vuelven de espuma, incapaces ya de sostenerme. Entonces, para salvar la vida, corro hacia la puerta, que ahora se ve gigante, desproporcionada, la puerta por la que entré hace un par de horas… ¿o hace días?, y corro hacia ella y veo surgir manos que intentan detenerme, gritos que me llaman por mi nombre, «¡Elena!, ¡Elena!», pero mis pies ya no aguantan, se niegan, los tobillos se me doblan, «¡Elena, soy tu padre y te obligo a que me hagas caso!», «Bienvenidos a mi obra maestra», y me caigo de bruces entre esos extraños que me odian y que vigilan cada uno de mis movimientos. Y caigo. Y sigo cayendo. Hondo, muy hondo. Y en el recorrido hacia mi propio infierno veo la risa destemplada de Daniel mientras habla con Manuel, y a Brian corriendo hacia mí. Y yo solo trato de morirme pronto para olvidar…, para poder olvidar por fin todo aquello que no recuerdo, pero que sé que está ahí, escondido detrás de ese zumbido que quiere aniquilarme.

No, papá. ¡Por favor, ya no más!

## 36

Cuando despierta, lo primero que ve son las luces del techo, que la ciegan y le impiden abrir los ojos con normalidad. A su lado, un monitor emite pitidos rítmicos. Elena emerge del sopor con desconcierto, como si el mundo hubiera vuelto a descarrilarse.

Intenta recordar.

Necesita recordar.

El restaurante, la voz de Begoña, la risa de Daniel, un zumbido agudo en su cabeza...

Brian.

¿Qué ha sido de Brian?

Un médico se le acerca con amabilidad.

—¿Cómo se encuentra? —le pregunta. Elena no consigue responder—. Se ha desmayado, seguro que por el estrés y la ansiedad. —El doctor continúa sin esperar respuesta—. Solo necesita descansar.

Elena afirma con un gesto e intenta incorporarse. En ese

momento entra una enfermera con una gran sonrisa y el instrumental necesario para extraerle sangre.

—Vamos a hacerle una analítica completa para asegurarnos de que está todo en orden. Los resultados tardarán un par de días —explica el médico mientras la enfermera le ata una banda elástica en el brazo.

En una fracción de segundo, la sala de urgencias desaparece y el mundo a su alrededor se licúa convertido en una acuarela con exceso de agua. Y del epicentro del manchón de colores derretidos surge la figura de Josef.

El Josef Hausser de su infancia.

El sol de su galaxia.

«Lo primero que hay que hacer, Elena, es introducir la aguja en la vena con el bisel hacia arriba, para así evitar generar un trauma con la punta metálica».

«¿Qué es el bisel, papá?».

«Ese corte oblicuo en uno de los extremos de la aguja. ¿Lo ves? Debes hacerlo en el mismo sentido que el flujo sanguíneo venoso, mejor si es en un ángulo de 20 o 30 grados. Luego aspiras suavemente para evitar la hemólisis y el colapso de la vena, hasta obtener la cantidad de muestra de sangre necesaria. ¡Y pon atención, que tú eres muy distraída!».

Un ligero pinchazo que le muerde la piel la trae de regreso y evapora la silueta de Josef hasta hacerla formar parte del blanco inmaculado de los muros.

Nunca le han gustado las agujas.

—Está en buenas manos —afirma el médico refiriéndose a

la enfermera que sostiene una jeringa contra su brazo—. Y tómese las cosas con más calma —insiste.

Ya en casa, Elena se esfuerza por retomar cierta normalidad, aunque Daniel ni siquiera ha aparecido. «Una excusa más para verse con quien sea esa mujer a la que dice amar tanto», piensa. Sabe que, cuando regrese y ella vuelva a preguntarle, negará cualquier alusión y le dirá que está loca.

Y tal vez sea así.

Por su parte, Begoña aprovecha la coyuntura y la obliga a descansar y no salir hasta que esté recuperada. Elena obedece. De momento no tiene más alternativa. Está sola en aquella cama enorme, intentando dormir, pero no logra quitarse de la cabeza la voz de su padre, que le pareció escuchar en el restaurante la noche anterior.

«No tendrías que haber regresado».

Sus pensamientos son un huracán de imágenes que no consigue apaciguar. Hacía años que no recordaba la voz de su padre. La creía perdida y olvidada, junto con una buena parte de su infancia. Ahora que lo piensa, jamás informó a Josef de que regresaba a Pinomar, y a la misma casa donde vivió con él. ¿Qué opinaría él de esa decisión? ¿Seguiría negándole el acceso a su laboratorio? ¿La obligaría a mantenerse alejada de lo que yace oculto bajo el suelo de la cocina?

«¡No puedes entrar, Elena! ¿Me oyes? Soy tu padre y te ordeno que nunca nunca abras la puerta del sótano».

Necesita llamar a Brian para escuchar su voz y su versión de los hechos. Además, quiere saber si ha sido capaz de obtener más información sobre Raquel. ¿Habría sido él quien la había llevado al hospital de Pinomar? Pero descubre que no tiene su número de teléfono. Él nunca se lo ha dado, y ella tampoco se lo ha pedido.

Al final, Elena se rinde. Se levanta y sale de su habitación.

La casa reposa convertida en un animal decrépito y exhausto.

La oscuridad es total. La negrura que atraviesa parece cobrar vida al contacto con su cuerpo. Está segura de que, desde la penumbra, la acechan toda suerte de estímulos amenazantes.

Cuando enciende el interruptor del sótano, el tubo de neón vuelve a vibrar y a emitir esa resonancia característica que le eriza la piel.

Baja peldaño a peldaño la escalera. El espacio le parece más frío que la última vez que estuvo ahí. Su sombra, espesa como petróleo derramado, se alarga hasta alcanzar el último escalón.

El aire tiene un olor peculiar, mezcla de humedad con algo metálico que le resulta familiar. ¿A qué huele? ¿A su aula de prácticas en el instituto de bioquímica? ¿Al hospital donde se despertó después de haberse desmayado en el restaurante de Daniel? ¿A la siempre inmaculada bata de médico de Josef Hausser?

Sabe que ha estado expuesta a ese olor.

Pero también sabe que está demasiado cansada para intentar hurgar en su pasado.

Se acerca a la mesa que destapó la primera vez que entró allí y observa con más calma el instrumental: tubos de ensayo, matraces, probetas, embudos y hasta un viejo microscopio. Detiene la vista en un objeto en concreto: un tubo largo y fino de goma. Es una sonda nasogástrica.

La reconoce, no sabe por qué.

«No, papá, por favor. Me duele».

En cuanto la toca, un fogonazo le atraviesa la mente.

«¿La ves, Elena? ¿Recuerdas la sonda? Sí, es la misma». Quieres huir, pero no puedes. Estás tumbada. Solo consigues ver un pedazo de techo gris y, al instante, un potente foco que te ciega. La figura de tu padre se recorta contra la luz. Está concentrado. Sientes la tensión en el aire. Se aproxima en silencio, con la sonda en la mano, que te acerca a la nariz. Vuelves la cabeza, te niegas. No quieres, otra vez no.

Sabes que lo ha hecho en más de una ocasión.

«No, papá, por favor. Me duele...».

Pero tu padre ignora tus súplicas, te sujeta la frente con su mano enorme y te manda a callar.

«Esto es muy importante, Elena».

Intentas obedecer y permaneces quieta, pero sus palabras se pierden en el miedo y las lágrimas te inundan los ojos. ¿Qué puedes hacer?, te preguntas. Odias tomar decisiones. Nunca has sido buena para elegir entre una cosa y otra. Por algo siempre reaccionas *a posteriori*.

El rostro de tu padre, al ver que te has rendido, se suaviza y esboza una sonrisa mientras sientes la manguerilla entrar por la nariz y recorrerte la garganta. El plástico te quema por dentro. La sensación es atroz. ¿La recuerdas? Te concentras en el olor, ese olor metálico tan familiar, y en el zumbido del fluorescente. El miedo te ha paralizado. El miedo, otra vez, ha elegido por ti.

Elena se sacude, proyectada de nuevo al presente. Jadea y el corazón le late multiplicado por todo el organismo. Está de pie en mitad del sótano, temblorosa, con la sonda aún en la mano. La arroja sobre la mesa, como si fuera una serpiente venenosa, y corre escaleras arriba, escapando de un monstruo invisible.

Un monstruo que tiene nombre y apellido.

De un salto se mete en la cama, se parapeta tras la almohada e intenta calmar el galope desaforado de su respiración y el torbellino de imágenes que le inundan la cabeza. Pero, a pesar de los intentos, su mente sigue atrapada en el sótano, incapaz de escapar de ese laboratorio, de la sonda, de la figura de su padre...

Elena cierra los ojos con la intención de reducir el caos. Sin embargo, las fotografías del pasado siguen brotando, desordenadas, arrastradas por una marea ya imposible de contener.

¿Lo ves, Elena? Sí, eres tú. Eres la niña que fuiste, ahí, de pie, en la cocina fragante a *beignets*. Vigilas con un ojo la puerta cerrada que lleva al subsuelo.

Y ese de ahí es tu padre, a quien ves correr de un lado a otro. Grita fuera de sí. El árbol colosal, el gigante imbatible, el médico casi mítico es ahora una bestia descontrolada que da tumbos por la casa.

«¿Papá? ¿Qué pasa?».

Hay barullo de voces. Rugidos humanos que se escuchan fuera de la residencia de los Hausser.

«¡No puede ser! ¡No puede ser!».

Reconoces el color del miedo en los ojos de tu madre, que corre escaleras arriba.

«¡Elena, nos vamos! ¡Sube al coche!».

Pero tú solo quieres bajar al sótano a ver qué ocurre. Quieres descubrir el origen de la pesadilla. La raíz del mal. Te gustaría ser invisible para escabullirte y que nadie te cerrara el paso. Pero no lo eres. Nunca lo has sido.

Y ahí está esa otra mujer, la que también lleva un delantal blanco. ¿Es que la habías olvidado? La mujer que lleva años recorriendo como una sombra los rincones de tu casa. ¿Cómo se llamaba?

En la radio de pilas de Begoña, siempre encendida en un rincón de la cocina, el locutor del programa anuncia con voz engolada que es el mediodía del 29 de abril.

«¡La vacuna! ¡Todo es culpa de la vacuna!».

El sonido de cristales al romperse hace que tu pánico aumente y alcance niveles de delirio.

«¡Asesino!».

Pinomar irrumpe al otro lado de las ventanas.

Entonces cierras tus ojos infantiles y lloras, porque estás asustada y no entiendes qué ocurre. Cuando alza los párpados, Elena descubre que se ha quedado dormida sobre la cama. Una vez más, ni rastro de Daniel. Ha desaparecido. Se lo ha tragado la tierra. O ha decidido regalarle su tiempo al restaurante nuevo. O quizá haya elegido dormirse entre los brazos de su amante. Sea lo que sea, no está allí.

Se levanta y abre la ventana. Necesita respirar aire fresco

que le despeje el cerebro. Se abraza a sí misma y busca consuelo en la noche. Sabe que debe enfrentarse a esos recuerdos, desentrañar la verdad y unir las piezas que le devuelvan el reflejo del pasado.

Parece que ha llegado el momento de mirar a los ojos al monstruo del sótano.

## 37

«Deja que los muertos entierren a sus muertos».

Con un suspiro profundo y resignado, Josef se relaja sobre la cama. Es consciente de cómo la última chispa de energía abandona su organismo. Es la hora. El momento exacto que lleva esperando tantos años. Cierra los ojos para dejar que la oscuridad lo envuelva y trata de alejar los pensamientos. El momento de su rendición final ha llegado. Respira despacio, controlando cada inhalación y exhalación, ajustando el pulso hasta que su pecho casi no se mueve.

Al cabo de unos instantes, el vacío es absoluto.

«Elena, mi querida Elena. Mi *imprescindible* Elena».

Nunca fue fácil decir adiós.

## 38

Sueña con Raquel toda la noche. Una pesadilla larga, espesa, una de esas que atrapan sin piedad a su víctima y la atenazan contra el colchón, impidiéndole moverse o abrir los ojos. En ella, Raquel intenta transmitirle algo urgente, pero Elena no logra comprender lo que dice. Eso la altera y hace que gesticule cada vez más enfurecida, hasta que su rabia desemboca en un arrebato de violencia que hace que se hunda los dedos en la cuenca de los ojos mientras la cara se le llena de borbotones de sangre.

Elena despierta con un grito de horror y salta de la cama, la piel cubierta de sudor.

Necesita desentrañar el misterio que envuelve a la modelo del cuadro que tanto se parece a ella. Y si Vicente Robledo no quiere colaborar en su investigación, hay alguien más que sí tendrá que hablar.

Menos de una hora después, los pasos de Elena suenan determinantes sobre los adoquines de las aceras de Pinomar. Ha decidido visitar de nuevo al padre Milton. Está convencida de que el sacerdote sabe más de lo que dijo. De lo contrario, no habría reaccionado con tal violencia aquella tarde, cuando Brian y ella descubrieron el retrato.

Al verla entrar en la iglesia, el cura la recibe con una mezcla de sorpresa y resignación. No esperaba verla de nuevo tan pronto, sobre todo después de la confrontación que tuvieron. Sin embargo, algo en la firmeza que demuestra Elena le dice que ahora las cosas van a ser distintas.

Esta vez sabe perfectamente qué decir.

«La verdadera persistencia solo proviene de haber tenido que resolver problemas difíciles —reflexiona el hombre—. Es evidente que la hija de Josef Hausser ha atravesado situaciones muy complicadas. Su perseverancia es admirable».

—Buenos días, Elena. ¿Qué te trae por aquí? —dice el padre Milton, que sabe de antemano la respuesta.

Con un gesto la invita a sentarse junto a él. Pero Elena decide quedarse de pie, con los ojos fijos en el sacerdote, esperando una contestación a la pregunta que el padre Milton también anticipa.

—¿Quién era Raquel? —lanza sin rodeos.

Elena nota que los músculos del sacerdote se tensan bajo la sotana.

«Tenaz y obsesiva, igual que su padre. Ya ha descubierto el nombre. Es evidente que ha estado haciendo las averiguaciones correctas».

—Raquel era tu abuela —confiesa sin rodeos—. La madre de Josef.

Un escalofrío recorre la espalda de Elena. Intuía que había

una conexión más allá de una simple coincidencia con la mujer del cuadro, pero esta es más profunda de lo que había imaginado. Hace un esfuerzo por no mostrarse aturdida. Se aclara la garganta con un leve carraspeo.

—¿Es cierto que está muerta?

—Sí.

—¿Y qué le pasó?

El padre Milton inspira, cobrando valor y preparándose para dejar salir por su boca un racimo de palabras pesadas como una losa de cemento.

—Raquel padecía una enfermedad incurable —explica—. Una dolencia que, poco a poco, le arrebató la cordura.

Elena intuye que es el momento de tomar asiento. En su vida jamás existió una figura de abuela, y nadie nunca le habló de ella. Y ahora aparece, así, de la nada, una antepasada que le cuesta asimilar.

—¿Qué tipo de enfermedad? —inquiere.

—Un grave problema de salud mental —responde Milton encogiéndose de hombros—. En aquella época no se sabía mucho ni se visibilizaban ese tipo de dolencias. Solo sé que su deterioro fue lento pero implacable. A tu padre le afectó mucho su enfermedad.

—¿Usted sabe por qué nadie me ha hablado de ella?

—Lo siento, pero no tengo ni idea. No sabía que tus padres te habían ocultado la historia de Raquel —dice en tono compasivo—. Eras muy pequeña cuando dejaste Pinomar, tal vez quisieran protegerte —argumenta—. O tal vez Josef se avergonzaba de la situación.

—¿Avergonzarse?

—Los años finales de Raquel fueron muy difíciles —afirma—. No conseguía controlar sus arrebatos de violencia. Golpeaba a las enfermeras. Se hacía daño a sí misma. El día antes de morir se clavó un tenedor en un ojo y...

El sacerdote suspende el relato al descubrir que el rostro de Elena ha palidecido de repente.

La mujer se pone de pie, con la cabeza en plena ebullición.

Como científica se sabe capaz de estudiar la composición química de cualquier ser vivo, incluyendo sus moléculas y tejidos más profundos. Puede desmontar un *déjà vu* y explicarlo de principio a fin, justificándolo por medio del análisis de los ácidos nucleicos, las proteínas, los lípidos y los carbohidratos que componen las células.

«Es imposible —piensa—. Yo no sabía nada... y he soñado con ella. Vi cómo se hería los ojos. Por primera vez no tengo explicación... ¡Es imposible!».

Por otro lado, sabe que las enfermedades mentales conforman un abanico tan amplio que resulta inviable aventurar nada. Pero también sabe que a veces son hereditarias.

Y ese simple pensamiento la aterra y le llena el interior de la boca de un sabor amargo.

—Quiero analizar el cuadro de nuevo —dice con determinación—. Ahora.

El sacerdote asiente. Se mete la mano en un bolsillo y le alarga el manojo de llaves. Elena confirma, con profundo alivio, que Brian las devolvió sin que el padre Milton se diera cuenta de nada.

—No puedo acompañarte, tengo cosas que hacer —explica con seriedad—. Cuando termines, las dejas en la sacristía.

Mientras Elena avanza hacia el polvoriento depósito, se rinde ante la evidencia de que Vicente Robledo resultó ser un magnífico pintor capaz de reproducir el rictus perverso y perturbado con el que seguramente Raquel terminó sus días. Debió de ser un reto formidable. Lograr que un simple trazo transmita la desazón que se oculta en los recovecos más profundos de un ser humano es una tarea que roza lo imposible. Un ejercicio de delicadeza y precisión que tuvo que exigir no solo técnica por parte del pintor, sino una empatía casi dolorosa con la modelo.

Vicente Robledo consiguió algo casi imposible: que su cuadro palpitara con la misma enajenación que su modelo.

«¡Qué complejas debieron de ser aquellas sesiones de trabajo!».

El grito agudo de las bisagras resuena en el patio interior mientras Elena empuja la pesada puerta de la bodega. La estancia está sumida en su penumbra habitual. Esquiva los trastos viejos que va encontrando. Tiene la sensación de que hay mucho más desorden que cuando se coló allí con Brian.

Se dirige hacia el rincón donde encontró por última vez el retrato de Raquel. Necesita volver a verla, reconocerla ahora desde su posición de nieta. Averiguar qué le transmite desde ese lienzo, desde el abismo de la locura que la condenó.

El corazón de Elena late con fuerza mientras avanza con cautela.

Localiza el cuadro apoyado contra el muro.

Apenas hace contacto visual con él, un zarpazo de horror se ahoga en su garganta. Por instinto, se lleva la mano a la boca para acallar el grito que está a punto de emitir. El lienzo está atravesado por un cuchillo justo a la altura del corazón de Raquel. La hoja metálica relampaguea al reflejar la luz que se filtra a través de la puerta entreabierta de la bodega.

Elena se lleva las manos a las orejas en un intento por anular una nota aguda que de repente le perfora los tímpanos. Es el mismo zumbido que la hizo desmayarse la noche de la inauguración del restaurante, un sonido invisible que serpentea por los rincones de su cerebro, vibrando contra las paredes internas de su cráneo. Al principio es un murmullo apenas perceptible, un vulgar susurro de mosca atrapada entre las cortinas. Pero con cada segundo que pasa el tono se intensifica hasta convertirse en un aullido estridente que se clava dentro de ella con una insistencia implacable. Es un filo de acero raspando un cristal. Una presencia, un invasor que se queda allí, sin dejar espacio para nada más.

Un asesino cruel.

«Es el fin. Mi abuela me legó su locura».

## 39

En la cárcel los ruidos no descansan, se repiten día tras día. Las voces y los ecos retumban por los pasillos en monótona rutina y se mezclan con el constante estrépito de los cerrojos que se abren y se cierran.

Sin embargo, hoy se produce un ligero cambio. Una celda en particular se abre con un chirrido que suena desafinado por el exceso de novedad. De ella emerge una figura femenina, encorvada como si le doliera algo; un ser humano acostumbrado a ocupar poco sitio en el mundo. Dos agentes la escoltan firmes pero sin mostrarse rudos. Apenas le rozan los brazos con las manos; más bien cumplen con un protocolo, temerosos de que la mujer se desmorone de un momento a otro.

Caminan hacia el control de salida ocupando toda la anchura del pasillo. Arrastra los pasos por el suelo recién fregado. Las otras reclusas, compañeras, amigas algunas, enemigas otras, la despiden desde sus celdas con golpes en los barrotes y buenos deseos.

Un funcionario le entrega una bolsa de plástico transparente que contiene los pocos objetos que llevaba consigo cuando ingresó: un reloj de pulsera con la correa desgastada, una cartera con su documentación, un pequeño espejo de bolsillo con el cristal empañado, algunas monedas, dos pañuelos bordados y un delantal médico que alguna vez fue blanco.

—Firme aquí —ordena uno de los agentes.

La mujer obedece. Le tiemblan las manos, pero disimula al sostener el bolígrafo. Aun así, los trazos le salen débiles, torpes, pero son suficientes para cumplir con el trámite.

Los celadores la despiden con una mezcla de cortesía y extraño afecto. Han pasado tantos años desde su ingreso en prisión... Era joven, tenía la vida por delante y ahora sale con el pelo canoso y la mirada y el corazón endurecidos por el tiempo y el encierro.

La sucesión de rejas y cerrojos vuelve a emitir la melodía que ha constituido su banda sonora en las últimas décadas, varias veces al día, todos los días de la semana. Hoy, sin embargo, suena diferente: un preludio de su libertad.

La puerta principal se cierra tras ella con un quejido final. El sol le da en la cara y la deslumbra. Parpadea un par de veces hasta que los ojos se le acostumbran. Hace visera con la mano y otea el aparcamiento enorme que tiene frente a ella.

Entonces su mirada se detiene, lo ve... y sonríe.

## 40

Mientras avanzan apresurados por la acera, Elena narra con todo lujo de detalles lo ocurrido en la iglesia.

—No has debido ir sola —le reprocha Brian—. No confío en ese sacerdote. Aunque te haya dicho lo contrario, seguro que sabe que alguien se metió en la bodega con intención de dañar el cuadro.

—Esa no es la cuestión —lo corta sin bajar el ritmo de la marcha—. Raquel era mi abuela, y no tengo a nadie de mi familia que pueda hablarme de ella. Necesito información.

—No, Elena. La cuestión es que sufriste un desmayo. Tienes que cuidar tu salud. ¡Eso es lo más importante!

—Sé lo que estoy haciendo.

—¿Sí? ¿Estás segura?

Elena no responde, porque ha llegado a su destino. Se detiene un instante a contemplar la fachada del edificio oficial que se erige con imponente solemnidad. De estilo clásico, sus líneas arquitectónicas son rectas y firmes, lo que transmite una sensación de estabilidad y permanencia. Columnas robustas y bien alineadas sostienen un frontón triangular que, desde la altura, parece vigilar la siempre inmaculada plaza central de Pinomar.

—Piensa muy bien lo que estás haciendo —le pide Brian mirándola a los ojos—. Lo del cuchillo en el retrato me suena a amenaza. ¡Y estoy seguro de que el padre Milton lo sabía!

Entran rápido en el enorme vestíbulo, donde algunos relieves discretos que narran escenas históricas de la zona apenas interrumpen la austeridad de la decoración. Aunque el aspecto es algo monótono y predecible, el edificio no deja de imponer respeto y autoridad, reflejo del poder que se ejerce desde sus despachos.

—¿Ya se lo has contado a Daniel? —inquiere.

Elena, siempre en silencio, consulta un cartel donde se exhibe un listado de servicios y oficinas disponibles dentro del inmueble.

—Registro Civil, segundo piso —señala.

Y sin esperar ningún comentario por parte de Brian, avanza con paso firme hacia las escaleras.

—¡Elena! —protesta el músico.

—No, no he hablado con mi marido —confiesa.

La oficina en la que se adentran parece haberse detenido en el tiempo. Los escritorios de madera oscura, desgastados por el uso, contrastan con las sillas de metal y plástico duro en las que algunas personas esperan a ser atendidas. Los archivadores de cartón, alineados contra la pared, guardan momentos especiales para muchas personas: nacimientos, bodas, defunciones, divorcios, convertidos ahora en meros documentos. Un reloj enorme, redondo y antiguo, marca el paso lento pero constante del tiempo.

Una mujer de mediana edad, con gafas de montura gruesa, los recibe detrás del mostrador.

—Buenos días, ¿en qué puedo ayudarles? —pregunta con tono profesional.

—Mi nombre es Elena Hausser y busco información acerca de un familiar.

Al escuchar el apellido, la funcionaria la mira con suspicacia por encima de las gafas.

«Allá vamos de nuevo —piensa—. Ya debería estar acostumbrada a la reacción de la gente de Pinomar ante mi sola presencia».

—Se trata de mi abuela paterna —explica, tratando de mantener el aplomo—. La madre de Josef Hausser. Estoy segura de que sabe de quién le estoy hablando, ¿verdad? —añade con toda intención.

Esta vez, la funcionaria del Registro Civil baja la vista y guarda silencio. Elena la observa teclear «Raquel Hausser» en el viejo ordenador. Sus ojos siguen con infinita atención esos diez dedos.

—Qué raro…, no aparece nada —señala con un tono que suena más a incredulidad que a disculpa.

Elena frunce el ceño.

—¿Puede mirar otra vez, por favor? —insiste.

La mujer repite la búsqueda con más interés, pero el resultado es el mismo.

—Nada.

—¿Puede buscar solo el apellido «Hausser»? Quizá haya alguna entrada relacionada —interviene Brian.

La funcionaria asiente y vuelve a teclear. Niega con la cabeza.

—Lo siento —confirma frustrada.

Elena empieza a sentir un nudo en el estómago.

—Tal vez mi padre no nació en Pinomar o no se casó aquí... —musita con un ligero temblor en la voz.

La mujer la mira con desconfianza. Sus ojos dejan entrever una historia que no va a compartir con ellos. Todos en Pinomar conocen el apellido Hausser y están al tanto de su historia. Claro que nació allí y claro que se casó allí. Pero la funcionaria se guarda esos pensamientos para sí misma.

—La única explicación es que alguien haya entrado en el sistema —sentencia—. Esto no es normal, se lo aseguro. No hay ni un solo dato sobre ese apellido en nuestros archivos.

En la cabeza de Elena saltan las alarmas. La mirada de Brian le confirma lo que teme: hay alguien que no quiere que conozca el pasado de su padre y su abuela.

¿Quién?

¿Y por qué?

La situación es más grave y peligrosa de lo que había imaginado.

Una vez fuera de las oficinas, Brian permanece en silencio, esperando a que Elena dé el siguiente paso.

—Necesito hablar con mi padre —murmura para sí misma—. No tengo otra alternativa.

Pero la sola idea de subirse al coche y recorrer los kilómetros que la separan de Josef la hace claudicar. Está agotada. Las crisis recientes, su confusa y tormentosa situación con Daniel y la carga emocional que ha generado en ella la inesperada aparición de Raquel han hecho que su cuerpo comience a actuar en su contra.

Además, está la amenaza constante de un nuevo desmayo. La posibilidad de que ese zumbido asalte por sorpresa una vez más sus cinco sentidos detiene cualquier intención de aventurarse más allá de las fronteras de Pinomar.

Y, por encima de todo, no consigue olvidar que la gran mayoría de las enfermedades mentales son hereditarias.

—¿Quieres que te acompañe? —pregunta Brian.

—Esto es algo que tengo que resolver yo.

—No estás sola, Elena.

—No insistas, por favor.

—Dime la verdad —le pide—. ¿Por qué no me dejas ayudarte?

«Qué irónico que seas tú quien exija la verdad a otros —reflexiona el hombre—. Tú, que te cambiaste el nombre y que escondes un pasado que en cualquier momento te va a explotar en plena cara».

Pero Brian no puede seguir hablando: el sonido de un móvil interrumpe sus palabras. Elena tarda unos instantes en darse cuenta de que se trata del suyo. Enseguida hurga en su bolso. Al descubrir quién la llama, hace un gesto cargado de preocupación y se aleja unos pasos en evidente búsqueda de privacidad.

Sin alcanzar a escuchar qué dice, Brian la ve mover los labios. Casi al instante, Elena se sacude e interrumpe sus palabras. Deja caer el teléfono al suelo y se queda inmóvil.

Brian corre hacia ella y recoge el aparato.

—¿Qué ocurre?

Elena, lejos, muy lejos de ahí, solo logra emitir un lamento huérfano:

—Mi padre ha muerto.

# TERCERA PARTE

*En su mejor momento, el laboratorio llegó a ser una prodigiosa amalgama de ciencia y misterio, un rincón subterráneo donde el tiempo se detuvo para siempre. El trabajo de los estantes de madera oscura, gastados por los años y el uso, era sostener una colección de frascos de vidrio etiquetados con una caligrafía meticulosa; cada uno contenía polvos y líquidos de colores que evocaban imágenes de una alquimia ya inexistente. Un microscopio de latón, pesado y robusto, presidía la mesa central; su lente grande y brillante lista para desentrañar los secretos de lo diminuto. Sobre una mesa auxiliar, una serie de probetas y matraces de vidrio soplado yacían alineados como soldados en formación, conectados por delgados tubos que serpenteaban entre ellos. El burbujeo constante de un mechero Bunsen proporcionaba una banda sonora de fondo, mientras una balanza de precisión, con sus pesas de bronce, se erguía en un rincón, símbolo de una profesión en la que cada gramo cuenta. En la pared, una colección de bisturíes, pinzas y tijeras quirúrgicas colgaban reflejando en ellas la vacilante luz de un tubo fluorescente. El aire del sótano estaba siempre impregnado de una mezcla de olores químicos secretos y prohibidos. Eso era lo que lo hacía especial.*

*Y único.*

*En ese espacio cargado de historia y ciencia, la presencia de Josef Hausser era la de un prócer indiscutido.*

*Por eso, cuando una mañana anunció que la hora había llegado, no hubo dudas al respecto. Acto seguido, el plan se puso en marcha.*

*Seis horas más tarde, la tragedia había devastado Pinomar.*

## 41

Desde que nacemos nos hacen creer que el momento de la muerte es un clic. Un interruptor que se baja. Un oscurecimiento súbito. Un segundo estás aquí y, al siguiente, ya te encuentras en un incierto más allá. Pero no es así. El acto de morirse también requiere cumplir etapas, como la vida misma. Justo al completar una, puedes pasar a la siguiente.

Cuando estamos próximos a nuestro último aliento, lo primero que se desconecta es el neocórtex. El moribundo pierde la consciencia. Se nubla. Se encierra dentro de sí mismo y corta el contacto con el exterior y con los tristes afanes que suceden a su alrededor. El segundo paso es una etapa de agitación, de profundo malestar. Esto ocurre por culpa del sistema límbico, que también ha comenzado a despedirse. Y, por último, viene el apagón del cerebro basal, que es donde se controlan las funciones vitales. Entonces, el metabolismo entra en caos, se altera la temperatura corporal, se desordenan los latidos del corazón, se empieza a interrumpir la respiración. Hay largas pausas donde no entra ni sale oxígeno de los pulmones. Y esas pausas se van haciendo cada vez más largas. Más extensas. Más interminables. Hasta que ya no son una pausa, sino un nuevo estado. El estado del fin. Y en el momento en que todo eso acontece, lo que queda ahí, inmóvil sobre una cama, no es un ser humano. Es solo materia. Materia que a partir de ese instante tenderá irreversiblemente al desorden y a la destrucción. Y gracias a esa destrucción se podrá devolver al universo hasta el último átomo que se le prestó a ese cuerpo en origen.

Mi padre se ha ido y yo no estuve ahí en ninguna de las etapas que lo llevaron a convertirse en polvo de estrellas. Y, al igual que en otros aspectos de su vida, esta vez tampoco sé cómo habrá sido ese tránsito. Pero sí sé que en ese último aliento, el que no pude presenciar, se desvaneció el eco de su existencia y dejó en su lugar el silencio inagotable del cosmos, el mismo que ahora lo reclama de vuelta.

## 42

Visto desde lo alto, el cementerio de Pinomar es un enorme océano de sombras a causa de la gran cantidad de árboles apretados entre sí que lo pueblan. Si se atraviesa la espesa fronda vegetal, se descubren las ennegrecidas lápidas de mármol, inclinadas en ángulos imposibles, como si el mismo suelo quisiera devorarlas. También aparecen los sombríos y lúgubres mausoleos adornados con gárgolas y ángeles de piedra, ocultos bajo una gruesa capa de moho y enredaderas que solo saben crecer y conquistar nuevos territorios. El aire, denso y cargado de humedad, transporta el aroma de flores marchitas y la salinidad de la tierra mil veces removida. Los altos cipreses que flanquean el camino central se mecen al compás de un tímido viento que no consigue imponerse al sofocante calor que se ha echado sobre las pocas personas que avanzan tras un féretro.

Elena encabeza el cortejo. A su lado, Daniel desempeña el papel de esposo solidario y doliente.

A pesar de que ha hecho todo lo posible por olvidar la llamada de Luisa, las palabras cargadas de dolor de la enfermera al avisarla de que su padre había fallecido durante la noche vuelven una y otra vez a su memoria. Lo siguiente fue un remolino de emociones del que aún no se ha repuesto: localizar a Daniel para contarle lo sucedido; el viaje de varias horas hasta la casa de Josef para hacerse cargo de los trámites; traer el ataúd sellado de regreso a Pinomar para enterrarlo en el mausoleo de la familia, donde Elena imagina que su padre tenía intención de pasar el resto de la eternidad.

«Ahora sí es verdad: estoy sola. Completamente sola».

Las palabras de consuelo y resignación del padre Milton vuelan por el aire, pero Elena no las escucha. Su padre se ha llevado con él secretos que, hasta hace poco, ella ni siquiera conocía. Y ahora no sabe qué hacer ni cómo seguir adelante.

¿Quién más puede darle información sobre Raquel?

¿Quién puede solucionar sus dudas?

¿Quién va a asegurarle que no terminará sus días recluida en una institución mental, al igual que su abuela, con un ojo reventado por las púas de un tenedor?

Elena alza la vista, se yergue en un intento por recuperar su lugar en el mundo e inhala una bocanada de aire húmedo. Se dedica a recorrer los rostros de los pocos asistentes al funeral: no conoce a casi nadie. Supone que serán vecinos de Pinomar que quisieron ir a darle el último adiós a uno de los médicos más importantes de la zona, uno que siempre estuvo ahí para sus pacientes y que se convirtió en más que un doctor para ellos.

Salvo Daniel, Begoña y el padre Milton, no hay nadie más que ella reconozca.

«Qué irónico —piensa—. Se abren las puertas de un restaurante y el pueblo entero acude a su inauguración. Se muere un médico ilustre, que seguro que le salvó la vida a más de una persona, y nadie hace el menor esfuerzo por ir a despedirlo».

De pronto, Elena tiene la seguridad de que alguien la observa desde un rincón del cementerio. Es la misma impresión que sintió en el restaurante de Daniel la noche que terminó con ella desmayada en el suelo y con un agudo zumbido en los oídos. Por lo mismo, al igual que en aquella ocasión, no necesita darse la vuelta para saber que hay un par de ojos fijos en su espalda.

Pero la curiosidad es más fuerte.

Al volverse, descubre a Brian, que, alejado del reducido grupo, le sonríe con un claro gesto de solidaridad y cariño.

Sin embargo, no es él quien llama su atención. Varios metros más atrás, casi al final del área donde se encuentran, Elena descubre una figura femenina, de hombros curvados hacia delante, que se mantiene inmóvil, con la vista clavada en ella. Calcula que rondará los sesenta años. Tiene el pelo canoso; el tiempo la ha castigado.

Elena entrecierra los párpados intentando recordar.

Necesita hacerlo.

Porque *sabe* que la ha visto antes.

«¿Quién es? ¿Por qué presiento que forma parte de mi pasado?».

Antes de que tenga tiempo de procesar la imagen, la mujer le hace un gesto para que la siga. Y, sin saber muy bien por qué, obedece.

43

La mujer se oculta tras un mausoleo cubierto de musgo y humedad. Al acercarse, Elena observa que los muros de piedra rezuman un vaho frío que al instante pierde la batalla contra el calor del ambiente. El lugar es la viva imagen de la melancolía. Tanto que siente lástima por las personas enterradas allí.

—Elena... —dice la misteriosa visitante.

—¿Nos conocemos...? —pregunta llena de ansiedad.

—No, no me recuerdas. Hay que comenzar de cero —suspira, y le extiende la mano—. Trabajé con tu padre en su consulta del hospital de Pinomar. Soy Florencia, la enfermera de Josef Hausser.

Lo primero que vuelve a su mente es un delantal blanco, siempre inmaculado. Junto a él llega ese aroma mezcla de productos químicos y jabón, el clásico olor que siempre anticipaba su llegada. El perfume de su infancia. Y ese mismo perfume rescata de su pasado lejano la imagen de una sombra fiel y leal que circula en torno a su padre, día tras día, y lo sigue por los rincones del consultorio y de la casa.

—Supongo que es imposible que te acuerdes de mí, ¿verdad? Eras tan pequeña…

Elena asiente porque, en efecto, ya sabe quién es. Florencia, la devota enfermera que trabajó codo con codo junto a su padre durante tantos años. Florencia, que formaba parte del mobiliario de su casa, de lo habitual que era verla allí. Florencia, que también se encontraba en medio del caos el día en que todo cambió.

—Necesito hablar contigo. Es importante.

Elena no sabe qué responder. Se vuelve hacia el grupo, que continúa en torno al ataúd de su padre. Nadie parece echarla en falta. El único que sí la observa desde donde está es Brian, que la interroga con la mirada intentando descubrir qué hace medio oculta tras un mausoleo, con una mujer desconocida.

—Te escucho —sentencia.

—Hace ya muchos años, una importante farmacéutica contrató a tu padre —dice Florencia—. Juntos estaban desarrollando una vacuna contra la eclampsia. El doctor Hausser creía que, al reparar las mutaciones responsables, podría erradicar las enfermedades del material genético que se pasa de una generación a otra. Así no las heredaría ningún miembro futuro de la familia. ¿No sabías nada de esto…?

Elena niega con la cabeza.

—El hecho es que la vacuna se hallaba en fase experimental, pero él me aseguró que su uso ya estaba aprobado. ¡Me mintió! Y por culpa de ese engaño comenzó la tragedia.

Seguro que Florencia se refiere a *aquella* tragedia: la que tuvo como banda sonora la voz de un locutor anunciando, a través de la radio de pilas de Begoña, que era el mediodía de un 29 de abril. La misma tragedia que convirtió a Josef Hausser en una bestia descontrolada que gritaba fuera de sí mientras golpeaba con el puño los muros de la casa; la misma tragedia que significó el fin de su vida en Pinomar y la separación de su familia.

La tragedia que llenó de horror los ojos de su madre, que se fue a llenar de ropa una maleta.

«¡La vacuna! ¡Todo es culpa de la vacuna!».

Eso vociferaban al otro lado de las ventanas. Hasta que las piedras contra los cristales reemplazaron los gritos.

«¡Asesino!».

—Yo solo seguía sus órdenes. —La voz de Florencia la devuelve al presente, al cementerio, al frío aliento del mausoleo, a la humedad del día—. Se la inoculé a esas embarazadas porque amenazó con hacerle daño a mi familia si no accedía. ¡Me obligó! Nunca me dijo que las vacunas aún estaban en segunda fase de estudio y que no eran seguras. ¡Yo no soy culpable de lo que ocurrió!

«Doctor, la vacuna todavía está en fase experimental. Ni siquiera hemos comenzado con la verificación de la cepa vacunal».

—Tú estabas ahí, Elena. ¡Tienes que acordarte de lo que hablo!

«¡Elena, nos vamos! ¡Sube al coche!».

—¡Josef Hausser me traicionó! —exclama Florencia con la

voz cargada de rabia—. ¡Fui yo la que pagó su error! ¡Fue a mí a quien encerraron media vida!

«¡Si al menos hubiésemos comenzado con la fase de ensayos preclínicos en modelos animales, doctor...!».

Al darse cuenta de que la conversación entre las dos mujeres está subiendo de intensidad, Brian decide acortar distancia e intervenir.

—¿Todo bien? —indaga.

Elena no sabe qué responder. Solo tiene capacidad para preguntarse cuántas personas habrán estado en peligro o habrán muerto por culpa de su padre. ¿Por eso han eliminado hasta el último vestigio del apellido Hausser de los archivos del Registro Civil? ¿Por eso la gente la odia al descubrir quién es? ¿Por culpa de una vacuna fallida contra la eclampsia? ¿Porque es la hija de un asesino?

—¿Elena? —insiste Brian, a quien tanto silencio no le parece buena señal.

—Quiero irme a casa. —Son las únicas palabras que encuentra ella para escapar de allí—. ¡No sé nada! ¡No recuerdo nada!

Florencia niega con la cabeza, la mirada cargada de compasión.

—Claro, a veces la amnesia se dispara por culpa del estrés extremo —dice la enfermera—. Y él te hizo tanto daño... ¡Tu padre era el rey de los traumas psicológicos!

—¡Basta! ¡Necesito irme a casa! —suplica.

—Un momento, aún hay más... —dice Florencia, tomándola por un brazo.

Elena vuelve a sentir el nudo en el estómago y teme que el maldito zumbido de los oídos regrese en cualquier momento.

—Josef tenía un conejillo de Indias aquí, en Pinomar —asegura la enfermera mientras asiente con la cabeza—. Las atrocidades que le hizo... El dolor que le causó... ¡Tu padre era el mismísimo demonio!

Un demonio que también fue un hombre poderoso. Un árbol colosal. Un gigante imbatible. Un médico casi mítico.

¿Un asesino despiadado?

«Soy la hija del diablo».

—¡No es cierto! —grita Elena—. ¡Si eso fuera verdad, habría sido un escándalo! ¡Todo el mundo lo sabría!

Una gota roja le cae sobre el regazo. Elena se lleva la mano a la nariz y descubre que está sangrando. Está a punto de tener otra crisis, pero Brian se adelanta y la rodea con los brazos. Entonces ella puede desplomarse sobre terreno seguro, derribada por el hachazo sanguinario de la incondicional enfermera de Josef Hausser. Y mientras eso ocurre, el cementerio entero termina de naufragar en la oscura sombra del pasado.

## 44

Elena sabe que los próximos días serán un sinfín de trámites, testamentos, seguros y gestiones. Solo pensar en ello la agobia sobremanera. Siente una pereza abrumadora ante la idea de enfrentarse a la burocracia que acarrea la muerte, sobre todo la que llega de manera inesperada.

Pero, en el fondo, nada de eso le importa en realidad: solo puede pensar en lo que ha ido descubriendo sobre su padre. En sus errores. En sus sombras. En la verdad que oculta una cortina que no se atreve a descorrer.

«¡Josef Hausser me traicionó!».

Se levanta de la cama, también enorme y solitaria esa noche, y se dirige al sótano.

«A mí también me traicionó, Florencia. No fuiste la única».

Mientras avanza por el pasillo, rumbo a la escalera que lleva hasta el recibidor, intenta poner en orden lo que ha descubierto hasta ese momento: parece que su padre experimentó con una vacuna que no pasó de la segunda fase y se la administró a mujeres embarazadas. Eso causó una tragedia en Pinomar y la única que se sometió a la justicia fue su mano derecha. Según lo que le había dicho en el cementerio, la enfermera había abandonado la prisión hacía apenas unos días. Y no solo eso...

«Josef tenía un conejillo de Indias aquí, en Pinomar. Las atrocidades que le hizo... El dolor que le causó...».

Mientras baja los peldaños que llevan hacia el laboratorio, Elena siente que la ira se va apoderando de ella. Las pruebas le demuestran que su padre fue injusto con su colaboradora más fiel, que atentó impunemente contra la salud de muchísimas madres y de sus hijos que aún no habían nacido, dejó que otros pagaran por sus crímenes y huyó cuando las consecuencias de sus actos le explotaron en la cara. Elena comprende que Josef Hausser prefirió escapar y abandonar a su esposa y a su hija antes que asumir su responsabilidad y enfrentarse a un pueblo entero que exigía respuestas.

«¿Qué clase de héroe fuiste, papá...? Un fraude. ¡Una mierda de ser humano!».

Encuentra una barra de hierro y, sin pensarlo, comienza a destrozar todo lo que hay sobre las mesas y los estantes. Vuelan los cristales de los tubos de ensayo. Cae el viejo microscopio partido por la mitad. Crujen las maderas de los estantes, desde donde se precipitan al suelo frascos y contenedores de vidrio. El sonido de los objetos rompiéndose y el eco de sus gritos invaden el sótano.

«¡Tu padre era el mismísimo demonio!».

Elena se detiene, jadea, suda. Respira con dificultad y le

tiemblan las manos. ¿Se sentiría así Raquel la primera vez que su cerebro la traicionó? ¿Cómo enfrentaría su abuela el primer cortocircuito de sus neuronas? Se apoya contra una de las paredes tratando de recuperar el control. Se descubre rodeada por los restos de su ataque de ira. Una gota de sangre cae desde su nariz. Luego otra. Y otra más.

Lo mismo ocurrió aquel 29 de abril cuando los vecinos se agolparon frente a su casa y comenzaron a lanzar piedras. Su madre, tras hacer una maleta improvisada, la arrastró como pudo entre la multitud hasta el coche aparcado en la calle. Al colocarse en el asiento del copiloto, Elena vio que su vestido estaba manchado de sangre. El llanto y el miedo le habían roto los vasos sanguíneos y, por más que lo intentó —mientras su madre conducía el vehículo a gran velocidad por las calles—, no consiguió detener la hemorragia hasta mucho después, cuando ya todo había acabado.

Cuando Pinomar ya era parte de su pasado.

Elena se estremece al corroborar que los recuerdos que siempre estuvieron relegados a la trastienda de su sistema límbico han comenzado a brincar, uno a uno, hasta la primera línea de su hipocampo. Como bioquímica, sabe que la estructura encargada de almacenar su memoria a largo plazo ha iniciado el recorrido inverso desde la corteza prefrontal gracias a un puñado de proteínas claves que han activado la síntesis proteica. Aquel pasado remoto que sus células nerviosas habían decidido mantener en las sombras ahora está siendo iluminado por la estimulación neuronal.

«Se conoce con exactitud dónde empieza y dónde acaba la

memoria». La inesperada voz de uno de sus maestros de psicología la transporta a la fría aula de la universidad, una década atrás. «Si la situación lo requiere, los recuerdos a corto plazo se estabilizan convertidos en recuerdos a largo plazo en el córtex. Pero lo que ocurre en el sinuoso camino entre la memoria a corto plazo y la memoria a largo plazo es un misterio. ¡Un enigma fascinante que no tiene explicación! Lo que sí es un hecho comprobado es que los pensamientos no van a ninguna parte. Simplemente desaparecen...».

Desaparecen, igual que su padre.

¿Por qué justo *ahora* vuelve lo que antes había permanecido oculto?

¿Y por qué olvidó, en primer lugar? ¿Fue por represión? ¿Por supervivencia?

«Tu padre era el rey de los traumas psicológicos».

¿Qué complejo mecanismo cerebral la llevó a borrar una parte de su propia historia?

Y, una vez más, la voz del profesor emerge desde lo más hondo de su flujo de consciencia: «La pérdida de memoria consiste en el olvido inconsciente de impulsos internos o hechos externos que...».

«¡Basta, Elena! ¡Una vez más estás tratando de procesar todo a través de la ciencia! ¡Es inútil!».

Se siente agotada. Pero, a pesar del cansancio, el hastío y la rabia persistentes estas últimas semanas, algo ha cambiado en ella. Los fragmentos de su niñez empiezan a unirse para formar una imagen más completa de quién era Josef Hausser y qué hizo.

Y en medio de aquello hay una estampa que necesita retener: la del mediodía del 29 de abril. El mismo 29 que su padre inmortalizó en un papel poco antes de morir. Y abril, el cuarto mes del año.

29 y 4.

Parece que, a pesar de la bruma en la que se hallaba sumido hasta el segundo exacto de su muerte, su padre tampoco conseguía olvidar ese fatídico día.

Casi sin darse cuenta, su boca se tuerce en una sonrisa inquietante. Siente que una nube oscura se disipa y le permite ver las cosas desde otra perspectiva.

El miedo y la rabia se transforman en poder.

Elena está segura de que, a partir de ahora, podrá enfrentarse a lo que venga. Está decidida a descubrir la verdad de Josef Hausser, sobre todo la que se esconde tras esa cortina que lleva demasiado tiempo bloqueando la luz del sol.

Por primera vez desde que llegó a Pinomar se siente poderosa.

Y entonces, con energía renovada, se limpia de un manotazo la sangre de la nariz, que ya le resbala por el mentón.

## 45

La lectura del testamento de Josef no esconde ninguna sorpresa: ante la ley, Elena es su única heredera y a ella le deja todo su legado. Ahora, con el documento de aceptación de herencia en la mano, ya puede poner en orden la vida de un muerto y, de paso, la suya propia.

Después del funeral y los días que le siguen, Daniel vuelve a desaparecer. A diferencia de las ocasiones anteriores, Elena ya ni siquiera se molesta en intentar descubrir el paradero de su esquivo marido. No le interesa saber si está ocupado con los pormenores de su restaurante, si por fin se ha ido a vivir a casa de su amante o si está participando en cualquier otro evento que gravite entre esos dos extremos.

Tiene una misión. Y nada va a distraerla.

Le pide a Brian que viaje con ella hasta la casa donde Josef pasó sus últimos años. Necesita indagar entre los papeles de su padre, tirar lo que ya no sirva, guardar lo que pueda ser importante y así tratar de recomponer una vida que no presenció, pero que está empeñada en sacar a la luz.

Después de un par de horas en la carretera, aparca su moderno coche frente a la construcción de estilo español. Al bajarse, Elena se da cuenta de que hacía bastante tiempo que no lo visitaba: el jardín está descuidado, aunque se nota que recientemente han podado la frondosa enredadera que cuelga de los arcos de piedra. Seguro que Luisa se ha encargado de hacerlo, en un intento por convertir aquella vivienda en un hogar que le dé la bienvenida a su nueva propietaria.

Dentro, las baldosas blanquinegras llevan a Elena hacia las habitaciones que aún huelen a desinfectante y jabón antiséptico. Tras un rápido vistazo, concluye que todo continúa como su padre lo dejó en el momento de partir. Ahí están sus zapatillas de piel de oveja, huérfanas junto a la cama ortopédica. Más allá ve un vaso que contiene un resto de agua que nadie bebió. Una pequeña colección de frascos con pastillas y medicamentos en perfecto orden sobre la mesita de noche. Un montón de toallas y sábanas limpias que descansan en una silla.

«Hay un último día para cada objeto —piensa Elena con infinita tristeza—. Y ese día les llegó a las cosas de mi padre mientras dormía».

—¿Qué tal si empezamos por el despacho? —propone Brian.

Es un espacio amplio, con muebles de caoba oscuros, paredes revestidas de libros y una penumbra que impone autoridad. Sobre una chimenea que nadie ha encendido desde hace años, cuelga el escudo de armas de los Hausser con la fuerza de una leyenda antigua. En su centro, el yelmo de un caballero medieval se erige imponente, cubierto de sombras y relieves que evocan los tiempos en que la espada y la lanza dictaban justicia. Justo debajo, una flor de lis florece con delicadeza, contrastando con la dureza del acero, un símbolo de pureza y nobleza, cuyo brillo atraviesa los siglos.

Brian se queda observando en silencio, durante algunos segundos, el diseño del escudo de armas.

Por su parte, Elena reconoce que siempre imaginó que el estudio del mítico Josef Hausser, el lugar secreto donde el titán de la medicina buscaba salvar el mundo, era una cueva desordenada, con textos y volúmenes amontonados por los rincones, montañas de documentos sobre el escritorio y en el suelo, y una gran cantidad de polvo que nadie se esforzaba en limpiar. Pero no era así: al parecer, su padre era mucho más ordenado y pulcro de lo que ella suponía. Eso o Luisa es, además de una eficiente enfermera y cuidadora, una espléndida ama de casa.

«¿Sería así también Florencia, la mujer que pagó con su libertad los crímenes de mi padre? ¿Se encargaría ella de mantener el orden en el laboratorio del sótano, allá en Pinomar?».

Tiene que confesarse que le da pudor profanar la solemnidad del lugar.

«¡No puedes entrar, Elena! ¿Me oyes? Soy tu padre y te ordeno que nunca nunca abras la puerta del sótano».

Por suerte, Brian ya ha perdido el interés por el escudo de armas de los Hausser y la empuja a seguir desobedeciendo.

—Yo empezaría por el escritorio —sugiere—. Es donde se guardan los documentos importantes.

Elena rodea la mesa y se sienta en la butaca de Josef. Tira del pomo, esperando encontrar el cajón cerrado con llave; pero no, todos están abiertos y a su disposición. Comienza a sacar documentos, talonarios, libros de contabilidad, extractos bancarios... Al principio parecen solo un montón de documentos financieros a los que Elena no les da importancia, pero a medida que revisa más a fondo se hace evidente la magnitud de lo que tiene ante ella.

Brian, que ha estirado el cuello sobre el hombro de Elena, emite un silbido de impresión.

—Vaya, tu padre tenía dinero —dice él, alzando una ceja mientras observa uno de los extractos—. ¡Muchísimo dinero!

—No puede ser —murmura con una mezcla de sorpresa y desconfianza—. ¿Cómo pudo acumular tanto?

—Un simple médico de familia no es capaz de hacer una fortuna así atendiendo una consulta en un hospital, por más éxito que tenga. Tiene que haber algo más —afirma Brian con escepticismo.

«Una importante farmacéutica contrató a tu padre».

Elena toma otro de los libros de contabilidad y empieza a revisarlo con la ilusión de que todo sea un malentendido y que ella, en su infinita ignorancia financiera, haya cometido un error. Pero los números también son asombrosos. Y categóricos.

—Seguro que hay una explicación lógica —comenta el músico.

La duda ya se ha instalado en la mente de la hija de Josef Hausser y no desaparecerá a no ser que siga investigando.

—Solo hay un sitio donde pueden aclararnos algo más —concluye Elena mientras agarra su bolso—. Sígueme.

## 46

En la sucursal del banco el ambiente es solemne y profesional: suelos de mármol pulido, modernas mesas que quieren dar imagen de una familiaridad que no ofrecen y un pequeño mostrador con un empleado de mediana edad, con gafas modernas y un traje demasiado juvenil.

Elena y Brian se dirigen hacia él, que los recibe con una sonrisa de falsa cortesía.

—Buenos días, ¿en qué puedo ayudarles?

—Soy Elena Hausser. Vengo a gestionar las cuentas de mi padre, recientemente fallecido —dice con voz firme.

El empleado cambia el rictus y los invita a entrar en uno de los despachos donde el director atiende a los clientes importantes.

—Si quieren esperar un momento —les pide con mucha más amabilidad que al principio.

Al cabo de unos segundos aparece otro hombre, algo mayor, vestido acorde a su edad y mucho más profesional.

—Lamento mucho su pérdida, señora Hausser —le transmite el director—. En efecto, su padre era un buen cliente de este banco, pero me temo que no puedo darle acceso a sus cuentas sin el documento legal que acredite que es usted...

Mientras el hombre parlotea, Elena desliza hacia él el documento de aceptación de herencia. El director interrumpe su discurso, que seguro ha expuesto en muchas ocasiones, coge el documento y lo lee de arriba abajo en busca de algún vacío. Pero, por lo que parece, Josef lo dejó todo bien cerrado y no tiene más remedio que aprobar el siguiente paso.

Lo que sigue es casi una hora de firmas de documentos. Eso le permite comprobar que, en efecto, la fortuna de su padre es monumental. En tan solo una mañana, la situación financiera de Elena se ha multiplicado de manera considerable, tanto que podría vivir sin trabajar el resto de su vida.

—¿Es posible saber el origen de este dinero? —pregunta.

—Lo siento, pero no puedo darle esa información.

—Tiene en sus manos el certificado de aceptación de herencia —reclama Elena—. Soy, legalmente, la nueva titular de las cuentas.

—Lo sé —explica el hombre—, pero mi cliente firmó una cláusula de confidencialidad específica que prohíbe la divulgación de detalles de sus cuentas a terceras personas, incluyendo a familiares directos, sin su consentimiento expreso o una orden judicial.

Cuando se disponen a salir, frustrados y sin la respuesta que necesitaban, el director del banco los retiene.

—Hay algo más —apunta el hombre, levantando la vista de la pantalla del ordenador—. Su padre también tenía una caja de seguridad aquí, en nuestra sucursal.

Elena intercambia una mirada de impresión con Brian. Otra sorpresa más. Otra capa de misterio en la vida de Josef.

—Y solo usted, como heredera universal, puede abrirla y acceder a su contenido —le informa.

El director desaparece un segundo por la puerta y regresa con un sobre que le entrega a Elena. Ella lo abre y del fondo cae una pequeña llave con una etiqueta de plástico que deja ver el número de la caja.

No tiene que leerlo dos veces para aprendérselo de memoria.

«294».

## 47

Elena y Brian siguen al director del banco por un largo pasillo que lleva al sótano de la sucursal. Cada paso, que se multiplica en el silencio, crea un eco que aumenta la tensión en el aire. Las paredes de mármol blanco, iluminadas por lámparas de intensidad fría, les dan la bienvenida a un nuevo nivel tan solemne como el que acaban de dejar atrás.

Los tres llegan frente a una puerta de metal macizo, marcada con una placa que dice: ÁREA DE CAJAS DE SEGURIDAD. El director introduce una tarjeta y un código, y el pesado portón se abre con un leve chirrido. Al cruzar el umbral, el ambiente se vuelve aún más opresivo. Las luces tenues apenas logran disipar las sombras que acechan desde cada rincón.

La estancia es estrecha y tiene cajas de seguridad incrustadas en las paredes de acero. El funcionario del banco camina con paso firme, pero sus movimientos se ven ralentizados por el aire denso y cargado de secretos.

Elena y Brian intercambian una nueva mirada cómplice,

sienten que están a punto de desenterrar algo mucho más grande de lo que habían imaginado.

Ahí está.

La caja número 294.

La puertecilla apenas se distingue a causa de su apariencia anodina, pero la numeración grabada en bronce brilla con una intensidad especial bajo la luz amarillenta.

—Cualquier cosa, me encuentran en mi oficina —dice el director—. Buena suerte.

El hombre se retira, es obligado respetar la privacidad de su cliente.

Elena sostiene la pequeña llave en su mano temblorosa. La introduce en la cerradura con un crujido metálico. Gira la llave lentamente y un clic resuena con fuerza en el angosto lugar.

Hasta los segunderos de los relojes del banco parecen detenerse para presenciar el momento.

El pestillo se resiste al principio: una mano invisible lo mantiene cerrado desde dentro. Elena coge aire y tira de la manilla, siente el metal frío ceder bajo su presión.

La puerta se abre despacio.

El sonido de los goznes oxidados se mezcla con el latido acelerado de su corazón.

«¿Cuándo fue la última vez que hiciste este mismo trámite, papá? ¿Qué escondes en esta bóveda? ¿Qué viniste a enterrar *aquí*?».

El espacio dentro de la caja se revela poco a poco, envuelto en una penumbra inquietante. Dentro, ordenados meticulosamente por año, encuentran una serie de viejos VHS. La luz tenue del sótano cae sobre las cintas y revela etiquetas amarillentas escritas con una caligrafía precisa.

«1994», «1995», «1996»...

Elena toma el primer VHS. Lo sostiene con cuidado, como si fuera un artefacto frágil pero muy peligroso. La anticipación y el temor se mezclan en su pecho. Brian, a su lado, observa con curiosidad y aprensión, sus pupilas reflejan la parpadeante iluminación.

—¿Qué crees que contienen? —pregunta él, su voz apenas en un susurro.

—No lo sé —responde Elena, con los ojos aún fijos en el contenido de la caja 294—. Pero lo vamos a descubrir.

## 48

Al entrar en la casa de Josef, se encaminan directos al despacho.

Allí encuentran un arcaico televisor y un reproductor de vídeo, de la época en la que el padre de Elena estaba en plena actividad. También hay una vieja cámara de 8 mm con la que seguro que Josef grababa las sesiones de trabajo o las clases frente a sus alumnos.

—Empecemos por esta —dice Brian, sacando la cinta de VHS que lleva la fecha más antigua.

Elena asiente y se acomoda frente al televisor. Brian introduce la cinta en el reproductor y presiona el *play*. Tras unos segundos de niebla granulada, aparece la figura de Josef, que se coloca frente a la cámara.

Elena se inclina hacia delante: está fascinada por ver a su padre en su apogeo. Después de tantos años de deterioro e inactividad, le cuesta identificar al Josef activo y apasionado que tiene en primer plano.

«¡Qué poco te recuerdo, papá!».

La voz de Josef Hausser rebota vigorosa contra los muros del despacho.

—Espero que entiendas la importancia de tu papel en mi trabajo, Elena —comenta mirándola desde la pantalla—. No puedo decirlo abiertamente, lo siento, por eso necesito que leas entre líneas. Tú eres fundamental en mi trabajo, eres la pieza clave. Eres la única que va a poder concluir esto que comencé hace ya tanto tiempo...

Brian la observa en silencio y, sin previo aviso, le coge la mano. Ella no lo rechaza, hipnotizada por lo que ve.

—Hoy es un día importante en mi investigación. Estoy a punto de hacer un avance crucial en la regulación del gen responsable de la eclampsia. Este proyecto necesitará tiempo y una fuerte inversión de dinero —prosigue Josef—. Pero lo más importante es encontrar un sujeto para mis ensayos. De lo contrario, todo este esfuerzo será en vano.

Elena siente un nudo en el estómago: la sola idea de que su padre experimentara con seres humanos le resulta repulsiva.

«Josef tenía un conejillo de Indias aquí, en Pinomar. Las atrocidades que le hizo... El dolor que le causó... ¡Tu padre era el mismísimo demonio!».

Aprieta con fuerza la mano de Brian; la tibieza que emana de su piel la ayuda a sentirse menos sola frente al abismo.

—¿Y en qué consiste ese trabajo? Bueno, quiero modificar el gen asociado a la eclampsia, para que así ninguna otra mujer muera durante el parto.

Brian y Elena ven a Josef acercarse a una pizarra que cuelga de un muro que ambos suponen que pertenece al laboratorio del sótano, en Pinomar. Ella recuerda que la primera vez que bajó a ese lugar percibió en la pared la huella de lo que imaginó que sería un cuadro. Concluye que se trataba de esa pizarra donde ahora Josef, siempre mirando a cámara, traza un pequeño círculo y dentro de él escribe la palabra «GEN».

—Todavía eres muy pequeña para saberlo, Elena, pero en el futuro aprenderás que la eclampsia se asocia a un factor hereditario y también a importantes elementos ambientales como el estrés y la ansiedad. Por lo tanto, las mujeres portan un gen que rige el comportamiento ansioso y psicosomático, que puede activarse o no...

«A veces la amnesia se dispara por culpa del estrés extremo».

En la pizarra, Josef escribe «ANSIEDAD» y «ESTRÉS» a ambos lados de «GEN». El resultado final es:

ANSIEDAD ⟶ GEN ⟵ ESTRÉS

—Espero que estés tomando nota de esto, mi amor... —comenta con una sonrisa cómplice desde el monitor.

—¡¿Dónde hay papel...?! —exclama Elena saltando de la silla y soltándole la mano a su acompañante.

—¿Hablas en serio?

—¡Papel...! ¡Dame un papel y un lápiz! —pide con urgencia.

Mientras Brian se lanza a revisar los cajones del escritorio, Josef continúa hablando desde el pasado:

—Por lo tanto, si soy capaz de sintetizar una proteína que regule la actividad de este gen asociado a la ansiedad y el estrés, voy a poder...

—Controlar y modificar la eclampsia —termina Elena mientras garabatea apurada en una libreta. Luego, se gira hacia Brian y lo mira ansiosa—. ¿Te das cuenta de lo eufórico que está? ¡Sabe que está haciendo historia!

—¿Perdón?

—Lo que acaba de decir es una genialidad, Brian —exclama—. Es cierto que mi padre era un genio. Porque, claro... Un gen se modifica gracias a un gen regulador, que actúa sobre él...

—No, no, más despacio... No entiendo nada...

—Entonces, si se aísla y se modifica el gen regulador asociado a la ansiedad y el estrés, y se vuelve a introducir en el cuerpo de una mujer... Es brillante... Es tan simple... ¡Y brillante!

—Elena, lo siento, pero, por más que esté diciendo genialidades, no deja de ser un hombre que se hizo millonario a costa de la vida de muchas mujeres —comenta Brian serio—. Tu padre fue un monstruo.

Elena permanece unos instantes inmóvil y en silencio. De golpe, se siente profundamente culpable de los latidos emocionados de su corazón y del arrebato de adrenalina que le ha acelerado el flujo sanguíneo. Brian tiene razón: su padre asesinó a madres e hijos financiado por una farmacéutica multinacional. Y por más extraordinario que haya sido su proceso creativo, eso no cambia que fuera un criminal.

—Sí, estoy de acuerdo —responde sin mirar a Brian, aún avergonzada por su entusiasmo imprudente—. A ver qué más podemos descubrir aquí.

Siguen revisando las cintas, que resultan ser un diario visual lleno de datos científicos, reflexiones personales y algunos momentos de duda y frustración.

Llegan hasta una cinta fechada pocos días antes del 29 de abril. En ella, un Josef agotado, con ojeras profundas y expresión desesperada, se dirige a la cámara:

—Me encuentro en un punto crítico —murmura con desaliento—. Las primeras pruebas han arrojado resultados prometedores, pero necesito más. ¡Ni siquiera he comenzado con la verificación de la cepa vacunal! Florencia tiene que hacerse cargo de eso…

Elena siente una renovada tristeza por la enfermera, a quien su padre arrastró hasta su propio infierno.

—No puedo permitirme ningún fallo —sigue diciendo el médico—. La vida de muchas mujeres depende de esto.

La cinta se interrumpe en ese punto. Es la última de la caja, la última fecha.

—No entiendo cómo fue capaz de mantener todo esto en secreto —reflexiona Elena—. Tal vez la misma farmacéutica lo ayudó a esconder sus estudios. ¡Es sorprendente!

—Pero… ¿tuvo éxito? —dice el músico—. ¿Consiguió terminar lo que trataba de llevar a cabo?

—Según me dijo Florencia, no, no lo logró. Solo sé que tenía un conejillo de Indias con el que experimentaba. Seguro que se trataba de una mujer en edad fértil. Una mujer…

Elena se detiene en seco, con una idea abriéndose paso a tropezones en su cabeza.

—¿Qué? ¿Qué pasa?

—¿Raquel...? ¿Y si Raquel era la paciente con la que mi padre ensayaba...? ¿Y si eso hizo que se volviera loca...?

—¿Lo crees capaz de usar a su propia madre en sus investigaciones?

—Tenemos que volver a Pinomar ahora mismo, hay que hablar con Florencia —sentencia a la vez que apaga el televisor de un manotazo—. Ella es la única que puede llenar los vacíos de esta historia.

## 49

—¿Estarás bien? —pregunta Brian con preocupación.

Se encuentran frente al número 11 de Old Shadows Road, adonde han regresado después de cerrar la casa de Josef y cargar el coche de Elena con algunas cajas repletas de papeles y documentos de su padre. Durante las casi tres horas que ha durado el viaje de vuelta, ella se ha mantenido en silencio, con la mente atiborrada de preguntas. La confesión explícita de Josef la ha dejado noqueada. Hecha trizas. Dividida ante el hecho de que su padre podría haber pasado a la historia como el héroe que erradicó la eclampsia, pero terminó convertido en un asesino que nunca pagó por sus atrocidades.

«Tu padre fue un monstruo».

«¡Tu padre era el mismísimo demonio!».

«¡Asesino!».

Elena empieza a caminar hacia la enorme puerta de la casa. Al otro lado de los visillos que bloquean la vista de las ventanas, seguro que Begoña la espera.

¿Y Daniel? ¿Dónde estará su marido?

Antes de dejarla partir, Brian le acaricia la mano. Elena afirma sin palabras. El gesto es muy convincente y resume a la perfección lo que quiere decir: «Gracias». El músico le sonríe. Sabe que lo mejor es darle espacio. Necesita tiempo para procesar todo lo que ha descubierto. Y él también, para asimilar los sentimientos que están empezando a aflorar con respecto a Elena y que crecen con el paso del tiempo.

«¿Qué vas a hacer cuando descubra que te llamas Kevin Quiroga y que te busca la policía? ¿Cómo vas a justificarlo?».

Tras despedirse, Elena abre la puerta y se adentra en el recibidor. Aún en el umbral, se sorprende al reconocer el acaramelado aroma de los *beignets* recién hechos. Casi al instante, le llega una risita infantil desde el interior de la casa. Impulsada por el desconcierto, se acerca despacio hacia el salón. La televisión está encendida y en el sofá ve a una mujer desconocida. En el suelo, a sus pies, una niña juega con una muñeca.

—¡Hola! —saluda risueña la pequeña.

Elena no responde. Se limita a mirar a la mujer del sillón, que, ahora sí, la escudriña con toda intención.

—María, quédate aquí —le ordena a la niña, que obedece sin rechistar.

La mujer se levanta, sin rastro de incomodidad, como si toda su vida hubiera transcurrido en esa estancia. Su mirada es directa y serena.

—Hola, soy Catalina, la esposa de Daniel —dice sin rodeos y alargando la mano.

Un silencio denso y repentino.

El mundo ha dado un frenazo en seco.

Elena siente que el parquet bajo sus pies se licúa anticipándose al maremoto de proporciones épicas que se fragua en el salón de su casa. Apenas ha tenido tiempo de asimilar las palabras de la desconocida cuando un nuevo empellón le debilita las rodillas. Se va a caer. Está segura de que terminará sin vida. Pero la intuición le dice que no va a morir, que por desgracia va a sobrevivir, que sus cinco sentidos seguirán alertas y que todavía le queda mucho por escuchar de esa intrusa que continúa extendiéndole la mano con una sonrisa que no sabe cómo descifrar.

«La esposa de Daniel. Entonces ¿quién soy *yo*?».

«¿No lo entiendes, Elena? No eres nadie. Mírate. Das lástima. Nunca fuiste una ganadora. Al contrario. Desde pequeña supe que nunca ibas a llegar primera a nada. Siempre pareciste mayor de lo que eres. Nunca conseguiste despuntar en nada. Te faltó cocción, hija mía. Naciste cruda. Y ahora te has convertido en poco más que una sombra. Una mancha insignificante. Una mota de polvo que alguien terminará barriendo para luego echarla a la basura. No mereces ser una Hausser. Los elegidos sabemos correr riesgos. Llegamos a la meta después de una frenética carrera sin que se nos altere la respiración. Somos dioses».

Elena sacude la cabeza. Quiere deshacerse de la voz de su padre, exiliarla a la grieta más profunda de su inconsciente. Necesita recuperar el silencio, la ausencia de estímulos. Pero sabe que eso no es posible. Está condenada.

—Por fin nos conocemos. Mucho gusto —insiste la mujer, sin perder el aplomo.

Y cuando ve a Daniel aparecer en el umbral de la puerta, con semblante serio y disfrutando del momento, Elena comprende que la desesperación no tiene nada que ver con gritos ni con arranques de violencia ni con lágrimas histéricas. Ni siquiera con deseos de venganza. Al contrario, la verdadera desesperación —como la que está experimentando en ese preciso instante— es silenciosa, glacial. Es un abismo solitario, de insoportable quietud; una condena donde se tiene el tiempo suficiente para repasar con todo lujo de detalles cada paso que la dejó atrapada en ese lugar.

Ahora las piezas del rompecabezas empiezan a encajar. Y justo en este momento comprende la dinámica del breve y acelerado noviazgo; la repentina petición de matrimonio a los tres meses de haberse conocido; los constantes viajes de Daniel fuera de la ciudad, que a veces se prolongaban durante varias semanas; la urgencia por mudarse a Pinomar; las eternas horas en su despacho por las noches; las conversaciones a media voz que escuchaba cuando él la creía dormida.

Todo cobra sentido.

Está claro que Daniel tiene una doble vida.

«Y tú has creído que te amaba, Elena. Has llegado a pensar que un hombre como Daniel te había elegido a ti. ¡Qué ingenua eres! Por eso nunca llegarás a ser una buena científica. Porque tenías las pruebas frente a tus ojos y no has sabido llevar a cabo tu observación sistemática, la medición de los hechos y la formulación de tu hipótesis. Has fallado. ¡No has logrado confirmar tu propia teoría!».

«¡Basta, papá! ¡Estás muerto! ¡Déjame en paz!».

La presencia de Daniel, que da un par de pasos para colocarse, desafiante, junto a Catalina, la hace sentirse aún más sola. Es una soledad desgarradora que no puede mitigar ni siquiera cuando piensa en la mano tibia de Brian rodeando la suya.

«¿Esa niña es su hija? ¿Mi boda fue un engaño?».

Elena siente que la ira se apodera de ella. No es la mentira, no es la traición, no es la doble vida, ni siquiera es la otra mujer. Lo que más le duele es que su manipulación, su intento de achacarle la culpa del fracaso de su matrimonio, empezaba a funcionar. Daniel estaba consiguiendo su objetivo.

—¿Cómo has podido? —masculla Elena, al borde de la cornisa—. Todo este teatro…

Daniel abre la boca para responder, pero Catalina se le adelanta:

—Creo que es hora de que le digas la verdad —le espeta con firmeza.

«¡No, no es una buena idea que vengas! No quiero que Elena sospeche nada. ¡No eches a perder las cosas!».

La mujer envía a su hija a la cocina con Begoña, con la promesa de que los *beignets* que pidió están listos. Elena la observa correr hacia la puerta. Sin saber por qué, la pequeña le recuerda a ella misma a su edad, en aquella casa, poco antes de que su mundo se fracturara por culpa de otro hombre traicionero. Siente una punzada de extraña ternura.

—Cuéntaselo —le ordena Catalina a Daniel.

Él la mira con los ojos cargados de violencia.

«Me odia —piensa—. Me detesta con toda su alma».

—Lo planifiqué hasta el último detalle —confiesa al fin—. Te hice creer que te amaba. Nuestra boda fue una farsa.

—No entiendo...

—También organicé el ataque que sufriste en la antigua casa —prosigue sin siquiera pestañear.

—¡¿Cómo pudiste?! ¡Esos hombres por poco me matan!

—Necesitaba una razón poderosa y creíble para traerte de regreso a Pinomar.

—¿Y por qué aquí? ¡¿Por qué a Pinomar?!

—Porque aquí comenzó todo.

Y ante la inesperada pausa de Daniel, que se extiende más de lo debido, ella arremete con más fuerza.

—¿También eres responsable de que la gente me odie?

—No, Elena. Te odian por tu padre. Aquí todos son víctimas de él.

Elena siente que la habitación da vueltas a su alrededor. El color algo desteñido del papel pintado, el biombo de madera lacada con dibujos chinos, la alfombra circular que cubre gran parte del parquet, los rostros que tiene frente a ella... El mundo entero se ha convertido en un sucio brochazo donde los colores se mezclan y las formas desaparecen.

—Josef Hausser experimentó con mujeres embarazadas —continúa Daniel con saña, como si las palabras ardieran en su camino a través de la garganta—. Les administró una vacuna que fue matándolas una a una. ¡Por su puta culpa todas las familias de Pinomar tienen a alguien en el cementerio! Una hija, una madre, una novia, una hermana, una tía…

Daniel asiente con los labios apretados, haciendo un esfuerzo visible para que no se le rompa la voz.

—Y cuando las cosas salieron mal, fue mi madre quien terminó en prisión mientras tu padre huía libre de polvo y paja. ¡Ella solo cumplía órdenes!

—¿Tu madre? —Elena apenas puede creer lo que oye.

—Sí. Florencia —afirma Daniel—. Se ha pasado media vida pudriéndose en una celda por culpa de Hausser. Yo era apenas un crío. Pero, desde entonces, he vivido con el deseo de vengarme de él. ¿Y qué mejor que ensañarme con lo que más quería? Con su propia hija. ¡Eras la única forma que tenía de llegar hasta él…!

Al terminar de hablar, Daniel emite un suspiro brusco, que suena igual que el chasquido que hace el alma al abandonar un cuerpo agónico, y se queda en silencio. ¿Eso es todo? ¿Ya ha terminado de hablar? ¿Va por fin a echarse a llorar, como anticipa el rictus de sus labios? La respuesta llega de inmediato:

—Le prometí a mi madre que iba a borrar a los Hausser de la faz de la tierra —sentencia—. Y eso es lo que pretendo hacer.

«La única explicación es que alguien haya entrado en el sistema. Esto no es normal, se lo aseguro. No hay ni un solo dato sobre ese apellido en nuestros archivos».

Elena lo mira horrorizada ante el aplastante peso de la verdad. El dolor de la revelación de Daniel es demasiado abrumador, pero le resulta familiar. Ha vivido esto antes, la misma sensación de apocalipsis, de sentir que son tantas las preguntas que el cerebro va a terminar estallándole dentro del cráneo. Sin embargo, la primera vez que lo experimentó tenía cinco años y era un 29 de abril. Y, aunque el tiempo ha pasado, ahora se siente igual de inexperta. Y de perdida.

—Sal de mi casa. —Es lo único que consigue articular—. ¡Fuera, los dos!

Cuando a través de la ventana ve el vehículo y a sus tres integrantes desaparecer al final de Old Shadows Road, comprende que el temblor que no la deja en paz no se debe precisamente a lo que acaba de ocurrir.

No.

De un manotazo cierra las pesadas cortinas de terciopelo. La estancia queda repleta de pequeñas motas de polvo que bailan indolentes atrapadas en la luz.

Elena se da cuenta de que lo que más la aterra no es el hecho de saberse engañada, o descubrir que sigue siendo soltera, o que su padre no solo causó la muerte de muchas mujeres sino que también la condenó a ser parte de un plan de venganza.

El miedo más grande es uno que le nace dentro y le da la certeza de que, si tuviera a mano un tenedor, podría perfectamente clavárselo en ambos ojos, para no ver más, para apagar por fin el mundo, para aislarse de todo lo que la rodea.

Igual que hizo Raquel antes de terminar con su vida.

Su abuela.

La que vive en ella.

## 50

Esa noche, Elena tuvo una pesadilla.

No fue una pesadilla ordinaria, de esas que solo incomodan un momento y se olvidan, por insignificantes, a la mañana siguiente. Fue una muy diferente de las que había sufrido hasta entonces. Se soñó en el sótano, bajo la cocina, en el laboratorio de su padre. Pero no era el lugar decrépito y lleno de polvo y humedad con el que se encontró al mudarse a Pinomar. Era ahora un espacio vibrante, luminoso, de paredes inmaculadas y un suelo tan pulido que reflejaba como un espejo a la inversa todo aquello que sostenía. En uno de los muros había una pizarra donde alguien había escrito «Sujeto 1» con perfecta caligrafía. Varios frascos de vidrio albergaban polvos y líquidos de diferentes colores. En la mesa central reposaba un microscopio de latón, robusto y pesado, con su lente grande y brillante. En una mesa lateral, unos finos tubos conectaban probetas y matraces de vidrio soplado serpenteando entre ellos y disponiéndolos en fila. El burbujeo constante de un mechero Bunsen proporcionaba al ambiente una inquietante banda sonora. Elena observaba todo con la certeza de que se encontraba en un sueño y que, por lo mismo, las leyes del mundo real no estaban vigentes.

Y eso fue lo que la aterrorizó: la posibilidad de que lo impredecible la asaltara a la menor provocación.

«Despierta, Elena. ¡Despierta!».

Quiso espabilarse, pero un hilo invisible la mantenía atada al colchón y al laboratorio de su padre. Pese a que cerró los ojos, fue inútil. A través de los párpados continuó viéndolo todo. Incluso la pesadilla le regaló la alternativa de apreciar el mundo desde diferentes puntos de vista a la vez, como si sus pupilas tuvieran vida propia y acecharan cada una anclada en un rincón de la estancia. Eso le permitió verse a sí misma de pie junto a la escalera, pero, al mismo tiempo, pudo contemplar su propia espalda en alerta y su coronilla, gracias a una vista cenital. A pesar de esta percepción panorámica, no consiguió descubrir quién se había acercado a ella, enfriando de golpe el aire a su alrededor. Pudo sentir el brusco cambio de temperatura que le erizó los poros, y también un aliento ajeno que sopló en su oreja.

Aquella presencia tenía una voz.

Y la voz le susurró:

—Te estábamos esperando.

Raquel, o lo que quedaba de ella, le sonrió con una mueca acechante de encías oscuras cubiertas de costras. Donde antes estaban sus ojos había ahora dos cuencas vacías bañadas en sangre. La piel macilenta se despegaba de los músculos del rostro y caía en jirones sobre los labios negros. Pudo ver el ramaje de venas rojas latiéndole en el cuello. El aliento caliente y amargo de su abuela la golpeó con fuerza e hizo que el estómago se le revolviera de asco.

«Despierta, Elena. ¡Despierta!».

Raquel le tapó la boca con la mano y le empujó la cabeza contra el muro. Pero la pared era suave y se hundió en ella como si fuera chocolate caliente o queso derretido. Entonces descubrió que su abuela no la había empujado contra un muro, sino que se encontraba dentro de una fosa recién excavada. Un lecho mortuorio. Una cama abierta en la tierra virgen. El olor a salitre se le introdujo por la nariz, las orejas, la boca, convertido en largos dedos vegetales que de inmediato echaron raíces dentro de sus órganos. Una oleada de sangre fresca se abrió paso por sus venas, provocándole un hormigueo en las extremidades. Fue capaz de oír el roce de los gusanos avanzando por las capas del subsuelo.

Tuvo miedo.

Mucho miedo.

«Despierta, Elena. ¡Despierta!».

Una jauría ladraba. Todos los perros del mundo habían decidido hacerlo al mismo tiempo. Se sintió catapultada hacia lo alto, suspendida en un espacio sin luz, sin inicio, sin final, donde no hacía falta tener ojos para ver lo que la rodeaba. Ahí la recibieron Vicente Robledo, Ángela y su madre, Nora, el padre Milton, Daniel y Brian. ¿Es que estaba muerta? ¿Estaban todos muertos compartiendo con ella un espacio sin tiempo? No sentía el cuerpo, pero tenía la certeza de estar flotando, ¿o nadando?, en algún elemento que conseguía mantenerla suspendida. La mano de Raquel entró en su tórax; al retirarla, llevaba un pequeño bulto de carne palpitante en la palma. Su corazón. Su corazón roto. Estaba cubierto de una capa gruesa y pestilente de baba roja que goteaba. Apretó con más fuerza los párpados, pero no consiguió escapar de aquel mecanismo de bombeos, aurículas y ventrículos. Sintió que un líquido la bañaba por completo. Era sangre. Pero no era la suya. Olía diferente. Sabía distinto. Era la sangre de su abuela, que se le había metido dentro de las venas y se había apoderado de sus células, de sus circuitos nerviosos, de sus músculos, de sus huesos, hasta tomar el control absoluto de sus movimientos.

—Bienvenida a casa, Elena.

Trata de moverse, pero ya no lo consigue. Se desintegra, ha perdido la consistencia, las curvas, la profundidad, y es apenas una angosta capa de pintura atrapada en las fibras de una tela. Su rostro lo componen un par de trazos color piel, una breve pincelada da forma a su boca, dos puntos oscuros de óleo han reemplazado sus ojos. El resto de su humanidad permanece congelada en una rígida pose que el pintor ha inmortalizado gracias a su eficiente talento en la composición. El retrato luce la belleza de la modelo, ahora contenida en un amenazante y viejo marco dorado. «Vicente Robledo», señala la firma. El artista puede descansar en paz. Su obra maestra está terminada.

—Ya puedes despertar.

Obediente, Elena se sienta en la cama de un salto. Está

bañada en sudor y tiene el pijama adherido a la piel. No sabe qué hora es, porque es incapaz de recuperar el ritmo de la respiración para coger el móvil de la mesita de noche y salir de dudas. Quiere llamar a alguien para sentirse menos sola, pero no sabe a quién.

—Elenita —escucha.

En el umbral de la puerta está Begoña, medio oculta en las sombras de la habitación, con una delicada taza de porcelana en las manos.

—Esto es lo que necesitas —aconseja la mujer—. Bebe. Te va a hacer bien.

Y gracias a ella, a partir de ese momento los miedos de Elena se empapan en manzanilla endulzada con miel.

## 51

```
Olvido por represión: consiste en el olvido
inconsciente de impulsos internos o hechos
externos, aunque lo reprimido puede continuar en
vigor. Es el mecanismo principal de la histeria.
```

Elena se inclina hacia atrás, alejándose de la pantalla del ordenador. Se frota el puente de la nariz, intentando relajar el gesto de concentración que le hace juntar las cejas y que desde sus tiempos de estudiante le ha provocado jaqueca.

Está decidida a obtener respuestas.

Borra el artículo que acaba de leer, abre una nueva ventana de búsqueda y escribe: «Razones para perder la memoria».

Al instante, una serie de enlaces se despliegan frente a ella. Selecciona el primero:

```
La pérdida de memoria está asociada a la demencia
vascular.
```

Ahí está de nuevo esa palabra. Esa *maldita* palabra. «Demencia».

«Raquel padecía una enfermedad incurable. Una dolencia que, poco apoco, le arrebató la cordura».

Obedece a un golpe de intuición y teclea: «Demencia vascular».

> La demencia vascular es la primera causa de demencia en adultos, seguida de la enfermedad de Alzheimer. El término hace referencia a un grupo de enfermedades que provocan lesiones en el cerebro por daño en los vasos sanguíneos.

La pregunta que ya nadie puede responderle es si Raquel sufría demencia vascular. Tal vez esa fuera la enfermedad incurable que le había mencionado el padre Milton al revelarle la verdad, y que poco a poco había ido convirtiendo su vida en un infierno y había terminado por arrebatarle la cordura.

El siguiente enlace profundiza en la información que nunca hubiese querido leer.

> La demencia vascular es la pérdida de la función intelectual debida a la destrucción del tejido cerebral, ya sea por una reducción o un bloqueo del suministro sanguíneo. La causa suelen ser accidentes cerebrovasculares, pocos pero extensos o numerosos pero de pequeño tamaño. Se manifiesta en el declive lento y progresivo de la

function mental, el pensamiento, el juicio y la capacidad para aprender. Lo primero que el paciente experimenta es la pérdida de la memoria tanto a largo como a corto plazo. La demencia vascular es hereditaria y está causada por mutaciones en ciertos genes que...

Cierra con brusquedad la pantalla del portátil para no seguir leyendo. Abandona la cama de un salto. Intenta calmar el temblor de las manos, pero no lo consigue. Una especie de bruma le cubre la mente.

La habitación está sumida en las sombras. No logra recordar en qué momento se ha hecho de noche. Pero no le importa. La ubicación y el contorno de los muebles que apenas percibe en la oscuridad la tranquilizan al dejarle saber que se trata de la misma habitación en la que lleva tanto tiempo durmiendo. Su habitación. La que comenzó compartiendo con Daniel cuando se mudaron a Pinomar, pero que ahora ocupa en solitario.

Reina el silencio.

Se mete en el baño con la intención de quitarse de encima el calor oprimente que tiene enloquecidas a las cigarras al otro lado de las ventanas. Sus pies desnudos dejan un camino de huellas de sudor en las baldosas blancas del suelo. Se moja la cara. Coge una de las toallas limpias que seguro que Begoña dejó dobladas y perfumadas sobre una silla esa misma tarde, y se sienta en el borde de la antiquísima bañera de porcelana. La piel todavía le gotea.

Pérdida de memoria.

Mutaciones genéticas.

Declive lento y progresivo.

Cada vez le resulta más evidente que Raquel sufría algún tipo de demencia que nadie supo o quiso tratar. Por eso terminó sus días desorientada, incapaz de controlar los arrebatos de violencia, aislada del mundo y atentando contra sí misma.

Lo mismo que está comenzando a ocurrirle a ella.

Gracias a los genes heredados de su abuela paterna se ha puesto en marcha el lento y progresivo declive de sus capacidades cerebrales. Su mente antes —antes de Daniel, antes del atentado, antes de llegar a Pinomar— era un reloj suizo, eficiente y fiable; hoy es apenas una ráfaga de papeles a la deriva flotando en una corriente de aire.

Por eso recuerda tan poco de su infancia.

Por eso ha vivido gran parte de su existencia en una penumbra constante que deja tantos momentos de su historia en las sombras.

Por eso el zumbido en los oídos y los desmayos.

Ahí están: las respuestas que necesitaba, pero a las que no desea enfrentarse.

Tener un diagnóstico no la asusta. Por el contrario, la llena de ímpetu para seguir adelante. Para terminar por fin de encontrar la verdad antes de que el vacío y la nada la encuentren a ella.

## 52

El sol entra a raudales por la ventana del cuarto revelando la capa de suciedad adherida a los cristales como una membrana. Por lo visto, Begoña no ha estado haciendo bien su trabajo, aunque tampoco tengo claro cuáles son las condiciones laborales que acordó con Daniel. No sé cuál es su sueldo o si puso algún tipo de condición para volver a trabajar en casa de mi padre. Y ahora que Daniel se ha quitado la máscara y ha confesado sus verdaderas intenciones…. ¿Begoña se va a ir o se va a quedar aquí acompañándome?

Lo que sí es un hecho es que yo también tengo que deshacerme de mis propias membranas de suciedad. Y, para eso, lo primero que hago es sacar toda la ropa de Daniel del armario y llevarla a su despacho, en la planta baja. Una vez allí, la lanzo dentro con furia y cierro con llave. No quiero volver a ver ningún objeto suyo. Necesito limpiar cada rastro que ha dejado en mi vida.

Voy al coche y saco del maletero la caja que me traje de

casa de mi padre. En el salón, me siento sobre la gastada alfombra persa y vuelco el contenido: el aroma a papel viejo y cuero llena la estancia. Primero abro una libreta de tapas manidas llena de notas apretadas y garabatos. A continuación, cojo un fajo de cartas amarillentas y otro de bocetos de proyectos inacabados, cada uno atado con una cuerda. Entre las hojas, me encuentro fotos en blanco y negro que revelan rostros y momentos congelados en el tiempo. Manipulo con cuidado cada objeto, sintiendo la presencia de mi padre en las líneas escritas, en las arrugas de los papeles.

Sin embargo, hay algo en particular que llama mi atención: una agenda.

La abro, paso las hojas de forma frenética, hacia delante, hacia atrás, hojeo casi sin detenerme en su contenido. Mis ojos se mueven a una velocidad enloquecida, escaneando.

Mi mirada se detiene de pronto. Señalo con el dedo un punto de la página y recorro el renglón. En él leo un nombre: «Victoria». A su lado, han escrito entre paréntesis la palabra «enfermera».

Reflexiono unos instantes. La enfermera de mi padre era Florencia.

¿Victoria? ¿Es que había otra asistente llamada así?

Cierro los ojos y respiro hondo. Intento recordar.

Vuelvo a mirar el nombre de la tal Victoria. Al lado hay un número de teléfono. No creo que lo conserve, la agenda es muy antigua, pero no pierdo nada por intentarlo.

Marco el prefijo, los números y oigo los tonos, dos, tres…

Alguien contesta.

—Dígame. —Una voz femenina al otro lado. No lo esperaba. Durante un segundo no sé qué decir—. ¿Diga? —insiste.

Al fin reacciono.

—¿Podría hablar con Victoria? —consigo articular.

—¿De parte de quién?

—Soy… —Titubeo—. Soy una antigua paciente suya y me gustaría localizarla.

Oigo a alguien más al otro lado del auricular. Mi interlocutora dice en voz baja: «Preguntan por mamá».

—Está en el hospital, esta tarde tiene guardia —me responde después de la pausa—. ¿Quiere que le deje algún recado?

—No es necesario. Muchas gracias.

Y cuelgo sin más.

Intento hacer memoria.

Florencia era la enfermera de confianza de mi padre, la que siempre estaba con él en su consulta y en el laboratorio de casa. Pero a veces venía otra, una mujer algo mayor, a quien mi padre y Florencia pedían consejo.

¿Victoria?

Tiene que ser ella.

Cojo de nuevo el móvil y envío un mensaje a la única persona en la que puedo confiar en estos momentos.

La única persona que nunca me ha mentido.

Y sonrío al pensar en la tibieza de su piel.

## 53

Elena y Brian se dirigen a la primera planta del hospital de Pinomar, aunque aún no saben cómo o dónde localizar a Victoria. No tienen un apellido ni una foto de la mujer. Ni siquiera una somera descripción de su apariencia. Pero no les importa: eso no los va a detener.

Después de atravesar el amplio y luminoso vestíbulo de recepción, recorren un pasillo largo e inmaculado. Sus pasos acelerados retumban en el suelo de linóleo, que, a juzgar por el persistente aroma, acaban de desinfectar.

PUESTO DE ENFERMERÍA, se lee en un cartel junto a una flecha que señala una larga mesa de trabajo repleta de papeles y ordenadores, tras la cual un desorden de uniformes blancos revolotea en sincronizado caos.

—Buenas tardes —dice Elena nada más llegar—. Estoy buscando a una sanitaria de este hospital llamada Victoria.

—Nos han dicho que está de guardia —complementa Brian.

Una de las enfermeras, que parece un pulcro mueble más en ese corredor tan esterilizado como el resto del centro, señala hacia las puertas de los ascensores.

—Cuarto piso, maternidad —indica.

El espejo del ascensor refleja el rostro ojeroso y lleno de sombras de Elena. Cuando se descubre duplicada hasta el infinito, tiene la impresión de estar observando una triste máscara, un semblante sin vida ni luz propia incrustado a la fuerza en un cuerpo que parece a punto de derrumbarse.

«¿En qué momento me he transformado en *esto*?», piensa.

En cuanto salen al pasillo del cuarto piso, lo primero que les llama la atención es que ahora los muros están pintados de rosa pálido.

«Claro, porque el hecho de ser madre te condena a vivir el resto de tu existencia en un universo anodino, insulso, en donde los colores vibrantes no están permitidos. Ser madre te convierte al instante en un cliché de ternura y cariño, de inocencia y delicadeza —reflexiona—. Pero Raquel también fue madre. Y ella jamás habría pintado estas paredes así».

Se adentran en esa planta, invadida de sillas de ruedas que alguien ha acomodado en hileras, intentando ignorar el persistente olor a desinfectante que no tiene intención de esfumarse.

Una puerta de vidrio les cierra el paso, pero se abre de manera automática en cuanto se acercan a ella.

Entonces, a una distancia prudente, la ven.

Elena la reconoce de inmediato.

Debe de tener más de sesenta años. Lleva el pelo blanco,

con un corte moderno que le otorga elegancia y un toque de juventud. Se mueve y habla con alguien de cierta autoridad.

Elena no tiene dudas.

Con decisión, se acercan a ella, que solo se percata de su presencia cuando ya los tiene casi encima.

—Disculpe, ¿es usted Victoria? —pregunta Elena.

La mujer se vuelve hacia ella. Su expresión es serena y controlada.

—Sí. ¿En qué puedo ayudarles?

—Soy Elena, la hija del doctor Josef Hausser —contesta, esperando ver alguna reacción en su rostro.

Pero, a diferencia del resto de Pinomar, ella no se inmuta. No parece sorprendida, o al menos lo disimula bien. Su expresión es neutra, profesional.

—Necesito hablar con usted sobre mi padre —continúa con voz firme.

Elena juraría que los ojos de Victoria vigilan la reacción de quienes pasan a su lado. Luego les hace un gesto para que la acompañen hasta un pequeño despacho que hace las veces de consulta.

—¿Qué quieres saber? —Es una pregunta lejana como el horizonte.

—Mi padre estaba experimentando con una vacuna, ¿verdad? —pregunta Elena de forma retórica—. Sé que su trabajo no era del todo ético y que hubo terribles consecuencias. ¿Usted colaboró con él...?

Victoria suspira, sus ojos reflejan una mezcla de cansancio y compasión.

—Josef Hausser era un hombre complicado. Y sus métodos eran... cuestionables —dice con un gesto de inconformismo—. Solo lo ayudé durante un par de años a recopilar la información del sujeto de estudio en el que probaba los avances de su vacuna.

—¿Un conejillo de Indias?

—Sí. Una niña. Ahora debe de ser adulta, si es que sobrevivió.

—¿Y cómo se llamaba esa niña?

—Ni idea —niega Victoria mientras sacude la cabeza—. Solo sé que la llamaba «Sujeto 2». Lo siento, pero mi trabajo en la investigación se centraba en las fichas... Nunca tuve contacto con nadie más.

—¿Qué fichas? ¿Dónde puedo encontrarlas?

—¡Han pasado tantos años...! Pregúntale a Florencia. Ella también trabajaba con tu padre.

Victoria evade toda respuesta y cambia de tema. Se excusa diciendo que tiene mucho trabajo, que la están esperando. Ni siquiera se esfuerza en disimular la mentira.

En un par de pasos llega hasta la puerta. Antes de salir, se gira hacia Elena y clava la mirada en ella. Una mirada que parece decir algo muy distinto de lo que su boca pronuncia:

—No te confundas, muchacha —advierte—. Tu padre podrá estar muerto, pero está más vivo que nunca.

Perpleja, Elena intenta lanzar una nueva retahíla de preguntas, pero ninguna alcanza los oídos de Victoria. No le queda más remedio que dejar ir a la enfermera, que se pierde pasillo adelante a toda velocidad. Huyendo.

Pues sí: otra persona que la engaña mirándola a los ojos.

Elena mira a Brian en busca de algún consejo que la ayude, pero, en lugar de eso, se tropieza con la inesperada y sarcástica sonrisa del músico.

—¿De qué te ríes? —pregunta molesta.

Para su sorpresa, él le enseña un manojo de llaves que ha cogido del escritorio de Victoria.

Brian le guiña un ojo y sonríe. Y junto con él sonríen la estrecha ventana del despacho donde se encuentran, el hospital y Pinomar entero. Pero Elena no está para arrebatos sentimentales: solo tiene cabeza para pensar en todo lo que Victoria no le ha contado. En lo que, seguro, no ha sido capaz de confesarle.

En «Sujeto 2».

## 54

La decisión es unánime: vamos a esperar la llegada de la noche, cuando se produzca el cambio de turno de las enfermeras, para aventurarnos a recorrer los pasillos del hospital. Si tenemos suerte, conseguiremos dar con los archivos médicos de Josef Hausser. Si no los encontramos en la casa donde vivió sus últimos años, ni en su laboratorio del sótano de Pinomar, la posibilidad de que estén en algún sótano del hospital donde tuvo su consulta durante décadas es más que factible.

Pero, antes de que llegue la noche, llega la lluvia.

Desde los ventanales del enorme vestíbulo de recepción, donde nos acomodamos para esperar y poner en marcha nuestro plan, Elena y yo vemos que el cielo cambia de aspecto en apenas unos segundos. Lo primero que noto es la luz. Un puñado de nubes negras se aprieta en el cielo, provocando una penumbra inesperada que desconcierta a todo el mundo. Al mismo tiempo, el aire se carga de electricidad. La temperatura sube, el ambiente se vuelve sofocante y la humedad estalla, empaña los cristales y hace que los transeúntes suden sin control.

Entonces se oye el primer trueno. Poderoso, amenazante. Un rugido que anticipa solo malas noticias a ras de suelo.

Y así es. La gente no tiene tiempo de refugiarse antes de que un diluvio del fin de mundo descargue desde lo alto e inunde calles y plazas en segundos. Veo a las personas correr, empapadas de pies a cabeza, desconcertadas por el brusco cambio de clima.

La lluvia no da tregua. Es una gruesa cortina líquida que desordena el tráfico, cambia la rutina de los animales y altera la personalidad de los que la padecemos.

Pero nada de eso parece importarle a Elena.

Ella tiene la mente en otro lado, mucho más allá de la tormenta de verano que acaba de apoderarse del cielo de Pinomar. Solo piensa en la gravedad y las consecuencias de lo que estamos a punto de hacer.

—¿Cómo vamos a encontrar la información de los pacientes de mi padre? —me pregunta, con la mirada perdida en los charcos de agua que se forman al otro lado de los ventanales—. Ahora todos los archivos están digitalizados.

—Hace treinta años se empezaban a usar ordenadores para guardar los historiales médicos. Estoy seguro de que todavía conservan los informes antiguos en algún lugar.

—No tienes que quedarte aquí conmigo si no quieres, Brian —me advierte—. Si alguien nos descubre, tendremos problemas.

—No voy a dejarte sola, Elena.

—Pero no quiero que te pase nada por mi culpa.

—No insistas. No pienso moverme de tu lado.

Elena suspira, como si hubiera notado que no vale la pena seguir discutiendo. Sabe que estoy decidido a acompañarla. Y, para ser sincero, es mejor así. Hay algo que me inquieta en los pasillos laberínticos de este hospital. Todos son iguales, todos huelen a desinfectante, todos están iluminados con la misma luz fría. Ponen los nervios de punta.

Además, no quiero alejarme de esa calidez, ese tacto reconfortante de sus manos, esos cinco dedos que saben a la perfección cómo calmarme con una sola caricia.

Las luces exteriores se encienden a pesar del diluvio, que no muestra señales de amainar. El rugido de los truenos se mezcla con los relámpagos, que cada tanto dibujan un tajo luminoso en la piel del cielo oscuro.

En medio de este caos, se lleva a cabo el cambio de turno. Desde nuestro rincón podemos ver llegar a un grupo de enfermeras que toman posesión del cuarto piso y se despiden de las que llevan ocho horas trabajando.

Es el momento. Aprovechamos el cambio para movernos. El camino está despejado. Parece que todas las enfermeras están ocupadas con los pacientes o atendiendo sus tareas. Veo que Elena respira un poco más tranquila al darse cuenta de que, por ahora, todo va según lo planeado.

Logramos atravesar el área de maternidad sin que nos vean y llegamos hasta el sector sur del cuarto piso. Satisfechos por haber sorteado miradas ajenas y no haber tenido que dar explicaciones a nadie sobre nuestra presencia fuera de las horas de visita, bajamos por unas escaleras oscuras hasta una entreplanta que, por lo que veo, se utiliza como almacén improvisado. Sorteamos camillas estropeadas, cajas con artículos de aseo y bolsas cerradas con sábanas, toallas y delantales recién lavados y planchados.

—¡Bingo! —exclamo, señalando un viejo cartel donde se lee ARCHIVO.

Elena siente la misma oleada de adrenalina que yo. Saco el manojo de llaves que he robado del escritorio de Victoria. Tras varios intentos, una de ellas gira con facilidad.

Clic.

La puerta rechina al abrirse.

## 55

Está oscuro y huele a humedad y a papel viejo. Los haces de luz de las linternas de los móviles les permiten adivinar que las paredes están forradas de estanterías del suelo al techo y estas, a su vez, repletas de cajas y archivadores.

Miran en todas las direcciones sin saber qué buscan.

—¿Por dónde empezamos? —pregunta Brian, abrumado.

Con la linterna, Elena echa un vistazo rápido a las estanterías: «1991», «1992», «1993»…

—Están ordenadas cronológicamente —afirma sin retirar la vista de los estantes.

—Adelante, no hay tiempo que perder —exclama Brian—. Vayamos a los archivos de hace treinta años.

Elena lo sigue y empiezan a extraer archivadores y carpetas.

Un violento trueno hace vibrar los muros del almacén y se queda haciendo eco en los rincones.

«Pacientes del doctor Hurtado».

«Pacientes de la doctora Zenteno».

«Pacientes del doctor Ramírez».

—Hausser —susurra ella mientras detiene el dedo en una de las cajas—. ¡Aquí está!

Rápido, abren la carpeta y empiezan a leer las fichas. No hay lugar a dudas: es la letra de Josef. Sus notas son detalladas. La mayoría de la información corresponde a sus pacientes habituales: nombre, apellido, edad y una breve descripción de su estado de salud. En todas hay un seguimiento meticuloso de fechas, vacunas administradas y mediciones corporales. Los folios se repiten con idéntica monotonía.

De pronto, una libreta se desliza del interior de la carpeta y cae junto a los pies de Elena. Es evidente que se trata de un cuaderno de trabajo, ya que tiene la cubierta gastada, llena de manchas de humedad y tinta, y varias páginas se han despegado de la tapa. En la primera, la luz de la linterna le permite leer:

Fecha de nacimiento: 27 de marzo

Hora del nacimiento: 8.26 a. m.

Sexo: femenino

Peso: 3,090 kilogramos

Estatura: 46,7 centímetros

Circunferencia de la cabeza: 34 centímetros

Circunferencia del pecho: 32 centímetros

Grupo sanguíneo: 0+

Vacunas administradas: Hepatitis B / Vitamina K

Lo primero que le llama la atención es la ausencia de nombre y apellido. Tampoco hay una dirección asociada al paciente. Ni siquiera se consigna el nombre de uno de los padres. Al pasar las páginas, comprueba que la información requerida se repite una y otra vez, pero las mediciones van aumentando con el paso del tiempo.

—Increíble —murmura Brian después de haber leído todo por encima del hombro de Elena—. Tu padre llevaba un registro detallado de cada cambio en este niño.

—Niña —corrige—. Se trata de una niña.

Perturbada, Elena cierra la libreta. Descubre que en la cubierta han escrito algo que no consigue leer bien a causa de las manchas de moho y tinta acumuladas a lo largo de los años. Acerca el teléfono hasta que logra descifrar los trazos: «Sujeto 2».

—Tu padre experimentaba con una niña —piensa el músico en voz alta—. Ahora debe de ser adulta. ¿Seguirá viviendo en Pinomar?

Pero Elena ya no es capaz de responder. Un vértigo similar al de encontrarse asomada con medio cuerpo por encima de un puente, de cara al vacío, la paraliza.

«No, papá, por favor. Me duele».

«Esto es muy importante, Elena».

Tiene la certeza de que ella no nació el 27 de marzo, salvo que incluso el día de su nacimiento sea una mentira. Tampoco coincide el grupo sanguíneo: ella es AB+. Esa prueba le concede cierto alivio.

—Tenemos que encontrar a esa mujer —dice Brian. Y al

instante agrega—: Si hay un «Sujeto 2» es porque también existe un «Sujeto 1», ¿no?

Elena no puede evitar sentir un escalofrío. Con manos torpes pero urgidas revisa el contenido de la carpeta en busca de una nueva libreta con los datos del primer sujeto de estudio. Pero no la encuentra. Solo hay páginas y páginas con fichas médicas de los pacientes a los que Josef Hausser atendió a lo largo de los años.

—¿Tienes alguna idea de quiénes pueden ser esas personas con las que tu padre experimentó? —pregunta Brian.

«¿Soy yo, papá?».

Pero esta vez tampoco es capaz de contestar, porque sus sentidos están ocupados intentando sobrevivir al recuerdo de la sonda entrando por su nariz, rumbo a la garganta. Ahí está de nuevo el plástico que la quema por dentro. La sensación de ahogo. El olor metálico tan familiar. El zumbido del fluorescente. La mano de su padre presionándole la cabeza contra la camilla.

«Esto es muy importante, Elena».

«¿Yo soy "Sujeto 1"?».

—¿Elena? —Brian se da cuenta de que le ocurre algo.

Ella aferra la libreta contra el pecho y echa a correr, ciega, sorda ante los gritos del músico, y avanza en sentido inverso al camino que han seguido para llegar hasta el almacén de archivos. Cruza entre las enfermeras de maternidad, que la miran desconcertadas, sin entender qué hace ahí o de dónde viene. Baja de dos en dos los peldaños de las escaleras principales hasta llegar al vestíbulo del hospital, casi desierto a esa hora. Sale justo cuando comienza a quedarse sin aire en los pulmones y una náusea la amenaza desde el vientre. La tormenta le da en la cabeza y la obliga a detenerse. Diluvia sobre Pinomar. Pero no le importa. Solo es capaz de pensar en esa niña de la que su padre abusó durante tanto tiempo, y a la que seguro que sometió a una incansable rutina de torturas y análisis. ¡Era una bebé recién nacida! Una bebé que durante años no conoció más vida que la de sus días ultrajados por un médico sin escrúpulos. Josef Hausser. El sol de su universo. «¡Tu padre era el mismísimo demonio!». Los vehículos que cruzan a toda velocidad por la avenida le salpican. La ropa se le pega, convertida en una segunda piel. La lluvia se le mete por los ojos, la moja por dentro. Tal vez lo mejor sería sumergir la cabeza bajo la marea y dejar que la corriente se la llevara lejos, tan lejos como lo han hecho sus miedos y sus dudas. Que la naturaleza siga su curso. Que sea ella quien decida el destino de su cadáver. Alguien tiene que pagar por tanto sufrimiento. Alguien tiene que hacerse responsable de todas esas tumbas de mujeres inocentes en el cementerio. De pronto, una mano se aferra a su brazo y la obliga a detenerse. El inesperado movimiento desordena las gotas en su caída libre. Distingue una boca de labios rosados. Un mentón con una barba de varios días. Es Brian, que también está empapado. Es un cuerpo hecho de agua.

—Elena, ¿qué te pasa?

Un relámpago parte en dos la bóveda nocturna y se duplica en las pupilas de ambos. El chispazo se queda ahí, ardiendo en esa mirada que comparten bajo la lluvia, una mirada que no necesita palabras para justificar el siguiente paso. Sus bocas también se unen en una descarga eléctrica, un beso capaz de encender el cielo. Y junto con las bocas llegan las extremidades empapadas. Las manos que se buscan. La urgencia por intentar esconderse el uno dentro del otro, midiendo el tamaño de su deseo a través de las lenguas y los labios.

«No, papá, por favor. Me duele».

Elena empuja a Brian hacia atrás, el pelo chorreándole la cara. El recuerdo de la voz de su padre duele igual que un calambre amplificado por el aguacero. Duele mucho. Duele tanto como la sonda nasogástrica abriéndose paso dentro de ella. Su infancia duele, seguro que igual que dolió la infancia de «Sujeto 2».

Su vida entera duele.

«Ay, papá, ¿qué hiciste?».

«¿Qué *me* hiciste?».

## 56

Elena cierra la puerta tras de sí. Se quita la ropa, aún húmeda de lluvia, la deja caer al suelo y se queda expuesta a las frías baldosas del baño. Con un giro del grifo, el agua comienza a fluir: primero fría, luego tibia y por fin en una cascada de calor reconfortante.

Se mete en la ducha. El vapor se eleva a su alrededor y la envuelve en una nube cálida que difumina los bordes de su realidad. Cada gota se lleva un fragmento de su ansiedad, lavando sus pensamientos y sus miedos.

Inclina la cabeza hacia atrás y deja que el agua caliente le masajee el cuero cabelludo y se le deslice por el cuello y la espalda. Cierra los ojos, separa los labios en una exhalación profunda y libera así la tensión acumulada en los hombros. El remolino líquido que gira en torno al desagüe se lleva consigo las emociones intensas que la han abrumado durante las últimas horas: el inesperado beso con Brian, los secretos de su padre y la incertidumbre que ahora la acompaña.

¿Es ella «Sujeto 1»?

Elena empieza a recomponerse, pieza por pieza, preparándose para afrontar lo que vendrá.

Intenta no pensar en Brian, pero pierde la batalla. La urgencia del beso, la humedad de su boca, las formas de su cuerpo acuden a su cabeza y la estremecen. Piensa que ya no tiene más espacio ni energía para gestionar una nueva emoción. Lo que menos necesita ahora es otro inconveniente en su vida. Ni siquiera sabe a ciencia cierta cuál es su situación legal con Daniel. Si su boda fue una farsa…, ¿sigue siendo una mujer soltera? Y si así fuera…, ¿está dispuesta a comenzar algo con Brian?

Cierra el grifo y se envuelve en una toalla. La ducha le ha sentado bien. Se nota tonificada, más lúcida, y ha conseguido quitarse de encima los resabios de la lluvia.

Es cierto que después de una tormenta siempre llega la calma.

Limpia el vapor del espejo con la mano y observa su rostro. Le gustaría decirle algo optimista a la mujer que tiene ante ella. Quisiera ser capaz de darle ánimos a esa Elena que la observa desde el otro lado, asegurarle que todo saldrá bien, que encontrará las certezas que tanto anhela, que logrará dejar atrás ese tiempo tan convulso que está viviendo. Pero no consigue articular las palabras. No es capaz de mentirse.

Con un peine, empieza a cepillarse el pelo. Toma la melena aún húmeda y la aparta hacia un lado. Se inclina un poco más hacia delante, hasta casi quedar pegada a su propio reflejo, en busca de imperfecciones en la piel.

Entonces la descubre, en el cuello, justo debajo de la oreja izquierda: una mancha roja del tamaño de una moneda. Acerca los dedos y se da cuenta de que le duele al tacto. La piel irritada se nota rugosa y húmeda, a medio camino entre la secreción y la cicatrización.

Se inquieta porque nunca se había visto nada igual.

Limpia la zona con un algodón empapado en agua oxigenada y se pone el camisón.

Una vez en la cama, coge el viejo cuaderno que ha encontrado entre las fichas médicas de su padre y acaricia con suavidad la cubierta, donde se lee «Sujeto 2». Vuelve a leer la información médica de esa misteriosa bebé que va creciendo y desarrollándose ante sus propios ojos cada vez que pasa una página.

Hacia el final de la libreta, se encuentra con un texto que no tiene nada que ver con los escritos anteriores. A diferencia de los demás, en él no hay mediciones de peso, ni de altura, ni tampoco indicaciones de patologías. Elena no sabe bien cómo clasificarlo. A primera vista le parece un poema muy poco logrado, aunque su intuición le dice que está lejos de ser una composición lírica. Reconoce la caligrafía de su padre y eso le hace pensar que, más bien, se trata de un escrito con connotaciones médicas.

> Articulaciones sanas, flexibles y fuertes.
> Nutrientes vitales que el cuerpo requiere.
> Glándulas que secretan hormonas precisas.
> Exámenes médicos, prevención esencial.

Laboratorios que descubren enfermedades.
Apoyo constante, cuidado integral.

¿Es que Josef Hausser buscaba comunicar un mensaje clínico por medio de esos seis versos cortos y ejemplificadores? Y si eso era cierto, ¿quién era el destinatario de dichos mensajes? ¿La misma «Sujeto 2»? ¿Sus padres? ¿Algún tutor responsable? ¿Qué información críptica podían encerrar esas palabras claves? ¿Tal vez un diagnóstico secreto que necesitaba esconder de ojos intrusos?

«Articulaciones», «Nutrientes», «Glándulas», «Laboratorios»...

«Hay algo que no estoy viendo —se dice sin despegar los ojos de la libreta—. Algo que de tan obvio se me escapa...».

¿*Qué?*

«Nos hacemos preguntas que esperamos que nos lleven a la verdad. Pero no a cualquier verdad. Queremos que nos lleven solo a lo que estamos dispuestos a oír —reflexiona Elena mientras con el dedo sigue las curvas de la letra de su padre—. «Creemos que queremos respuestas, pero lo que en realidad queremos son las respuestas correctas. El problema es que uno no puede elegir qué verdad escucha. La verdad siempre será simple y sencillamente eso: la verdad a secas».

Así es la naturaleza humana.

Un ligero golpe en la puerta la sobresalta y la obliga a esconder el cuaderno bajo la almohada. Begoña se asoma desde el pasillo.

—Te he preparado un poco de caldo, Elenita —dice servicial—. Sé que hace calor, pero con esta tormenta pensé que te gustaría.

—Gracias. Seguro que está delicioso.

La mujer deposita la bandeja con la cena sobre el colchón.

—Voy a traerte una infusión de valeriana, para que duermas bien —agrega.

En este instante, el sonido de una notificación le hace saber a Elena que le ha llegado un mensaje al móvil. Al abrirlo, descubre que se trata de un correo electrónico enviado por un laboratorio médico. Durante una fracción de segundo se queda desconcertada, preguntándose qué hace ese *e-mail* ahí.

Hasta que recuerda:

«Vamos a hacerle una analítica completa para asegurarnos de que está todo en orden. Los resultados van a tardar un par de días».

Lo que esperaba: son los resultados del estudio que le hicieron la noche que se desmayó en el restaurante de Daniel. Comienza a leer y a estudiar las variables con atención: «Triglicéridos», «Albúmina», «Hemoglobina», «Calcio»...

Busca algún indicador que le dé una pista sobre el origen del zumbido en el oído y los desmayos, pero en un primer vistazo no encuentra nada.

«Presión arterial alta: 160/95».

Los ojos se le quedan atrapados en los números, y el significado de las palabras junto a ellos se filtra en su conciencia.

Sabe lo que significa: no es un error ni una anomalía temporal.

Es un aviso.

Piensa en todo lo que la ha llevado hasta ahí: las noches sin dormir, las preocupaciones silenciosas, las dudas que han ido tejiendo su vida como una telaraña invisible. Y ahora este descubrimiento añade un nuevo hilo a esa red, uno que amenaza con apretar más fuerte, con restringir sus movimientos.

Pero no hay tiempo para el pánico.

Su mirada, en alerta, continúa avanzando entre las columnas de números, porcentajes y rangos de referencia, hasta llegar casi al final.

Allí se detiene.

Y también se detiene su corazón.

—¿Todo bien, Elenita? —pregunta Begoña ante la crispación que refleja su rostro.

No puede ser verdad. Lo mira una y otra vez. Sus latidos se aceleran y le falta el aire.

La ciencia no miente: está embarazada.

# CUARTA PARTE

*En la mustia penumbra de la casa, donde los rayos del sol se filtran a través de los visillos de encaje tejidos por mi madre, encuentro mi propio mundo de soledad. Las tardes se deslizan en un largo bostezo mientras yo, rodeada de libros cuyos lomos desgastados cuentan historias de mundos lejanos, me lanzo a la aventura contenida en cada página. En ese pequeño rincón, mecida por el susurro de las cigarras que la brisa deja entrar por las ventanas entreabiertas, me sumerjo en las lecturas que narran la vida de otros mientras yo permanezco al margen, contemplando sus hazañas en silencio.*

*Sola.*

*La huella del tiempo deja su marca en el juego de luces y sombras en los muros, como un recordatorio constante del aislamiento que define mis días. Los momentos en los que me recuesto en el sofá de la sala, sintiendo el tacto casi humano de su cuerpo contra mi piel, son una mezcla diaria de contemplación y añoranza. Contemplación de mi desam-*

*paro infantil y añoranza de algo que no tengo, pero que necesito.*

*En el reposo en esa burbuja de paredes cubiertas de papel mural, mi mente se refugia en su propio laberinto mientras el mundo exterior continúa su curso sin mí. La casa entera parece observarme con profunda compasión.*

*Soy la niña que nunca supo pertenecer. La niña que siempre deseó lo que estaba fuera. La niña que un día dejó de reír.*

*Esa niña fui.*

*Esa mujer sigo siendo.*

*Salvo que ahora sé lo que anhelo: que me devuelvan mi infancia. La infancia que un despiadado delantal blanco me arrebató en un sótano mal iluminado.*

*Un delantal sobre el cual se podía leer un apellido bordado en letras rojas.*

*Un delantal que llegué a odiar con toda mi alma.*

*Un delantal que pertenecía al padre de mi compañera de tortura.*

*Pero ya es tarde para buscar consuelo. Y no hay nada peor que saber que es tarde.*

57

A pesar de que ya son las seis de la tarde, cada vez hace más calor. Es insufrible. Abro las ventanas del cuarto con la esperanza de que al aire circule y así se refresque parte de la estancia, pero el resultado es aún peor. Se mete el aliento a lodo tibio del lago y me pica la garganta. Entonces tengo que volver a cerrar y conformarme con abanicarme el sudor, tumbada medio agónica y pegajosa sobre el edredón.

Aunque me he levantado hace horas, todavía estoy algo aturdida y las manos me tiemblan. Esta mañana me he despertado con la sensación de que todo lo que creía saber no era cierto, y que lo que había vivido hasta ahora me lo había inventado. Durante ese breve instante en que la consciencia va poco a poco regresando al cuerpo después de una larga noche —justo antes de abrir los ojos para afrontar un nuevo día—, tuve la impresión de que todavía seguía casada con Daniel, de que mi padre estaba vivo en su casa y de que no necesitaba indagar en su pasado para descubrir qué atrocidades había cometido en nombre de la ciencia.

Y lo más importante: en mi duermevela no recordaba estar embarazada.

Qué desilusión fue comprobar que nada de eso era cierto.

Lo más probable es que esa confusión con la que me he despertado no haya sido más que una reacción anómala de la corteza prefrontal a los últimos acontecimientos. Contra eso no tengo nada que hacer: cada vez que me enfrente a la realidad voy a perder la partida. Es química pura.

La libreta con el historial médico de «Sujeto 2» sigue escondida bajo mi almohada, con la esperanza de encontrar en ella alguna respuesta que me proporcione paz. Por más que anoche me dormí tratando de descifrar esos seis versos incomprensibles, no llegué a ninguna parte. ¿Por qué mi padre habría escrito sobre articulaciones, nutrientes, glándulas, exámenes, laboratorios y apoyo constante en un cuaderno dedicado exclusivamente a seguir la evolución de uno de sus conejillos de Indias? ¿Qué tenía que ver eso con su búsqueda de una vacuna para erradicar la eclampsia?

Me estoy dando el segundo baño del día, con el que intento ahuyentar el calor del infierno que hace arder a Pinomar, cuando me suena el teléfono. No contesto y vuelve a sonar. Y luego otra vez. Cuando salgo de la ducha está sonando por cuarta vez y lo descuelgo.

—Asómate a la ventana —oigo decir a Brian al otro lado de la línea.

Obedezco. Y lo veo en la acera, luminoso, más atractivo

que nunca, con un enorme ramo de flores. Esperándome; sonriéndome a mí; con un regalo para mí; dispuesto a ofrecerme una realidad distinta a la que me tiene empantanada en la angustia y con constante temblor de manos.

Salgo a la calle. El calor me abofetea y me salta encima como un depredador salvaje. Avanzo directa hacia Brian, que intenta decirme algo, pero no se lo permito. Mi boca encuentra la suya y, a diferencia de la noche anterior, esta vez lo beso con plena consciencia de lo que hago. Me quedo ahí, dejándole saber todo lo que mi corazón está empezando a sentir por él. Permito que sus manos se aferren a mi nuca y se deslicen bajo mi pelo. Quito de en medio el ramo de flores para poder pegarme aún más contra él. Estamos tan cerca que puedo incluso sentir los latidos de su corazón.

—Ven conmigo —susurra.

No opongo resistencia.

Me coge de la mano y echamos a andar por Annunciation Street. Ni siquiera pregunto adónde vamos o qué planes tiene para nosotros. Lo seguiría hasta el fin de mundo.

«**Articulaciones sanas, flexibles y fuertes**».

«Basta —me ordeno—. No es el momento. ¡Olvídate de tu padre al menos el resto del día!».

Un par de manzanas antes de llegar a la plaza central de Pinomar, comienzo a oír la música y huelo las hamburguesas y el algodón de azúcar. Al doblar la esquina, me enfrento al bullicio de la feria, que nos envuelve con su avalancha de sonidos y colores. La plaza, habitualmente tranquila, se ha transformado por completo. La rueda de la fortuna se alza justo en el centro, con sus luces parpadeantes pintando el cielo del atardecer con destellos multicolores. Con cada vuelta nos llegan risas y gritos de emoción, los rostros de los pasajeros iluminados por una mezcla de miedo y deleite.

—Pensé que podía ser una buena idea para distraerte —dice Brian sin perder la sonrisa.

Claro que es una buena idea. Es una idea magnífica, de hecho.

Recorro encantada un largo pasillo repleto de puestos de palomitas, helados y venta de perritos calientes. Los aromas dulces y los salados se trenzan en el aire. De manera inconsciente, me llevo ambas manos al vientre, como si quisiera protegerlo de toda la gente que circula a mi lado. En algún momento tendré que contarle la noticia a Brian. Pero no por ahora. Pretendo que esta sea una tarde perfecta, y un «Estoy esperando un hijo de Daniel» no es el mejor modo de agradecer un *bouquet* floral y la promesa de una noche mágica.

Las luces de neón del carrusel y de los coches de choque proyectan sombras danzantes sobre el empedrado de la plaza. La música de los organillos se mezcla con el rugido del barco pirata y el griterío de los que se lanzan por el tobogán, creando una sinfonía caótica pero alegre.

Por primera vez en mucho tiempo vuelvo a sonreír.

—Gracias —le susurro en la oreja antes de morderle el lóbulo.

Por toda respuesta, Brian me coge de la mano y me lleva a la casa de los espejos. Tras esperar una breve cola, le entrega un par de tíquets al encargado de la atracción, que descorre una gruesa cortina de paño negro para dejarnos entrar. La adrenalina se me dispara ante el espacio oscuro y algo opresivo que me envuelve. Si fuera hace calor, allí la temperatura es sofocante. Me aferro al brazo de Brian, en alerta y anticipando lo que pueda ocurrir.

Una iluminación tenue se enciende de pronto sobre nuestras cabezas, lo que me permite descubrir que estamos rodeados por una multitud de espejos cuya refracción distorsionada se burla juguetonamente de nosotros, estirándonos el rostro y el cuerpo de manera grotesca. Me río, divertida, de mi propia imagen contrahecha.

—Por aquí —oigo decir a Brian.

Avanzamos hacia una nueva área de la atracción, donde la luz se hace aún más escasa. De un vistazo rápido descubro que nos encontramos en lo que parece ser el principio de un laberinto. Apenas doy un par de pasos cuando oigo cerrarse una puerta tras de mí, lo que dispara mi sensación de claustrofobia. Saber que la única manera de salir de ahí es cruzar esa maraña de paredes de espejo, que duplican las posibilidades de errar la elección del camino, pone todos mis sentidos en alerta.

Las lejanas risas del exterior se desvanecen, reemplazadas por un inquietante silencio.

Busco la mano de Brian, pero no la encuentro.

Al alzar la vista, lo veo reflejado a mi derecha.

—Pensé que me habías dejado sola —bromeo en un intento de liberar la tensión que me embarga.

Pero cuando responde, lo hace desde la izquierda. Al volverme, descubro una infinidad de reflejos de Brian. Soy incapaz de saber cuál es el original y cuáles simplemente espejismos multiplicados por un simple truco de feria.

—¿Brian?

Una profunda sensación de soledad se precipita sobre mí: un manto frío y asfixiante que me envuelve.

—Brian, ¿dónde estás? —lo llamo, pero mis palabras se pierden en los quiebros del laberinto.

—Aquí.

Pero ¿dónde?

Entonces empiezo a moverme más rápido, mis pasos resuenan contra el suelo de metal y vidrio. Intento adivinar por dónde seguir, pero choco de frente con una superficie fría y dura. Ya no me parece divertido. No quiero estar ahí. Giro en busca de un camino alternativo, pero también me estrello con una falsa salida.

—¿Brian?

El propio laberinto se burla de mi desesperación.

«Glándulas que secretan hormonas precisas».

«¿En serio, Elena? ¿Vas a seguir con eso? ¡No es momento de pensar en los misterios que tu padre te dejó como herencia!».

Me siento atrapada en una prisión de cristal que lo único que hace es mostrarme diferentes versiones de mí misma: asustada, confundida, cautiva.

—¡Brian, por favor, contesta! —suplico, con la voz ahora quebrada por el miedo.

El temblor ha regresado a mis manos.

Una náusea se apodera de mi garganta.

El túnel de espejos se cierra a mi alrededor. No consigo salir de esa trampa brillante y cruel. Quiero volver a gritar, pero sé que es inútil. Estoy sola. Devorada por ese espacio oscuro y asfixiante.

El espanto de no poder orientarme me lanza otra vez de bruces a ese terreno donde las palabras no sirven y ya no hay manera de explicar lo que siento. Y me quedo muda. Paralizada y muda, habitando un espacio más parecido a la muerte que a la vida. Un lugar de silencio opresivo, sin sonidos. Un lugar del que debo escapar antes de que sea demasiado tarde.

Me obligo a avanzar a tientas. Seguro que mis manos dejan huellas de sudor en cada cristal que tocan.

De pronto, el calor se hace más intenso. Quiero creer que es porque me estoy acercando a la puerta que me llevará al exterior, de regreso a la feria.

La respiración se me acelera. Me duele el vientre.

Un par de pasos más.

Seguir avanzando.

—¿Elena? —oigo frente a mí.

Estoy fuera. Lo he conseguido. En una fracción de segundo descubro que se ha hecho de noche, que la feria entera titila con sus candilejas de ensueño y que el aroma a azúcar dulce es aún más intenso que cuando llegué. Entonces apuro la marcha y me lanzo hacia el cuerpo que me espera al final del maldito laberinto. Me dejo rodear por esos brazos tan conocidos y me recuesto sobre ese pecho donde tantas veces reposé la cabeza.

—¿Qué haces aquí? —me pregunta la misma voz.
Pero no es Brian.
Alzo la mirada y lo veo.
Daniel me observa con sincera sorpresa y desconcierto.
Y yo, en ese instante, noto el verdadero sabor del odio.

## 58

De un violento empujón me separo de Daniel y descargo en ese gesto la rabia que me embarga.

Todas las palabras regresan juntas a mi boca en una avalancha de fuego.

—¡Suéltame, infeliz! —rujo.

—¿Se puede saber qué demonios te pasa? —pregunta indignado—. ¡Has sido tú la que se me ha lanzado encima! Yo solo pasaba por aquí.

¿Dónde se ha metido Brian?

En un rápido vistazo a mi alrededor, descubro a Catalina y a su hija un par de metros más atrás, mirando con desconcierto y reproche mi altercado con Daniel. Entonces lo comprendo: acabo de interrumpir una agradable velada familiar, en la que papá y mamá decidieron llevar a su pequeña a la feria a comer comida basura y a dispararles a los patitos hasta ganar un manoseado oso de peluche.

Y mi furia, al igual que mis gritos, aumenta aún más.

—No pienso dejarte ir hasta que me des una respuesta —lo increpo a todo pulmón—. ¡Y más te vale que sea una respuesta convincente!

—Elena, por favor —dice, y señala hacia Catalina—. No es el momento.

—¿Hace cuánto que estáis juntos?

—Llevo siete años casado con ella, si es eso lo que quieres saber.

—¿Y la niña?

—María es mi hija.

Una vez más, me llevo ambas manos al vientre, pero esta vez para proteger a mi hijo de la crueldad de su propio padre. Podría lanzar la bomba en ese instante. Me bastaría un «Estoy embarazada» para hacer arder la feria, la plaza y todo Pinomar. Pero algo me dice que no lo haga.

—¿Me estás diciendo que lo nuestro fue una mentira? ¿Una farsa?

—Nunca te he amado —confiesa sin inmutarse—. Solo buscaba venganza por lo que tu padre le hizo a mi madre, nada más.

—¿Y Catalina estaba de acuerdo? ¿Tanto te ama que permitió que fingieras un matrimonio con otra mujer solo para cumplir tus planes?

Los ojos de Daniel desprenden un odio que me asusta. Su sinceridad es brutal.

—Ella sí sabe lo que es el amor —masculla—. No como tú.

Entonces pierdo el control. Me abalanzo sobre él para agredirlo, para acabar con esa voz que duele tanto, para cobrarme cada una de mis lágrimas, pero me detiene con firmeza y me sujeta las manos por las muñecas.

—¡Estás loca, Elena! —me suelta a la cara con infinito desprecio—. ¡Acabarás igual que tu abuela!

—¡¿Qué demonios sabes tú de Raquel?!

Nuestro altercado atrae a un número considerable de personas. Al ver que la situación ha dado paso a la violencia física, un par de espectadores corren hacia nosotros e intentan separarnos. Alcanzo a ver a la pequeña María, que se abraza llorando a su madre. Seguro que yo habría hecho lo mismo a su edad.

—¡¿Qué sabes tú de mi abuela?! —insisto con el corazón a punto de salírseme por la boca—. ¡¿Quién te ha hablado de ella?!

—¡Estás enferma!

—¡Contesta, hijo de puta! ¡¿Quién te ha hablado de Raquel?!

—¡Elena, basta!

Esa sí es la voz de Brian. No sé de dónde ha salido, pero reconozco sus manos rodeándome la cintura y alejándome de Daniel.

—Deja que te lleve a casa.

—¡Suéltame! —suplico—. ¡Suéltame!

Solo soy capaz de pensar en lanzarme sobre Daniel para hundirle los pulgares en los ojos y presionar hasta sentir cómo los globos oculares se le revientan como uvas demasiado maduras. Y no parar. Seguir hundiéndolos hasta tocar su cerebro, hasta meter la mano entera en cada cuenca, hasta sentir que el último estertor abandona su cadáver desmembrado.

Pero no hago nada de eso. Al contrario, permanezco rígida. No necesito que nadie me contenga o me haga retroceder. Me aterro ante mi propia fantasía de sangre y muerte.

¿En qué me he convertido?

¿En *quién* me he convertido?

«Exámenes médicos, prevención esencial».

«Laboratorios que descubren enfermedades».

«¿Qué tenías en mente, papá? ¿Qué querías comunicar cuando escribiste esos versos incomprensibles y ambiguos?».

—Elena, vamos —presiona Brian.

María continúa llorando, abrazada a las piernas de Catalina, que a su vez no me quita los ojos de encima. Me está juzgando. Me desprecia. Oigo la respiración jadeante de Daniel, no sé si a causa del calor o del numerito que he montado.

Y detrás de todo el tumulto que se ha formado, medio oculta tras las sombras, me parece distinguir a Florencia.

Claro, la familia completa. La madre, el hijo, la nuera, la nieta.

La familia feliz. La que yo nunca tuve.

Ya no sé si es cierto o si mi propia visión me traiciona, pero juraría que Florencia me dice desde la distancia: «Necesito hablar contigo», sin voz, solo moviendo los labios.

No tengo nada que hablar con ella.

De hecho, no quiero hablar con nadie.

—¡Yo sí sé amar! —me defiendo, y mi voz suena desafinada a causa de los temblores que me sacuden de pies a cabeza.

Me separo de Brian de un manotazo y echo a correr entre los puestos de comida y las personas que, al verme llegar, se apartan con temor evidente. Para ellos debo de ser una alimaña indomable que ha escapado de su jaula y que reclama su lugar en el mundo a golpe de violencia. Una vez leí que, en el mundo animal, cuando un integrante de la manada no se siente querido por los líderes, es capaz de aniquilar sin contemplaciones a todo el grupo. Nunca había comprendido ese comportamiento. Hoy, en cambio, sería capaz de incendiar Pinomar, con sus habitantes dentro, por el simple gusto de ver arder el mundo.

Para sentirme menos sola.

Para hacer justicia.

Para saborear la venganza.

Llego a casa exhausta después de la carrera. Begoña debe de haberse ido a dormir, porque no se la oye en la cocina. Mejor, no quiero a nadie cerca haciéndome preguntas que no sé cómo responder.

Voy directa al carrito de las bebidas. Agarro una de las botellas, ni siquiera miro de qué licor se trata. Vierto el contenido en un vaso y lo apuro de un solo trago. Siento fuego en la garganta y lava candente bajar hasta el vientre.

¡Mi vientre!

Pero ya es tarde. Me gusta la sensación que el alcohol despierta en mí. Vuelvo a llenar el vaso. Otra vez. Me llevo la botella de ginebra al sofá y me desplomo sobre los cojines.

Y por más que lo intento, no consigo borrar la placentera y triunfal imagen de mis pulgares hundiéndose poco a poco en los ojos desorbitados de Daniel.

## 59

Elena vuelca la botella sobre el vaso, pero ya no cae ni una gota. La ginebra, su única compañía en las dos últimas horas, se ha terminado. En este estado no puede dormir. Su mente es un huracán de imágenes: el laberinto de espejos y la mirada de Daniel la acosan. La ausencia de Brian hace que le hierva la sangre. No puede creer que la dejara sola en un momento tan delicado. Confiaba en él, sentía cosas por él, incluso había estado a punto de contarle lo de su embarazo. Pero él desapareció como por arte de magia, sin una explicación.

La furia la consume.

Decidida, sale de casa. El aire de la noche, aún sofocante, le revuelve las ideas y la hace trastabillar. Le pica la cara. También los dedos. La mancha roja que se descubrió la otra noche bajo la oreja izquierda late con la agresividad de una llaga iracunda. Le recuerda que sigue ahí, viva, venenosa, y que está dispuesta a seguir creciendo hasta comerse el resto de su piel. Porque eso hacen las bacterias a las que no se les pone freno: arrasan con todo y convierten el mundo en un descampado de gérmenes y pestilencia.

Camina deprisa hacia la casa de Nora, con un propósito claro: que al menos Brian le dé alguna explicación. Está harta de que le oculten cosas, de que la engañen.

«Exámenes médicos, prevención esencial».

Sacude la cabeza. No quiere pensar en los misterios de su padre muerto.

Solo quiere que le digan la verdad.

Cuando llega, llama con todas sus fuerzas. No se detiene a pensar que es tarde o que tal vez los que viven ahí ya estén dormidos. La puerta se abre solo un poco y Nora asoma el rostro desde el interior.

—¡Elena! —exclama—. ¿Qué haces aquí a esta hora?

Apenas se detiene en saludar a la dueña. Intenta articular una oración que suene coherente, pero su cerebro está confuso a causa del alcohol. Termina emitiendo un gruñido que Nora interpreta como un «buenas noches», y sube hasta la buhardilla, siempre tambaleante, directamente al cuarto de Brian.

Llama con el puño. Brian abre asustado por el ímpetu de los golpes, pero se sorprende aún más cuando ve en la puerta a Elena. Ni siquiera espera a que la invite a entrar. Se cuela en la habitación. Brian cierra la puerta. La confusión se dibuja en su rostro.

—¿Por qué me has dejado sola en la casa de los espejos? —exclama Elena con furia.

Brian da un paso hacia ella, con intención de calmarla, pero Elena se zafa de su intento de acercarse.

—¿Has bebido? —pregunta él al notarle el aliento y la voz atropellada.

—Sí, he bebido, ¿y qué? —le responde Elena con tono desafiante—. ¡Contéstame! ¿Por qué has salido huyendo?

—Elena, por favor, tienes que tranquilizarte.

—¡¡No quiero tranquilizarme!! —grita con ira—. ¡Ya estoy aburrida de que todos me digan cómo tengo que sentirme o qué demonios tengo que hacer!

Impotente, Brian opta por permanecer en silencio. Sabe que cualquier cosa que diga o haga solo conseguirá alimentar su rabia. Sin más, espera a que la furia de Elena se desgaste, hasta que ella se quede sin reproches que lanzarle.

«¿Cómo le explico que me he marchado por miedo a que llegara la policía por culpa de su pelea con Daniel? No puedo exponerme a que me pidan la identificación delante de ella y descubra mi verdadero nombre».

El silencio envuelve la habitación.

—¿Qué has venido a buscar aquí? —susurra Brian tratando de cambiar el curso de la conversación—. ¿Buscas una respuesta a tu pregunta o...?

Sin dejar que termine de hablar, Elena se abalanza sobre él. Busca sus labios con desesperación torpe en un intento por retomar lo que dejaron a medias unas horas antes. Él no la detiene, le deja hacer. Las bocas se encuentran y el beso aumenta de intensidad. El alcohol anula cualquier rastro de pudor. Las manos exploran el cuerpo del otro, se quitan la ropa con urgencia. El deseo es palpable.

En el momento más ardiente, cuando están a punto de

cruzar la frontera de la cordura, Elena se acerca a la oreja del músico y deja escapar:

—Yo sí sé amar, Daniel...

El instante se congela.

Brian se aparta, sus ojos reflejan el golpe que acaba de recibir.

Elena se da cuenta de su error y el pánico la invade.

Es culpa de la ginebra.

Tiene que ser culpa de la ginebra.

«Apoyo constante, cuidado integral».

Sin pronunciar una palabra más, sale corriendo de la habitación y baja las escaleras acelerada. Arriba, Brian se queda a medio vestir, con la respiración agitada, sabiendo que acaba de perder una batalla.

Cuando llega a la primera planta, Nora la mira salir igual que cuando entró: con cierta indiferencia y desprecio. Sabe que, si el plan sigue su curso —tal como Daniel les juró que ocurriría—, muy pronto esa mujer pagará en carne propia el daño que Josef Hausser causó en Pinomar.

La hora de cobrarse la deuda está cada vez más cerca.

Nora podrá por fin, después de tantos años, volver a dormir en paz.

## 60

Brian siente que vive en el filo de la navaja. Su vida en Pinomar, que al principio parecía una escapatoria de un pasado que amenazaba con devorarlo, se ha convertido en una trampa. Se ha implicado tanto en la historia de Elena que casi ha olvidado que es un prófugo de la justicia. Eso lo deja en una posición delicada. El incidente en la casa de los espejos de la feria lo ha golpeado con fuerza y le ha recordado la gravedad de su situación.

Pero ¿en quién puede confiar?

Si le cuenta la verdad a Elena, esta le reprochará que le haya mentido. Decirle la verdad ahora solo añadiría una carga más a los muchos problemas que ya arrastra. Esa mujer le importa demasiado. Ya habrá oportunidad de contarle todo cuando las cosas se calmen y él haya solucionado sus propios problemas.

Al menos eso es lo que espera.

Pero la necesidad de desahogarse se hace insoportable, ya

que la certeza de saberse solo en el mundo está empezando a pasarle factura. La única persona que lo amaba y a la que él amaba está muerta, y lo culpan a él.

Y de pronto, en medio de la confusión, se abre paso un recuerdo inesperado: su abuela. Él de niño, de su mano, acompañándola a la iglesia. Antes de la misa, la mujer arrodillada frente al sacerdote para confesar sus pecados. El pequeño Kevin pensaba que era imposible que su abuela, un ser tan puro, pudiera hacer algo que necesitase del perdón de nadie.

Brian sonríe.

Con resolución, se dirige a la iglesia de Pinomar. Se acomoda los auriculares y busca la *Sinfonía fantástica* entre los archivos de música de su teléfono. Al pulsar el *play*, los oídos se le inundan con un torbellino emocional, donde cada nota parece narrar un fragmento de locura y pasión desbordante. Desde el delicado susurro de un amor idealizado hasta el estruendo caótico de una mente atormentada, la composición de Berlioz alterna entre la ternura y el terror, y arrastra a Brian por un abismo sonoro lleno de contrastes y obsesiones.

Mientras recorre diligente la acera, que palpita de calor, recuerda que alguna vez leyó, durante sus años de estudiante, que la *Sinfonía fantástica* es famosa por su uso de la *idée fixe* y que, por lo mismo, es uno de los primeros ejemplos de un motivo recurrente que unifica una obra musical.

En el caso de dicha creación, la *idée fixe* representa la pasión obsesiva del protagonista por una mujer, que se transforma y evoluciona para reflejar así el cambio en las emociones y la percepción del personaje hacia su amada. A lo largo de la obra, la *idée fixe* aparece de diferentes formas, a veces como una melodía dulce y amorosa, en otras ocasiones como algo sombrío o grotesco, dependiendo del estado emocional del protagonista.

¿Es capaz de descubrir en qué etapa de su obsesión por Elena Hausser se encuentra? ¿En la «dulce y amorosa», o quizá ya ha entrado de lleno en la etapa «sombría y grotesca» de la relación?

Cada vez más sobrepasado por sus dudas y batallas internas, redobla el paso. Al llegar a la iglesia, se arrodilla frente al confesionario. Está nervioso, pero ya ha tomado una decisión.

Una decisión que también es una idea fija.

—Ave María Purísima —dice la voz del padre Milton al otro lado de la rejilla.

—Sin pecado concebida. —Se admira de la naturalidad con la que recuerda la frase.

El cura lo reconoce y se sorprende. Ha visto a Brian tocar el saxofón un par de veces en el restaurante de Daniel, sin contar las ocasiones en que acompañó a Elena hasta el sótano de la iglesia. Milton suspira reconfortado. Cada vez son menos las personas que acuden a confesarse, sobre todo si son jóvenes. Y tener al músico ahí, en su confesionario, lo vive igual que un triunfo personal.

Se hace un breve silencio. Brian siente que las palabras se le atragantan, pero el padre Milton lo anima a comenzar por el principio. El sudor le cae por la frente. Respira hondo y, con voz temblorosa, empieza a hablar.

—Me llamo Kevin Quiroga y me busca la policía —dice

con determinación—. Escapé de la comisaría en la que estaba detenido, acusado del asesinato de mi novia, Maggie Ferrari. —En ese momento la voz de Brian se quiebra—. Encontraron su cadáver en el maletero de mi coche, en el aparcamiento del aeropuerto.

Brian se da cuenta de que ha disparado su confesión como si fuese una ametralladora. Guarda silencio un instante, toma aire y continúa:

—Todas las pruebas me incriminan, pero soy inocente, padre —dice casi en una súplica—. ¡Yo no la maté!

Brian ha terminado. El padre Milton permanece callado un rato largo mientras el pecador espera impaciente.

—Diga algo, padre —ruega al fin, con desesperanza.

—Deberías entregarte. Deja que la policía haga su trabajo. Confía en la justicia.

Brian niega con la cabeza y esboza una sonrisa triste.

—Usted sabe que eso no ocurrirá —dice con resignación.

—Si eres inocente, se hará justicia —insiste el sacerdote.

—¡Usted no lo entiende! —grita Brian, angustiado.

Una mujer que reza en uno de los bancos levanta la cabeza de entre las manos al oír la voz.

—Deme la absolución, padre —le pide con impaciencia.

El padre Milton se siente impotente y lo absuelve casi a regañadientes.

—Y recuerde —le dice a modo de advertencia—: esto es secreto de confesión.

Se levanta con rapidez, le da las gracias y sale del templo sin mirar atrás.

Por el contrario, el sacerdote se toma todo el tiempo del mundo antes de salir del confesionario. Se queda mirando hacia las enormes puertas labradas de la iglesia, donde aún se puede percibir el rastro fugaz de Brian en su carrera hacia el exterior. Medita en silencio lo que acaba de ocurrir.

Y sonríe, porque la información es poder. Y poder es justo lo que se necesita para llevar a cabo el plan.

«A veces Dios obra de maneras insospechadas —reflexiona—. Y premia no solo al piadoso, sino también al pecador».

Y durante un breve segundo, el padre Milton vuelve a recuperar la fe.

## 61

Elena ha descubierto que la cocina es el lugar de la casa donde mejor trabaja. Además, la presencia permanente pero distante de Begoña le aporta algo de la paz que necesita en ese momento de su vida. Su canturreo y el olor a comida recién hecha le reconfortan el corazón.

La mesa de madera, que en su momento sirvió para las comidas familiares, ahora está cubierta de papeles, cuadernos y documentos antiguos. Es el vivo reflejo del estado de su mente. Los últimos meses han sido un torbellino de secretos, pérdidas y mentiras, como la de su matrimonio con Daniel. Y ahora Brian, con sus propios misterios y complicaciones. Desentrañar los enigmas de los cuadernos y las notas de Josef le permite enfocarse en algo concreto.

Articulaciones sanas, flexibles y fuertes.
Nutrientes vitales que el cuerpo requiere.
Glándulas que secretan hormonas precisas.

Exámenes médicos, prevención esencial.
Laboratorios que descubren enfermedades.
Apoyo constante, cuidado integral.

Lleva días analizando esos seis renglones que, hasta este momento, siguen siendo un misterio. Se ha enfrentado a ellos con la mayor amplitud de miras, los ha sometido a diferentes métodos de estudio y perspectivas. Hasta ahora, lo único que ha conseguido concluir es que cada uno ofrece una visión particular de algún elemento o proceso médico, y que todos tienen una mirada optimista con relación al punto de vista que se analiza.

El sonido de la entrada de un nuevo correo electrónico la saca de su concentración. Elena se inclina sobre la pantalla del móvil para ver quién es el remitente. Seguramente será *spam* de alguna casa de apuestas. Ve que se trata de una notificación del banco. La abre sin mucho interés, pero enseguida se pone en alerta. Por medio del *e-mail* la informan de una reciente operación en una de las cuentas de su padre: han retirado una gran cantidad de dinero.

Elena no entiende nada. Ella no ha tocado ni un céntimo de la herencia de Josef y es la única heredera.

Confundida, y para salir de dudas, decide ir al banco para aclarar la situación. La recibe el mismo director que la atendió tras la muerte de su padre. El hombre teclea en su ordenador y verifica la información.

—En efecto, alguien ha girado una importante cantidad de dinero de la cuenta del señor Hausser.

—Pero... ¿cómo es posible? ¿Hay alguien más autorizado, algún apoderado? —pregunta sorprendida.

—No, usted es la única heredera y titular de las cuentas.

—Entonces no lo entiendo. ¿Es posible saber el nombre de la persona que hizo la retirada?

—Le recuerdo que su padre firmó una cláusula de confidencialidad que prohíbe la divulgación de detalles de sus cuentas a terceras personas sin su consentimiento expreso o una orden judicial.

Elena se frota la cara. Hace tanto tiempo que ya nada tiene lógica en su vida...

—Lo mejor será que cambiemos una vez más las claves —le sugiere el director al notar su desesperación.

Ella afirma, aunque algo le dice que eso no será suficiente.

Al salir del banco, aturdida y más confusa que nunca, el sol del mediodía la golpea con una intensidad inesperada, casi violenta. Durante un instante, Elena se queda cegada por la brillante claridad que revienta la calle y que la obliga a entrecerrar los ojos y levantar la mano en un gesto instintivo de protección. La acera parece vibrar, un mar de un blanco incandescente que transforma todo en siluetas y sombras distorsionadas.

Se detiene, parpadeando, intentando recuperar el enfoque. Entonces, una figura oscura se materializa frente a ella, tan cerca que el corazón se le acelera. La persona se yergue, en completo contraluz, el rostro oculto tras un velo de luz que la vuelve imposible de reconocer. Elena siente un nudo de ansiedad en el pecho.

—Tenemos que hablar —oye que le dicen en un tono que no admite discusiones.

Y Elena, que ya ha logrado descifrar la identidad de la figura que reverbera como una llama, no tiene más opción que aceptar.

## 62

Annunciation Street, con sus frondosos árboles, no ofrece suficiente sombra para mitigar el bochorno inclemente de las cuatro de la tarde. Cuando Elena y Florencia giran por Cypress Street, con sus escasos refugios de sombra, la nueva elección tampoco promete demasiado alivio.

Sin embargo, ninguna de las dos mujeres parece notar el calor abrasador, y el silencio que comparten durante el trayecto es tan pesado como el aire que las rodea. Sus cinco sentidos están concentrados en intentar dilucidar cuál será el siguiente movimiento de la otra.

Florencia se detiene con el aplomo de quien ha llegado a su destino.

El cementerio de Pinomar se alza frente a ellas con solemne majestuosidad al final de un camino de delgadísimos cipreses que parecen tocar el cielo. Su fachada, de piedra gris, envejecida por los años, se ve imponente bajo el cielo desnudo de nubes. Unos arcos ojivales, adornados con intrincados relieves de ángeles y gárgolas, flanquean la entrada principal, donde un portón de hierro forjado cubierto de enredaderas guarda el acceso al recinto sagrado.

Elena mira extrañada y recelosa a la enfermera. Jamás se imaginó que la madre de Daniel fuese a llevarla allí.

Sin decir nada, Florencia entra y avanza diligente entre las lápidas. Elena va tras sus pasos. El aire parece enfriarse gracias al paraguas natural de los árboles centenarios, como si la muerte rezumase su frialdad desde las entrañas de la tierra y el tejido de ramas sobre sus cabezas no permitiera su fuga más allá del camposanto.

—Aquí estaremos más tranquilas —murmura Florencia—. Además, no quiero que nos vean juntas.

Sus palabras apenas rompen el silencio. Es evidente que no pretende alterar la paz del lugar. ¿O tal vez no desea llamar la atención de quienes circulan por el cementerio?

Elena se cruza de brazos y mira a Florencia. No está dispuesta a hablar, solo a escuchar lo que esa mujer tenga que decirle. Después de todo lo que ha descubierto, no pretende compartir nada.

Florencia la observa con una mezcla de desconsuelo y resignación.

—Quiero que sepas, Elena, que no te odio. —Su voz parece sincera—. Tú solo eras una niña cuando... cuando Josef empezó con sus experimentos... y las vacunas... Tu único delito ha sido heredar un apellido manchado.

Elena siente un nudo en la garganta. La herencia, esa es su maldición: su apellido y la locura de su abuela.

Entonces lanza la pregunta que le ronda por la cabeza, la que la persigue desde que los fantasmas han empezado a aparecer en su vida:

—¿Conociste a Raquel?

Florencia baja la mirada. Una sombra de vergüenza le cruza el rostro.

—Tienes que haberla conocido —insiste—. Era mi abuela paterna.

La enfermera sigue en silencio, la expresión revuelta. Es evidente que intenta poner en orden un remolino de palabras que, de tan atropelladas, no consiguen salir por su boca.

—Sé que está enterrada aquí —dice Elena, con una idea en mente—. Me dijiste que mi padre era el rey de los traumas psicológicos. Tal vez la culpa la tuvo su relación con Raquel.

—Elena, escúchame...

—El padre Milton me contó que su salud mental empeoró mucho durante sus últimos años de vida —continúa sin prestar atención a su interlocutora—. Tengo la teoría de que se trató de un caso de demencia vascular que nadie supo diagnosticar a tiempo y...

—¡Basta!

Florencia respira hondo, armándose de valor. Lo que está a punto de confesar es algo demasiado hiriente.

—Raquel no existe, Elena —confiesa—. Fue un invento de Daniel.

—Eso no es cierto. Yo vi el cuadro. ¡Es igual que yo!

—Hace menos de un año, Daniel le pidió a Vicente Robledo que pintara ese retrato y juntos tejieron la historia de una supuesta abuela tuya que fue enloqueciendo con el paso del tiempo. Siento decírtelo, pero no es verdad. No ocurrió nada de eso.

—¡Pero yo vi la fecha! Y Robledo confesó haberlo pintado en 1961.

—Mentiras. Todo es un engaño.

«Ah, ese cuadro... Sí, pero de eso hace mucho tiempo, ya casi ni lo recuerdo».

Elena siente que el suelo se licúa bajo sus pies. Las palabras que oye no terminan de encajar, como si fueran las piezas de un rompecabezas que no pertenecen a esa imagen. El mundo, que hasta hace un instante tenía una lógica, se convierte en un vacío que ya no sabe cómo procesar. Había empezado a empatizar con la imagen del cuadro, había creado un vínculo especial e íntimo con ella. Y ni siquiera eso era real. Su mundo, su propia existencia, no es más que una mera ilusión.

Todo es una gran mentira.

—¿Por qué...? —masculla.

—El plan de Daniel era que se apoderase de ti la locura. Y pensó que hacerte creer que tu abuela tenía un problema de salud mental era una buena manera de convencerte de tu propia inestabilidad emocional...

Cada recuerdo, cada palabra, cada gesto de Daniel que creía que conocía se disuelven en la niebla de la incertidumbre. Le cuesta asumirlo, pero la verdad está ahí, devastadora y contundente.

«Tengo pensado que nos instalemos en la casa de tu padre.

Es enorme y está vacía. Te voy a sacar de aquí, Elena. Vamos a empezar de nuevo en un lugar tranquilo, más acogedor, menos violento».

El calor de la sangre le abandona el rostro, y siente un frío que la atraviesa.

—Tú lo sabrás mejor que yo, pero era tarea de Daniel presionarte para que fueras a visitar a Milton.

«Si de verdad quieres buscarte alguna actividad, habla con el padre Milton. Él es el párroco del pueblo. Tal vez podrías ayudarlo con algo de servicio social o trabajo comunitario».

—Y, una vez allí, el sacerdote tenía la misión de llevarte al depósito de la iglesia, donde un par de días antes habían escondido el falso retrato de una mujer idéntica a ti. De ese modo se aseguraron de que lo descubrieras como por casualidad...

«Ni siquiera sé qué hay en este trastero. Y alguien tiene que ordenarlo un poco».

—¡Me hicieron morder el anzuelo sin que me diera cuenta!

—Daniel siempre sintió un odio enfermizo hacia Josef, desde el instante en que entré en la cárcel —continúa Florencia—. Pasó años planeando su venganza. Hasta que te encontró. Después, todo fue mucho más sencillo. No le resultó difícil convencer a los habitantes de Pinomar para que participaran en la farsa. Al fin y al cabo, tenían motivos para odiar a Josef, ya que habían sufrido de manera directa o indirecta sus atrocidades.

Por fin. Ahí están las respuestas a tantas de sus preguntas: el rechazo de las personas en la calle; los sobresaltos cada vez que pronunciaba su apellido; la permanente desconfianza en los ojos del padre Milton; la misteriosa indiferencia de Nora; la exaltación de Aurora y su hija Ángela cuando la conocieron en la librería. Todos ellos integrantes de un numeroso elenco jugando a interpretar una macabra obra llamada *Vamos a enloquecer a la hija de Josef Hausser*, bajo la implacable dirección de Daniel Cano.

¿Y Begoña? ¿Es que su fiel Begoña también había decidido formar parte de esa trampa colectiva?

Elena recupera una a una las palabras exactas de su niñera cuando se reencontraron: «Tu marido me localizó hace unas semanas. Me explicó la situación, lo de la mudanza, y... No pude decir que no, Elenita».

Sí, el regreso de Begoña a la casa familiar es responsabilidad directa de Daniel. Es evidente que ella también es una integrante más del espejismo que ha resultado ser su vida en Pinomar.

—Nunca he estado de acuerdo con el plan de Daniel —admite la enfermera tras un suspiro—, pero desde la cárcel no podía hacer nada. Ahora que estoy en libertad intento disuadirlo, pero está enloquecido. Imagínate, incluso pagó para que eliminaran a tu familia de los archivos del Registro Civil. No reconozco a mi propio hijo, no sé cómo hacer que pare —confiesa afligida—. Quiero justicia, pero él solo busca vengarse. Y dirige esa venganza contra todo lo que tenga que ver con Josef. Tú incluida...

Elena es incapaz de procesar el alud de información. Se lleva las manos a las sienes para intentar calmar el dolor punzante que ha tomado por asalto su cabeza. Cada nueva revelación es una estocada en el centro del cerebro.

—¡No sé cómo ayudarte! —confiesa la mujer, acongojada—. Ya has sufrido demasiado por culpa de tu padre… y ahora de mi hijo.

«Si Raquel no existió, entonces no es cierto que yo haya heredado su locura —reflexiona—. Pero la confusión que siento es real».

Las palabras de Florencia se mezclan con el miedo creciente de que, tal vez, ahora sí sea verdad que está a punto de enloquecer. Y no por herencia genética, sino como consecuencia de su propia incapacidad para hacer frente a las atrocidades que está viviendo.

Quizá por eso la voz de su padre insistía en advertirla de que nunca tendría que haber regresado.

Con el telón caído, lo único que le queda es enfrentarse a las ruinas de su nueva realidad.

Y empezar a preparar su huida de ese peligroso lugar sin que nadie se dé cuenta.

Lo más rápido posible. Antes de que sea demasiado tarde.

## 63

Elena se queda en el cementerio, inmóvil, sumergida en el enorme charco de sombra que le proporciona el follaje de los árboles. No tiene intención de moverse de allí. Hacerlo implicaría volver al sol despiadado, al calor que derrite, a la realidad que solo sabe aturdirla con revelaciones para las que no está preparada.

«Raquel no existe. Fue un invento de Daniel».

Desde donde se encuentra, en la penumbra movediza a causa de la débil brisa, ve desaparecer a Florencia más allá de las tumbas. La conversación con la enfermera ha vuelto a dejarla aturdida y revuelta. Es incapaz de entender si siente alivio o no al saber que su abuela paterna no murió a causa de una demencia vascular y que la existencia de aquel cuadro ya no representa un misterio que tenga que resolver. La verdad, como siempre, es mucho más simple y cruel que cualquier duda: el autor de sus desgracias tiene nombre y apellido. Daniel Cano. Su Daniel. O el que creía que era su Daniel.

No quiere volver a saber de él. No hay nada que los una. Todo ha sido una mentira cocinada a fuego lento durante demasiado tiempo.

Otra razón más para correr a casa, llenar una maleta e irse de Pinomar lo antes posible.

Empieza a caminar, dejando atrás el oasis de frescura que la cobija, y se lanza a deshacer el camino hacia la salida. Sin darse cuenta, los pasos la llevan hasta el mausoleo de los Hausser. Se detiene y observa la construcción: el hogar familiar en el más allá.

El lugar donde sepultó a su padre hace apenas unos días.

Sin reprimir el impulso que la hace desviar el recorrido, Elena empuja las puertas de hierro forjado, oxidadas por el paso del tiempo, que crujen al poner en movimiento las bisagras. El sonido, similar a un lamento metálico, reverbera unos segundos en torno a ella. Al entrar, su respiración se hace más pesada, como si el aire se resistiera a ser inhalado. El olor a piedra húmeda y a flores marchitas la abraza a modo de bienvenida.

Tal vez sea una buena idea despedirse de su padre ahora que ha tomado la decisión de irse. Decir por fin adiós, esta vez para siempre.

Dentro, la luz se filtra a través de la vidriera que domina el espacio y proyecta sombras multicolores sobre las paredes de mármol, en las que se aprecian hileras de nichos. Cada uno de ellos luce una placa de bronce donde se pueden leer los nombres y las fechas que van contando la historia de la familia Hausser.

El silencio en el mausoleo es absoluto, roto solo por el latido del corazón de Elena.

Sus ojos se posan por fin en una de las lápidas del muro, la más reciente; la de su padre con el nombre grabado: JOSEF HAUSSER.

Un escalofrío le recorre la espalda cuando descubre algo fuera de lo normal: alguien ha movido de su lugar la lápida contigua, aún sin nombre y sin fecha. Parece estar desplazada unos centímetros, como si hubiese quedado mal puesta o, con las prisas, no se hubiera terminado de instalar correctamente.

¿Quién puede haber manipulado esa tumba?

Con una mezcla de curiosidad y temor, Elena se queda mirando en busca de alguna respuesta que la deje satisfecha. Nota que en el suelo, junto a sus pies, hay tierra, la misma que se alcanza a ver dentro del nicho que la lápida mal encajada no cubre por completo. Está segura de que alguien ha desplazado, no hace mucho, ese bloque de mármol para luego volver a ponerlo en su sitio.

¿Por qué?

¿Para qué?

Ahora más que nunca desea descubrir qué se esconde en el interior de esa tumba que, al menos por ahora, ningún Hausser ocupa. Una corazonada se le instala en el pecho. Una sospecha que no pretende pasar por alto.

De pronto, el sonido de unos pasos distantes la saca de sus reflexiones. Cuando se acerca a las puertas del mausoleo, para mirar hacia el exterior y ver de quién se trata, distingue a lo lejos una figura que le resulta familiar: menuda, con un pañuelo de seda al cuello y ropa tan insípida como la personalidad que proyecta.

No tiene duda alguna: es Ángela, la hija de la librera.

La mujer camina despacio, con cierta melancolía en el movimiento. Lleva un ramo de flores en la mano. Elena la sigue con la mirada, siempre desde el interior de la cripta.

A los pocos metros, Ángela se detiene frente a una tumba. Elena cree adivinar una expresión de amargura cuando deja las flores sobre ella. Entonces, la recién llegada se sienta en el suelo, con la misma disposición de quien se prepara para pasar un largo rato en compañía de un familiar querido o un amigo a quien no ha visto en mucho tiempo.

Elena intenta leer el nombre grabado en letras negras sobre el mármol, pero la distancia no se lo permite.

Al ver a Ángela acariciar con profunda tristeza la superficie de la piedra, fría y gastada, recuerda las palabras de Daniel: «¡Por culpa de tu padre todas las familias de Pinomar tienen a alguien en el cementerio! Una hija, una madre, una novia, una hermana, una tía...».

¿A quién estará visitando?

¿Habrá sido también responsabilidad de Josef Hausser esa muerte que aún hoy Ángela no consigue superar?

¿Por qué su rostro le resulta tan familiar? ¿Será porque sus rasgos no tienen nada que los haga únicos y especiales, y, por lo mismo, podrían asemejarse a los de cualquier persona con la que se haya cruzado?

Sigilosa, Elena abandona el mausoleo para intentar acercarse a la mujer que, con un profundo gesto de resignación, se ha entregado a la tarea de quitar las flores mustias y las hojas secas que ensucian el sepulcro. Necesita saber quién yace enterrado allí, a ver si así termina de montar la composición familiar de Ángela y su madre.

Se detiene al ver que la librera comienza a sollozar y a quejarse, al tiempo que se lleva una mano al cuello. Seguro que el intolerable calor de la tarde es la causa de que se quite el pañuelo de seda con un manotazo brusco. Es entonces cuando Elena alcanza a distinguir, justo debajo de la oreja de Ángela, una mancha roja del tamaño de una moneda, igual que la que ella había descubierto en su piel días atrás.

Un gélido escalofrío le recorre la espina dorsal: la misma lesión en carne viva, el mismo color y en la misma parte del cuerpo.

En Pinomar no existen las coincidencias.

Nada es casual.

En su vida, y en ese pueblo, todo tiene una razón de ser.

Por eso toma la decisión de llamar a viva voz a Ángela, para que se gire y la descubra de pie, tras ella, mirándola con evidente intención. Y antes de poder explicarle qué hace ahí y cuáles son sus sospechas, una inesperada revelación le cruza la mente y termina de acomodar las piezas de un rompecabezas que ni siquiera sabía que estaba formándose en alguno de los surcos posteriores de su cerebro.

«Articulaciones sanas, flexibles y fuertes».

Estaba tan claro…

«Nutrientes vitales que el cuerpo requiere».

¡Cómo no lo ha visto antes!

«Glándulas que secretan hormonas precisas».

Y solo con enfrentarse al rostro lleno de desconcierto y sorpresa de Ángela, Elena acaba de descifrar qué significan aquellos misteriosos versos escritos por su padre.

## 64

Brian y yo no nos vemos desde *aquella* noche.

La noche en que, herida por la revelación de Daniel, me bebí toda la ginebra que encontré a mano y así, ebria y furiosa, decidí visitarlo en casa de Nora. La noche en que lo besé y luego lo llamé por el nombre del que pensaba que era mi marido.

Esa noche.

Por eso ahora la atmósfera está cargada de una tensión extraña, como si ese momento aún estuviera suspendido en un eco eterno. Inconcluso. Y amenazante.

Inquieta, entrelazo las manos sobre las rodillas y rompo el silencio.

—Tengo mucho que contarte.

—Te escucho —dice Brian en un tono que no sé si es de interés real o, por el contrario, de simple pero indiferente cortesía.

—Florencia vino a verme —mascullo mirando al suelo,

buscando las palabras adecuadas—. Me contó cosas terribles que aún estoy asimilando...

Le detallo mi conversación con la enfermera: que ella es la madre de Daniel; que lo del cuadro de Raquel fue un montaje; que mi abuela paterna no murió por culpa de la demencia; que mi matrimonio nunca existió; que la información de la familia Hausser fue expresamente eliminada de los archivos oficiales del pueblo; que todo Pinomar está confabulado con Daniel para volverme loca y así vengar lo que hizo mi padre...

Brian me escucha con atención, sin interrumpir, pero noto que mantiene cierta distancia. No se atreve a acercarse demasiado. Seguro que aún está herido por mi confusión con los nombres.

—Ayer me vi con ella en el cementerio —digo, y Brian abre los ojos extrañado—. Aunque parezca mentira, es el lugar perfecto para una reunión. Allí nadie interrumpe —bromeo sin gracia—. Aproveché para dar un paseo...

Hago una breve pausa, intentando encontrar las palabras que me permitan continuar. Todavía no sé si contarle mi encuentro con Ángela y la revelación que tuve después de verle la misma herida que yo tengo bajo la oreja. Tal vez esa sea otra información que voy a guardar solo para mí —como la de mi inesperado embarazo, que tampoco he compartido con él— hasta que haya llegado al fondo de las cosas.

—Entré en el mausoleo de mi familia —prosigo—. Allí están mis antepasados... Supongo que yo también acabaré allí algún día. Pero me llamó la atención una de las lápidas de los nichos, de los que están en la pared. Estaba movida. Creo que alguien la ha abierto hace poco.

Brian se incorpora en el asiento. Ahora sí: ya tengo toda su sincera atención.

—¿La lápida de una tumba ocupada? —pregunta.

—No. De una tumba vacía. Al menos no tenía ningún nombre escrito —afirmo—. No dejo de pensar que tal vez haya algo escondido ahí dentro.

—¿Por qué? ¿Qué te hace pensar eso? —dice Brian, intrigado—. ¿Quién querría hacer algo así?

—No lo sé. ¡A estas alturas ya me espero cualquier cosa! —le confieso—. Sea como sea, tengo que averiguar si hay algo dentro.

Brian permanece en silencio, analizando la situación. Sabe que mi sugerencia no es una simple curiosidad morbosa. Lo miro a los ojos. Conozco su mirada y lo que implica.

—¿Quieres ir esta noche? —pregunta él, no para disuadirme, sino para saber hasta dónde estoy dispuesta a llegar.

—Sí —asiento—. Necesito ver qué hay ahí dentro, aunque la idea me aterre. Pero no estás obligado a acompañarme.

Brian suspira hondo. Sé que quiere advertirme que podría ser peligroso, pero también sabe que es inútil. Soy obstinada y no habrá forma de detenerme.

—No voy a dejar que vayas sola.

Le doy las gracias y le cojo la mano. Brian se sorprende, pero deja sus dedos ahí, entre los míos. La tibieza de su piel se ha convertido en mi único lugar seguro. La isla perfecta donde refugiarme tras cada naufragio.

—Y hay más —prosigo—. ¿Te acuerdas de la libreta que encontramos entre los archivos de los pacientes de mi padre?

—¿La que decía «Sujeto 2» en la tapa?

—La misma. En ella encontré una especie de poema escrito por mi padre. Mira...

Localizo la página exacta y la expongo ante los ojos de Brian.

> Articulaciones sanas, flexibles y fuertes.
> Nutrientes vitales que el cuerpo requiere.
> Glándulas que secretan hormonas precisas.
> Exámenes médicos, prevención esencial.
> Laboratorios que descubren enfermedades.
> Apoyo constante, cuidado integral.

Pestañea un par de veces, no consigue descifrar lo que lee.

—Lo sé. En un primer momento yo tampoco entendí cuál era la intención de esos versos. Hasta que vi la luz —digo—. Es un acróstico. Las letras iniciales de cada verso forman una palabra que se lee en vertical.

Sorprendido, Brian recorre las primeras letras con el dedo índice.

A...

N...

G...

—Ángela —pronuncia Brian al llegar al último reglón.

—Sí, Ángela. La hija de Aurora. La que trabaja en la librería del bulevar.

—Entonces… ¿Ángela es «Sujeto 2»…? ¿Toda la información médica que hay en esta libreta es sobre ella? —La voz de Brian refleja la impresión que siente.

—Es lo que creo.

Este sería el instante preciso para contarle lo de nuestra llaga idéntica, roja y redonda, ubicada en el mismo lugar del cuello. Es lo que haría cualquier persona en una situación como la mía. Pero no. Ya he tomado la decisión. Porque hablar de esa herida implicaría buscarle una explicación a mi propia lesión, y aún no la tengo. ¿Y si Ángela y yo compartimos una enfermedad mortal? ¿Y si ambas estamos condenadas por culpa de Josef Hausser?

Todavía no quiero, ni puedo, hablar de este tema con nadie.

Ni siquiera con el dueño de esas manos tibias que tanto bien me hacen.

—Estoy casi segura de que Ángela fue el conejillo de Indias de mi padre. Por eso ocultó su nombre en sus escritos, para que nadie se enterara —digo—. Esa fue su manera de mantener en secreto sus estudios.

—¿Y «Sujeto 1»? ¿Ya sabes quién puede ser…?

En ese instante, el sonido de una notificación en mi teléfono interrumpe la conversación. Al leerla, me cambia el rostro.

—Es del banco —digo con incredulidad—. Alguien ha retirado otra suma de dinero de la cuenta que perteneció a mi padre.

—¡¿Otra vez?! —exclama Brian, perplejo—. Esto no es normal.

No, claro que no es normal. Y es algo que debo resolver lo antes posible. De hecho, sospecho quién está detrás de esos inexplicables giros bancarios, y pretendo enfrentarme a ello hoy mismo.

Pero solo tengo una oportunidad para encarar a esa persona. Y debo estar absolutamente segura de mis conclusiones.

No puedo cometer más errores. Ya acumulo demasiados.

Errores graves.

Errores trascendentales.

El primero fue asumir que todos mis recuerdos eran hechos reales, que de verdad yo los había experimentado. El segundo fue darme cuenta de eso muy tarde. Para cuando vi la luz, el daño ya era demasiado grande.

Y para poder enmendar el camino, para por fin llegar a la verdad, sé que tengo que cometer un tercer error.

El peor error: debo convertirme en mi padre.

Asumir por fin que la sangre del diablo corre por mis venas y que estoy condenada a experimentar mi propio infierno. Y solo después de haber recorrido cada palmo de esa pesadilla podré retorcerle la mano a mi destino.

Debo hacerlo rápido.

La vida de Ángela y la mía, claro, dependen de eso.

## 65

El restaurante está lleno de clientes. Se ha puesto de moda entre las personas adineradas de Pinomar e incluso existe una larguísima lista de espera para cenar en él. El sonido de las conversaciones y el tintineo de los cubiertos y las copas crean una atmósfera cálida y relajada.

Hasta que la puerta se abre con estrépito.

El golpe contra la pared congela el instante y las miradas se vuelven hacia Elena, que ha hecho su aparición en el umbral.

Su mirada es una fuerza de la naturaleza que amenaza con arrasar todo a su paso. Está furiosa. Y las hormonas que empiezan a reclamar su protagonismo por el embarazo no ayudan a que se mantenga calmada.

Sabe dónde y contra quién descargar su odio: el culpable de sus males y el responsable de su desgracia.

Y está decidida a acabar con él.

—¡Daniel! —ruge, y la furia de su voz hace eco en el local.

Él se vuelve, incómodo, hacia ella y suspende su conversación con un grupo de empresarios que, a juzgar por la abundante comida dispuesta sobre la mesa, han decidido gastarse una fortuna esa noche.

—¡¿Pensaste que nunca me iba a enterar?! —exclama—. ¡Eres un mentiroso!

Con una sonrisa forzada, Daniel intenta calmar a los comensales y los anima a seguir disfrutando de la velada. No puede permitirse un escándalo en su propio restaurante, menos ahora que está siendo un éxito. Si no fuera la noche libre de Brian, lo obligaría a tocar sin descanso hasta relajar el ambiente y sofocar los gritos de Elena.

Se acerca a ella y la coge del brazo.

—¿Quieres hacer el favor de calmarte? —susurra mientras sonríe apretando los dientes—. Ven conmigo a la oficina, por favor.

Elena se sacude para zafarse de su mano. Lo mira con furia. Su pecho sube y baja acelerado. Siente cómo la rabia la devora por dentro, una marea oscura que sube desde su estómago hasta atraparle la garganta. Por un segundo, Daniel está convencido de que ella podría atacarlo allí mismo, delante de todos.

—¡No quiero calmarme! —lo increpa—. ¿Con qué derecho te atreves a pedirme nada?

El salón se llena de murmullos. Algunos clientes suspiran ante la desagradable escena, otros se muestran fascinados por el espectáculo inesperado. Sí, es ella: la hija de Josef Hausser. Y, por lo visto, el plan está dando sus frutos. Daniel no tiene más remedio que agarrar a Elena a la fuerza y arrastrarla a su despacho.

—¡Suéltame, animal! ¡Odias a mi padre, pero eres igual que él!

Daniel la empuja dentro y cierra la puerta de golpe.

—¡Tu plan era enloquecerme! —le brama a la cara—. ¡Te inventaste lo de Raquel, lo del cuadro falso, obligaste a que todo el maldito pueblo me hiciera creer que me estaba volviendo loca!

Daniel la observa impasible, Elena no consigue adivinar si es por miedo o simplemente por frialdad.

De pronto, una presión se instala en un lado de su cabeza al tiempo que le aparece un leve zumbido en los oídos.

Pero no puede detenerse.

—¿Qué pretendías? ¿Quitarme de en medio y quedarte con el dinero de mi padre? —continúa acercándose cada vez más a él—. ¿Es eso?

Daniel abre la boca para hablar, pero Elena se lo impide. El aluvión de su rabia es más fuerte que ella misma, y ya no puede contenerla.

—¡Contéstame! —lo urge destemplada—. Eres tú el que está sacando el dinero de la cuenta, ¿verdad? ¿Eres tú quien me está robando?

Daniel mira disimuladamente hacia la puerta para comprobar que está cerrada. Teme que los gritos se oigan en el comedor.

—¡No! —exclama furioso—. ¡No sé de qué maldito dinero me estás hablando! ¡Basta!

—¡Mentira! ¿Sabes qué? Puedes quedártelo, te lo regalo. ¡Pero déjame en paz!

Las palabras se desvanecen en sus labios, ahogadas por un repentino vacío en su pecho. El rostro de Daniel comienza a desdibujarse frente a ella, como si un velo de neblina se interpusiera entre ambos. Intenta parpadear para aclararse la vista, pero no sirve de nada. No puede enfocar. Todo a su alrededor empieza a desmoronarse en un caos de sombras y luces distorsionadas.

—Solo sabes hacerle daño a la gente que te rodea —balbucea—. Eres igual que él...

El persistente zumbido ya se ha adueñado por completo de sus oídos va creciendo en intensidad hasta cubrir cada sonido externo. El mundo que la rodea se sumerge bajo el agua. Elena se lleva las manos a las sienes, intentando ahogar el silbido de su cerebro, pero solo consigue aumentar su desesperación. El suelo bajo sus pies se inclina abruptamente y la habitación gira en una espiral vertiginosa.

—Elena, ¿qué te pasa? —Daniel extiende la mano, pero su voz sofocada le llega desde una distancia imposible.

Un latido de oscuridad le nubla la razón. Le flaquean las piernas. Piensa en el bebé que crece en su vientre. En su incapacidad de protegerlo en ese instante. En el deseo que tiene de hundir los pulgares en los ojos de Daniel. En el placer físico que le provocaría ver brotar la sangre por alguna herida abierta en esa piel traidora que fue suya durante un año. Quiere verlo muerto. Bajo tierra. Devorado por los gusanos. Por mentiroso. Por ladrón.

Tiene que salir de ahí, rápido, antes de que el deseo de venganza la engulla por completo. Matar a alguien no está en sus planes.

Al menos no de manera consciente.

## 66

Brian baja apresurado las escaleras de la casa de Nora en cuanto oye a Elena llamándolo desde la calle. Su tono de voz denota que algo no va bien; además, no es normal que lo busque con tanta urgencia a esas horas de la noche. Cuando sale, la encuentra apoyada contra el coche. Tiembla, inquieta, con la mirada casi perdida.

—Sube —ordena Elena con voz firme.

Ni siquiera espera su respuesta. Cuando Brian reacciona, ella ya está en el asiento del conductor. Él no está seguro de que se encuentre en condiciones de ponerse al volante, tiene la respiración alterada y está muy pálida, pero no dice nada. Tiene la certeza de que ha ido al restaurante a enfrentarse a su exmarido, que ha aprovechado que él tenía la noche libre. Lo ha intuido nada más verla.

Sin pronunciar una sola palabra, Brian se coloca en el asiento del copiloto. Elena acelera, el motor ruge y el vehículo toma una dirección en principio incierta. Ambos van en silencio, pero el espacio está cargado de tensión y preguntas. Brian observa de reojo la energía que desprende Elena en cada movimiento. Aprieta el volante con tanta fuerza que tiene los nudillos blancos.

Cuando enfilan hacia Cypress Street, Brian sabe cuál es el destino de ese paseo de medianoche.

El cementerio de Pinomar desprende una calma extraña, como la de un niño profundamente dormido a causa de la fiebre.

Después de aparcar y buscar por dónde entrar, avanzan en silencio, flanqueados por los altísimos y delgados cipreses. Elena conoce el trayecto a la perfección y centra su atención en caminar haciendo el menor ruido posible.

Se detienen por fin frente al mausoleo de los Hausser.

Brian empuja la puerta, que se queja con suavidad al permitirles el paso.

Elena se apresura a entrar.

Dentro, la oscuridad se interrumpe de vez en cuando por las pálidas sombras lunares que se cuelan a través del ojo redondo de la vidriera que los observa en lo alto del muro.

El silencio es tan denso que parece ser un tercer cuerpo.

Elena y Brian, con el corazón acelerado, se acercan a la pared de la cripta, frente a la lápida de mármol que está ligeramente desplazada y deja a la vista una pequeña hendidura en un lateral. El móvil de Brian proyecta un haz de luz que baila en los muros, aumentando la sensación de inquietud. Desde el primer instante queda claro que la potencia de la linterna no es suficiente para abarcar todo el espacio y solo les ofrece un círculo amarillo que él dirige hacia el frente.

Elena se acerca primero. De puntillas, estira la mano hacia la fría superficie de mármol. Sus dedos rozan el borde de la lápida y notan la ligera capa de polvo que la cubre. Traga saliva, siente un nudo de temor en la garganta. Pero la curiosidad y la necesidad de saber son más fuertes que el miedo.

—Ayúdame a quitarla —dice en un susurro, como si alzar la voz pudiera despertar algo en la oscuridad.

—¿Estás segura?

—A eso he venido. Y lo voy a hacer contigo o sin ti.

El músico asiente. Coloca la linterna en el suelo, de modo que la luz ilumine hacia arriba, bañando las paredes de un brillo espectral. Juntos, Elena y Brian hacen presión en los bordes de la lápida, empujando con fuerza y sintiendo las irregularidades del mármol bajo la yema de los dedos.

—¿No me vas a contar qué es lo que has ido a hablar con Daniel? —pregunta Brian de improviso.

—¿Cómo sabes que he estado con él?

—Porque solo tu exmarido te pone en ese estado de alteración —confiesa.

—Daniel está muerto para mí. Eso es lo único que voy a decir —afirma Elena.

Un chirrido leve, un sonido de piedra contra piedra, un ruido que no tendría que oírse en un lugar donde todo debe estar en calma eterna les indica que la lápida ha comenzado a ceder.

—Tienes razón, alguien la ha movido hace poco… —murmura Brian, su voz apenas un susurro.

Elena asiente. Con cuidado, deslizan la losa desde la pared; está lo bastante suelta para retirarla con un último esfuerzo conjunto. La depositan en el suelo, dejando así al descubierto la oscura boca del nicho. El aire viciado escapa de su confinamiento: un aliento de ultratumba. Elena retrocede un paso y se cubre, de manera instintiva, la nariz con la mano. El fétido olor a humedad, a tierra mojada y a salitre inunda el mausoleo.

Elena y Brian se miran, sus ojos reflejan la misma mezcla de nerviosismo y expectación. La abertura negra en la pared parece un agujero en el tiempo, un umbral hacia lo desconocido.

—¿Ves algo? —pregunta él, cogiendo la linterna de nuevo y acercándola al hueco.

Elena se inclina para buscar un palo largo o algo similar para tantear con él el interior del nicho. Pero no ve nada que pueda ayudarla. Entonces no tiene más remedio que contener la respiración, volver a ponerse de puntillas e inclinarse hacia delante, el corazón latiéndole con fuerza en los oídos. Una brisa helada, imposible en aquel lugar cerrado, le acaricia el rostro. Un hedor antiguo y dulce a la vez le invade las fosas nasales.

Al principio solo hay oscuridad, pero a medida que sus ojos se adaptan a la falta de luz, comienza a distinguir formas negras recortadas contra el negro aún más intenso. El haz de la linterna revela lentamente el interior cubierto de polvo y telarañas.

Y entonces ve algo que hace que se le encoja el estómago.

—Oh, Dios... —susurra, con la voz entrecortada por el miedo.

## 67

—¿Qué hay dentro? —pregunta Brian, su voz apenas perceptible.

El pulso de Elena se acelera cuando distingue algo que no debería estar allí. Algo atrapado en un manto de sombras. Algo que claramente enterraron para evitar que alguien lo encontrara. En el fondo del nicho, envuelto en un trapo descolorido, descansa un pequeño bulto.

—¿Elena?

El corazón le late con fuerza en el pecho, una tamborileante advertencia del peligro que está a punto de correr.

Elena hace una respiración profunda, siente cómo el aire frío y denso del mausoleo se le clava en los pulmones, y se inclina aún más dentro del agujero abierto en el muro. Le tiemblan las manos. A pesar del pánico que le nubla la vista, sabe que debe entrar.

—Elena, no es seguro —oye a sus espaldas.

Con cuidado, apoya las manos en el borde del nicho y empieza a meterse en él. Primero la cabeza. Luego el resto del tronco. El espacio es estrecho. Siente el roce de la piedra contra la ropa, como si el túnel por el que avanza intentara atraparla en su abrazo helado.

Pero Elena no se desanima. El intenso olor rancio, a polvo y a humedad vieja, la obliga a toser.

—¡Elena, sal de ahí! —La voz de Brian llega a sus oídos hecha jirones.

Tantea con los dedos en la oscuridad, rozando superficies ásperas. Intenta separar los brazos para coger aire, pero se estrellan al instante contra los muros laterales. Invadida por la claustrofobia, busca enderezarse sin éxito, ya que tiene la cabeza contra un techo de piedras.

El estómago le remonta hacia la boca.

La oscuridad se condensa en torno a su cuerpo caliente.

Extiende una mano hacia el fondo del nicho y toca por fin algo extraño. Un trapo viejo, quizá, que envuelve algo sólido. Con esfuerzo, estira aún más el brazo hasta alcanzar el objeto. Cierra los dedos alrededor de él, sintiendo la textura áspera de la tela y la dureza que contiene en su interior. Con un tirón rápido, atrae el bulto hacia ella. Luego retrocede con dificultad hasta salir por completo del estrecho sepulcro que ya la asfixia.

Brian la recibe con preocupación.

—¿Qué es eso? —pregunta el músico al ver lo que ella lleva entre las manos.

Elena se sienta en el suelo, con el corazón todavía martilleándole entre las costillas, y desenrolla con cuidado el trapo. Dentro encuentra una libreta vieja con la cubierta desgastada y las esquinas deshilachadas. Una sensación de anticipación y miedo se le arremolina en el estómago mientras sus dedos acarician la tapa del cuaderno, dejando huellas en el polvo que se ha acumulado sobre él a lo largo de los años.

Levanta la cabeza y mira a Brian, que observa con los ojos muy abiertos, compartiendo su mezcla de asombro y temor. Sabe que lo que está a punto de descubrir podría cambiarlo todo. La tensión del momento es palpable.

—Es igual que el que encontramos entre las fichas de los pacientes de mi padre.

El músico acerca el teléfono para que la linterna ilumine de lleno la libreta. Gracias a la luz, alcanzan a leer un descolorido «Sujeto 1» escrito en la cubierta.

Con un nudo en la garganta, Elena se enfrenta a la primera página y a su propia historia:

Fecha de nacimiento: 2 de septiembre

Hora del nacimiento: 10.05 p. m.

Sexo: femenino

Peso: 3,200 kilogramos

Estatura: 44,3 centímetros

Circunferencia de la cabeza: 32 centímetros

Circunferencia del pecho: 30 centímetros

Grupo sanguíneo: AB+

Vacunas administradas: Hepatitis B / Vitamina K

—Soy yo —musita—. El 2 de septiembre es mi cumpleaños. Esto es como haber olvidado todas las cosas sobre ti y después leer tu propia biografía.

—¿Cómo? ¿Tú eres «Sujeto 1»? —exclama Brian desencajado—. ¡¿Tú también fuiste conejillo de Indias de tu padre?!

El músico se endereza, de repente golpeado por la brutalidad del descubrimiento.

—¿No te acordabas? ¿A eso se refería Florencia cuando te dijo que un trauma puede generar amnesia? ¿Tanto daño te hizo ese monstruo que tu cerebro tuvo que negarlo todo para que pudieras sobrevivir?

Pero Elena no tiene tiempo para consolar a nadie que no sea ella. Siguiendo una corazonada, avanza hacia las páginas finales de la libreta. Y ahí encuentra la confirmación de su sospecha: el poema dedicado a su nombre, esta vez de cinco versos, escrito con la particular caligrafía de Josef Hausser.

> Epilepsia, con sus convulsiones inesperadas.
> Leucemia, la sangre que lucha en su batalla.
> Eczema, irritación que la piel maltrata.
> Neumonía, pulmones en lucha constante.
> Artritis, dolor en cada movimiento.

Al igual que hizo con el acróstico de Ángela, recorre la primera letra de cada renglón con los dedos: E... L... E...

«Elena».

Ahí está, incuestionable: la confirmación de que su cuerpo fue un campo de batalla en el que se libró una guerra entre la ciencia y la barbarie.

Un combate tan desgarrador y cruel que su mente no tuvo más alternativa que condenarlo al olvido.

Elena suelta el cuaderno y se pone de pie. A su alrededor, el mundo zozobra en una madrugada que aún no acaba de despuntar. Y mientras no haya justicia, al menos para ella no volverá a salir el sol.

## 68

El restaurante ha cerrado sus puertas hace más de dos horas y todos los empleados se han marchado.

El local está sumido en la penumbra y solo una luz tenue ilumina el despacho donde Daniel revisa los últimos detalles de los pedidos a los proveedores. Detesta quedarse hasta tan tarde, pero los días como este, cargados de trabajo, no le dejan otra opción.

«Catalina y María tendrán que disculpar, una vez más, mis constantes ausencias —piensa con cierta resignación—. Pero lo hago por ellas. Para poder darles una vida mejor que la que yo tuve».

Fuera, Pinomar duerme mientras el viento susurra en el silencio de la medianoche.

De pronto, un ruido rompe la quietud: el golpe seco de una puerta al cerrarse.

Daniel alza la mirada frunciendo el ceño. Se pone de pie y estira el cuello hacia la entrada del despacho.

—¿Hola? —llama, y su voz resuena tensa.

Solo obtiene el eco apagado de sus propias palabras. El silencio vuelve a llenar el espacio, pero algo ha cambiado: Daniel siente una presencia extraña, la certeza casi palpable de que ya no está solo.

Con pasos cautelosos, sale de la oficina. Un rayo de luz de luna se cuela por uno de los ventanales, bañando el amplio y solitario comedor con un resplandor etéreo.

Entonces se dirige a la cocina, desde donde parece haber provenido el ruido.

Sí, ya no tiene dudas: el ambiente está pesado, cargado de una amenaza latente.

Se desliza hacia la parte trasera del inmueble, en dirección al almacén. Roza la pared con la mano, buscando un apoyo contra la inquietud que lo invade. Descubre que la puerta de la bodega está entreabierta. Con un movimiento vacilante, la empuja del todo y tantea el interruptor. El fluorescente titila antes de encenderse con un zumbido.

En el suelo, algunos botes de especias se han desparramado y todavía ruedan lentamente. Daniel se agacha para recogerlos, sintiendo una ola de alivio.

—¡Malditas repisas! Necesito que las refuercen —murmura, mirando la alta estantería de la que se han caído los frascos.

Pero justo cuando termina de recoger el desastre, levanta la vista y se queda congelado. Una sombra se proyecta en la pared: es una figura humana que levanta un brazo con una intención clara y letal.

Daniel reacciona por instinto y se gira a tiempo para esquivar el ataque.

La hoja de un machete corta el aire, le roza el hombro y rasga tanto la tela como la piel.

Antes de que pueda procesarlo, el machete vuelve a caer, y esta vez se le clava en el bíceps.

Daniel grita mientras la sangre brota, oscura y espesa, y cae en densos goterones sobre sus zapatos.

Desesperado, intenta ver la cara de su agresor, pero va encapuchado, manteniendo así su identidad oculta en las sombras.

El atacante continúa con su asalto brutal. La hoja metálica encuentra ahora el cuello de Daniel. Este se tambalea, tratando de frenar la lluvia de sangre que se escapa desde la carótida y salpica paredes, estantes y suelo.

Daniel retrocede, pero otro golpe le alcanza la cara y le corta el rostro en dos. El sabor metálico de la sangre le llena la boca, lo ahoga mientras la visión se le oscurece y un velo rojo desciende sobre sus ojos.

El agresor continúa hasta que el cuerpo de Daniel queda inmóvil sobre las baldosas.

Al fin, se detiene, su figura sombría recortada contra el marco de la puerta. Sostiene el machete, aún goteando sangre, mientras su pecho sube y baja por el esfuerzo.

Sin mirar atrás, se da la vuelta y sale del restaurante.

La noche, cálida y silenciosa, lo recibe en total complicidad, sin hacer preguntas.

Si no fuera porque hay un cadáver mutilado en la bodega

de un local de moda, podría pensarse que todo ha sido un mal sueño.

La figura se desvanece en la oscuridad de la esquina, como un espejismo.

Y en Pinomar, una vez más, no ha pasado nada.

## 69

Al abrir los ojos, lo primero que siente es una punzada en las sienes, un latido sordo que resuena en su cabeza. Parpadea, desorientada, emergiendo desde las profundidades de un sueño oscuro y denso. Elena trata de enfocar la vista en el techo que se extiende por encima de ella. Le supone unos segundos darse cuenta de que está en el salón de su casa.

Se lleva las manos al vientre, en un acto reflejo al que aún no termina de acostumbrarse.

Aturdida, se incorpora con dificultad, apoyando las manos en la alfombra. Mira a su alrededor en un empeño inútil por atar cabos, pero su mente es un mar de niebla. Cualquier intento de recordar lo que sucedió antes de despertarse ahí solo aumenta la presión de la cabeza.

«¿He dormido toda la noche aquí?».

El reloj en la pared marca una hora que no tiene sentido para ella. Son casi las diez de la mañana. ¿Cómo es posible que haya pasado tanto tiempo? ¿Y Begoña?

Se masajea las sienes buscando alivio en medio de su confusión. En el aire flota la sensación de que algo no está bien, como si la realidad misma se hubiera distorsionado mientras ha estado inconsciente.

«Trata de recordar, Elena. Tienes que hacerlo», se ordena.

Se esfuerza por reconstruir los últimos momentos antes de que todo se volviera borroso, pero las imágenes de su cerebro son fragmentos dispersos, piezas de un rompecabezas inconcluso.

Aparece el rostro de Daniel mientras se enfrenta a él, allí en el restaurante. Uno a uno regresan los gritos cada vez más destemplados: «¡Odias a mi padre, pero eres igual que él!», «Eres tú el que está sacando el dinero de la cuenta, ¿verdad?».

Después, corte directo al mausoleo de los Hausser. Sus manos y las de Brian apenas pueden con la pesada losa de mármol que han retirado del sepulcro. Sus extremidades intentan avanzar a lo largo del nicho angosto, rumbo a ese bulto oculto en las sombras. Con la libreta en las manos, la escasa luz de la linterna la ayuda a leer la detallada información de su nacimiento. La caligrafía de su padre. «Sujeto 1» escrito en la cubierta del cuaderno.

Y de nuevo la sacude la marea iracunda de su coraje, la sensación de vulnerabilidad al saberse abusada y violentada desde muy temprana edad por alguien que solo debía protegerla. El deseo de venganza, de descargar su furia contra un cuerpo ajeno, le llena la boca de un sabor amargo. Alguien tiene que pagar. Los crímenes de su padre no pueden quedar impunes.

Elena se pone de pie con cuidado, tambaleándose ligeramente, mientras el mundo gira a su alrededor. Cada sonido de la casa, desde el crujido de la madera hasta el canto de los pájaros en el jardín, adquiere una resonancia inquietante.

Mientras se apoya en el respaldo del sofá, tratando de estabilizarse, un sudor frío le cubre la frente y su respiración se vuelve irregular. Necesita respuestas, pero el miedo a lo desconocido la paraliza.

¿Qué hizo antes de encontrarse en ese estado?

Decide ducharse y vestirse rápido. Baja a la cocina y descubre que sigue sola en la casa. Seguro que Begoña ha ido a la compra. Va a llamar a Brian para preguntarle si la noche anterior la acompañó de vuelta del cementerio, pero en el último momento decide no coger el teléfono.

Las respuestas que necesita son otras.

Y esas, por desgracia, no se las puede proporcionar Brian.

Al llegar a la librería, Elena empuja la puerta con determinación. El tintineo de la campanilla le da la bienvenida. Por un instante se deja llevar por el inconfundible aroma a papel envejecido, a cuero y a polvo en suspensión. Si no tuviera prisa podría quedarse horas ahí revisando las estanterías abarrotadas y algo desordenadas, repletas de libros cuyas páginas amarillentas y cubiertas desgastadas llevan el peso de innumerables lecturas pasadas. Pero no puede darse ese lujo. La paz es un privilegio que se le ha negado.

La suave y cálida luz, filtrada a través de las pocas lámparas antiguas que ofrece el lugar, le permite descubrir la silueta de Ángela tras el mostrador. La mujer ordena, con infinita calma, algunos volúmenes que va sacando de una caja.

Al verla, sonríe amistosa y se acomoda el pañuelo de seda que le envuelve el cuello.

—Elena, qué sorpresa.

—Naciste el 27 de marzo, ¿cierto? —dice a modo de saludo.

Ángela la mira, sorprendida por la abrupta pregunta. Frunce el ceño y responde de manera automática.

—Sí...

—Y pesaste 3,090 kilos.

El desconcierto de Ángela no hace más que aumentar.

—No entiendo...

—Mediste 46,7 centímetros y tu grupo sanguíneo es 0+.

Ángela escucha los detalles sin pestañear. Aunque no se atreva a confesárselo, lleva la vida entera esperando este momento.

—Sé la verdad, Ángela —suelta Elena—. ¿O prefieres que te llame «Sujeto 2», como hacía mi padre?

Ángela se limita a negar con la cabeza. Es evidente que no esperaba la confesión de Elena. Estaba al tanto del plan que Daniel había organizado con muchos de los habitantes de Pinomar, su madre incluida, pero había decidido mantenerse al margen. Por lo mismo, no está preparada para verse arrastrada de nuevo al huracán de emociones que significa revivir su época bajo las órdenes de Josef Hausser.

—Creo que tú y yo tenemos muchas cosas de las que hablar —dice Elena.

Sin esperar respuesta, se recoge el pelo y deja al descubierto la lesión que tiene bajo la oreja izquierda.

—Soy «Sujeto 1».

—Lo sé —confiesa la librera—. Y lo siento mucho.

Ángela se aparta del mostrador y le hace un gesto para que la siga.

—Ven conmigo —señala en un susurro—. No quiero que mi madre nos vea juntas.

Y, sin decir nada más, se interna en la trastienda.

## 70

Ángela enciende la luz, pero apenas logra iluminar el caos que se despliega ante ellas. Una bombilla amarillenta cuelga del techo, meciéndose como un ahorcado. El lugar parece un vertedero de volúmenes y papeles, repleto de cajas desbordadas amontonadas en equilibrio precario, a punto de caerse en cualquier momento. El suelo está cubierto de papeles sueltos y recortes, y las estanterías torcidas parecen soportar una carga de títulos olvidados y libros a medio catalogar. El aire, espeso, está saturado con una mezcla de polvo y humedad que se asienta en cada rincón.

—Aquí estaremos tranquilas —dice Ángela.

Elena se queda de pie, inmóvil y alerta, mientras la joven instala un par de sillas con una precisión casi ritual, preparando el escenario para el relato que va a comenzar. Se sienta junto a ella y evita el contacto visual; teme que el simple cruce de miradas pueda desatar algo peor.

—No sé cómo has conseguido esta información —comienza Ángela—. Pensé que tu padre había hecho desaparecer todos los papeles que lo comprometían.

Elena siente que un escalofrío le recorre la espalda al escuchar la seguridad en la voz de Ángela. Posee una certeza que no admite discusión.

—Encontré dos viejas libretas…

—Las de «Sujeto 1» y «Sujeto 2», imagino.

—Exactamente. Y cuando vi la lesión que tienes bajo la oreja, idéntica a la mía, terminé de atar los cabos sueltos —explica Elena.

Ángela se despoja del pañuelo que le envuelve el cuello y revela una mancha roja que, de cerca, se ve aún más viscosa y alarmante. Luego se sube una manga del delgado suéter que lleva y muestra un antebrazo surcado por más de diez heridas. Cada una parece contar una historia macabra, en distintas fases de infección, y supura fluidos oscuros que contrastan con la pálida piel que las rodea.

Elena se lleva una mano a la boca, intentando ahogar un grito de horror.

—Estoy cubierta de llagas —confiesa Ángela tapándose—. Siento que no me queda mucho. Los síntomas se multiplican y se aceleran con el paso de los años. Lo lamento, pero mi caso y el tuyo no tienen buen pronóstico.

Ángela duda. Las palabras que ha guardado durante tanto tiempo se resisten a salir, aferradas a su garganta como un viejo secreto.

—¿Eres capaz de recordar lo que mi padre te hacía…?

—¿Tú no?

—Casi nada —afirma Elena—. Más allá de una sonda nasogástrica..., creo que borré lo demás.

—¡Qué afortunada! Después de todo lo que nos tocó vivir, es un privilegio no tener ni idea de nuestro pasado.

—Pero necesito saber —suplica—. No puedes imaginar el daño que me hace mantener esa parte de mi vida en el olvido.

—Era estar muerta en vida —continúa Ángela, su voz bordea el límite entre la nostalgia y el terror—. Cada día era igual, una nueva inyección, una nueva dosis de sufrimiento. No sé cómo sobreviví tanto tiempo. Y aún me pregunto si realmente sobreviví o si lo que soy ahora es solo un remedo de lo de antes.

Elena siente que el aire se vuelve aún más denso, como si las paredes de la trastienda se cerraran sobre ellas presionando con una fuerza invisible.

—Y todo comenzó porque tu padre estaba obsesionado con encontrar una vacuna para curar la eclampsia. Se asoció con una farmacéutica y consiguió unos conejillos de Indias para experimentar.

—Tú y yo —susurra Elena, y luego agrega—: Me resulta increíble que haya podido mantener todo esto en secreto. ¿Nadie del pueblo sabía lo que nos hacía...?

Ángela niega con la cabeza.

—Supongo que a muchos adultos no les interesa la vida de los niños... —concluye Elena.

—A algunos les importa tan poco que Josef Hausser usó a su propia hija —confirma Ángela, su voz cargada de una ira incontrolable—. ¿Qué clase de padre hace algo así?

—¿Y qué nos hacía...? —pregunta, temiendo la respuesta.

Ángela permanece en silencio un momento, un silencio que parece arrastrar décadas de sufrimiento comprimidas en un solo instante.

—En mi caso, fue una tortura que duró demasiados años... Me inyectaban a diario. Me pesaban. Me medían. Me extraían sangre. Incluso Josef me intervino quirúrgicamente un par de veces, sin anestesia —confiesa Ángela con lágrimas en los ojos—. Estaba atrapada en un infierno del que no podía escapar por culpa de mi madre...

Elena frunce el ceño, sorprendida.

—¡Entonces tu madre lo sabía!

—Sí, debía de ser la única del pueblo. Junto con las enfermeras, claro.

—¿Y Aurora no se opuso a lo que mi padre te estaba haciendo? —pregunta incrédula.

Ángela niega con la cabeza, esforzándose en seguir relatando una pesadilla que parece no tener fin.

—Mi madre tenía una fe ciega en Josef, en sus ideas y sus métodos. Me entregó sin pensarlo para que él experimentara. Pensaba que así hacía algo bueno, que ayudaba a la ciencia. Pero todo terminó mal, muy mal...

—¿Por qué? —pregunta Elena, temiendo la respuesta.

—Josef Hausser perdió interés en mí después de una hemorragia que me mantuvo hospitalizada casi un mes. Por poco no sobrevivo —dice temblorosa—. Nunca me recuperé. Mis órganos se quedaron muy deteriorados. Envejezco más rápido de lo normal.

—¡Yo siempre me he visto mayor de la edad que tengo!

—Claro, el daño ya está hecho. En mí... y también en ti...

—Las lesiones que tienes..., la que yo tengo... ¿Por qué...?

—Se activan después del primer embarazo —responde Ángela, casi sin pensarlo.

Pero entonces, como si aquellas palabras hubieran abierto una puerta a un nuevo terror, Ángela se queda mirando a Elena con ojos enormes y llenos de sorpresa.

—Sí, estoy esperando un hijo —afirma—. Y eres la primera persona a la que se lo cuento.

Ángela se levanta de un salto, forzada por un latigazo de electricidad que le recorre el cuerpo. Sus manos están apretadas en puños que intentan ocultar el temblor que se apodera de su organismo.

—No te encariñes demasiado con el bebé. ¡Por culpa de tu padre es muy probable que no llegues a conocerlo! —Cada palabra parece brotar de una herida vieja, supurante y mal cicatrizada—. Yo perdí el mío a los ocho meses. El aborto espontáneo que sufrí me hundió en una profunda depresión. Mi novio de aquel entonces tampoco pudo soportarlo y desapareció.

De pronto, Elena se siente aturdida. Las piezas del rompecabezas se colocan en su mente para revelar una imagen cada vez más sombría.

—¿Y dónde se llevaban a cabo estas sesiones?

—En el número 11 de Old Shadows Road, bajo el suelo de tu propia casa. Mientras Begoña te preparaba la comida en la cocina, a mí me cubrían la boca con un trapo para que nadie oyera mis gritos de dolor.

Una larga pausa de silencio, tan brutal y opresiva como un agujero negro, amenaza con tragarse la trastienda, las cajas, el local entero y a ellas mismas. Y cuando parece que lo va a conseguir, Elena se levanta, se acerca a Ángela y la abraza con toda la fuerza que su cuerpo le permite. La sensación de percibir el frágil esqueleto de la librera bajo la delgada capa de ropa y piel es una revelación inquietante. La intuición de lo que será su propio destino.

—Nunca sabré si mi madre estaba al tanto de lo que mi padre nos hacía. ¿Crees que ella aceptó que me usara de conejillo de Indias? —consulta Elena, su voz es apenas un susurro.

Ángela se encoge de hombros, con la respiración descontrolada y las fuerzas a punto de agotarse. Vuelve a la silla, se queda inmóvil, esperando a que su organismo se recupere de la dura conversación.

—Necesito entender —suplica Elena—. Cuéntame cómo era un día en ese sótano. Desde que llegabas hasta que te ibas.

—¿Estás dispuesta a escuchar?

—Sí, siempre y cuando tú tengas fuerzas para hablar.

Por toda respuesta, Ángela respira hondo, llenándose los pulmones de aire. Con evidente dificultad, cruza una pierna por encima de la otra y apoya ambas manos sobre su rodilla. Endereza la espalda y deja que su mirada marchita se pierda más allá de los muros de la trastienda.

Justo entonces abre la boca. Y el horror ya no tiene marcha atrás.

## 71

Camino a toda prisa detrás de mi madre, pero aun así no alcanzo a seguir su ritmo. Con cada paso que da sobre la acera, retumba en mis oídos la sentencia a la que muy pronto tendré que enfrentarme. Me aprieta la mano con fuerza, casi con desesperación, y me arrastra hacia otra sesión de pesadilla.

Después de una silenciosa caminata, nos detenemos en el número 11 de Old Shadows Road.

Son tantas las ocasiones en que hemos hecho juntas ese mismo trayecto que ya conozco el recorrido de memoria. Sé con exactitud cuántos árboles hay en esa calle, de qué color son las fachadas, el número de aspersores repartidos a lo largo del barrio y cuáles son las casas que tienen columpios.

También he visto un centenar de veces la enorme puerta frente a la cual esperamos a que Florencia, o Victoria, salga a recibirnos. Después me agarra de la mano y me hace atravesar a toda velocidad el vestíbulo de la residencia, donde una enorme vidriera lanza manchas de colores verdes, rojos y azules sobre el parquet y los peldaños de la escalera.

Siempre he tenido curiosidad por subir a ver qué se esconde en el segundo nivel, pero nunca hay tiempo. Antes de que pueda formularle a alguien mi petición, me arrastran hacia la cocina fragante a *beignets* recién horneados y me obligan a bajar al sótano.

El laboratorio del doctor Hausser está frío, tanto como sus manos.

Siento que la tensión viaja desde los ojos de mi madre hasta mí, pero ella no dice nada.

Nunca lo hace.

No intenta protegerme.

Al bajar la escalera, me invade la peor sensación: ya no hay posibilidad de escape. Estoy atrapada. Y ese es mi infierno personal. Todos los días desciendo a lo que ya no es solo una rutina... es un ritual. Un ritual de sufrimiento.

Florencia me observa con una sonrisa forzada mientras termina de ponerse los guantes de látex y coloca sobre las palanganas metálicas diversos instrumentos de trabajo: bisturíes, tijeras, pinzas, brocas quirúrgicas... Pero yo sé que su sonrisa es apenas una tosca mueca dibujada sobre el rostro de la indiferencia.

Aquí abajo nadie siente nada por mí.

El doctor Hausser está ahí, esperándome, con su bata blanca impecable, las iniciales bordadas en el pecho como una marca de propiedad sobre mi suplicio. Ni siquiera me mira cuando habla. Para él no soy más que un número, una estadística que debe ajustar para que encaje en la ecuación que tiene en mente.

—Esto es muy importante, Ángela —dice, pero su tono es tan vacío que presiento que se lo está comentando a sí mismo para legitimar lo que está a punto de hacer.

Noto el miedo en los ojos de mi madre, aunque sé que esta vez tampoco hará nada. Nunca lo hace.

«Es por un bien mayor», comenta siempre el doctor Hausser, y mi madre asiente, como si esa frase mágica lo justificara todo. Siempre me lo han dicho, y yo lo he creído...

Y ese día descubro que Victoria también está allí. Debe de ser una sesión especial, pienso. Sin siquiera mirarme, me lleva hacia la camilla.

Ya no lloro. Hace tiempo que dejé de hacerlo. Llorar solo les daría más control sobre mí.

El doctor Hausser comienza su rutina. Me observa igual que se examina a un insecto atrapado bajo un microscopio.

Es el dueño absoluto de mi cuerpo de seis años.

Lo primero que siento es el frío. Me hace temblar, pero no solo en la piel, sino también por dentro. El metal de la camilla parece absorber el calor de mi organismo. Tengo los brazos inmóviles, sujetos con correas de cuero que se me clavan en las muñecas. Las correas nunca me dejan moverme cuando lo necesito. Siempre estoy quieta. Siempre tengo que aguantar.

Lo oigo circular alrededor de la habitación. El eco de sus pasos resuena en las paredes como una cuenta atrás. Respiro rápido, pero intento controlarlo. El doctor Hausser odia cuando lo hago. Dice que afecta a los resultados. A veces me pone más inyecciones cuando no hago las cosas bien. Hoy no quiero que me duela más de lo imprescindible.

—Tranquila, Ángela —dice sin mirarme mientras ajusta algo en la mesa que está a su lado—. Solo será una inyección. Sabes que es necesario.

Las palabras «solo» y «necesario» siempre me asustan más que la aguja. Porque nunca es solo una inyección. Siempre hay algo más. Algo que no me dice. Pero él sí lo sabe. Lo sabe desde el principio. Lo sabe desde que me ve bajar, paso a paso, los peldaños que me llevan a su laboratorio.

Siento sus manos frías en el brazo, limpia la piel con un algodón empapado en alcohol. El olor ácido sube hasta mi nariz. Quiero apartarme, pero no puedo moverme.

Mi cuerpo ya no me pertenece, está sometido por las iniciales bordadas en la bata del doctor Hausser. De reojo busco a esa otra niña, mi compañera de tortura, pero hoy no está. La he visto algunas veces, también amarrada a una camilla, pero hoy no... Hoy estoy sola.

—Esto ayudará a muchas personas, Ángela —susurra, intentando convencerme.

Pero no, no lo consigue.

El pinchazo llega rápido. La aguja se me hunde en la piel, pero no es ese picotazo lo que me asusta. Es lo que viene después. Lo sé porque siempre pasa igual. A los pocos segundos, siento el líquido frío moverse dentro de mí, expandiéndose por mis extremidades. El brazo se me empieza a entumecer, como si estuviera desapareciendo, y luego la sensación me sube por el hombro hasta el pecho.

—Interrumpir el tratamiento podría ser peligroso, Aurora —le comenta a mi madre, que sigue sin abrir la boca—. Las niñas podrían desarrollar graves problemas en el futuro. En especial si se produce un embarazo. Y para eso aún no hay un antídoto.

El corazón comienza a latirme más rápido. Cada golpe es un tambor ensordecedor en mis oídos. No puedo respirar bien. Abro la boca para pedirle que pare, para suplicarle que deje de hacerlo, pero no sale nada. La voz está atrapada en la garganta.

Él me observa de reojo, sin dejar de escribir en su clásico cuaderno, el que inauguró el día de mi nacimiento. Está tomando notas. Es lo único que le importa. Datos. Información. Indicaciones. Referencias. Soy solo un número en su lista de pruebas. Puedo oír el lápiz raspando una y otra vez el papel.

Entonces empieza el verdadero dolor.

Primero en el estómago: una punzada aguda que se retuerce dentro de mí, como si algo estuviera tratando de abrirse paso hacia fuera. Luego me sube hasta las costillas, apretando tan fuerte que no puedo respirar.

Intento moverme, pero las correas me mantienen atrapada.

Las lágrimas ruedan por mis mejillas, sin control.

Quiero gritar.

Mi boca sigue sin funcionar.

—Resiste un poco más —dice Josef mientras ajusta una válvula en el drenaje que cuelga desde mi vientre. El líquido viscoso que extrae circula ahora más rápido en el interior de la cánula transparente.

La cabeza empieza a darme vueltas. El techo del laboratorio parece alejarse y las luces se vuelven manchas borrosas sobre mí. Cada vez me resulta más difícil concentrarme, y una nube espesa invade mi conciencia.

Me siento débil, flotando fuera de mí.

Aprieta otra válvula, que me provoca ahora un espasmo en las piernas.

—No... no puedo... —Trato de hablar, pero la voz sale rota, apenas un susurro.

El doctor Hausser no responde. Siento el zumbido de una máquina a mi alrededor, una especie de corpulenta aspiradora que succiona sin tregua, pero ya no distingo qué es real y qué es un sueño.

Justo cuando creo que no puedo aguantar más, el calvario empieza a retroceder. Pero no es un alivio. Es como si algo dentro de mí estuviera apagándose. Solo queda el entumecimiento.

Un vacío total.

—Muy bien, Ángela. Has hecho un buen trabajo —dice el doctor Hausser.

Su voz suena lejana, de otro mundo.

Ya no siento las manos ni las piernas. Ni siquiera estoy segura de seguir respirando.

Cierro los ojos porque eso es lo único que puedo hacer. Quizá, si me quedo en la oscuridad, todo termine. Quizá cuando despierte ya no esté aquí.

Eso me permite viajar hasta mi casa, a mis fieles libros, donde puedo vivir tantas otras vidas. Vidas en las que no hay agujas, ni sótanos fríos, ni voces que dicen que es «por un bien mayor». En mis libros siempre hay luz. Puedo ver el sol filtrarse a través de los visillos de encaje tejidos por mi madre y, por un instante, casi puedo sentir el calor de la tarde en el rostro.

Qué ganas de vivir ahí para siempre, en esa tibia burbuja de paredes cubiertas de papel pintado, mecida por el susurro de las cigarras al otro lado de las ventanas y protegida por el cariñoso abrazo del sofá de cuero.

Pero luego desaparece.

Y me quedo atrapada aquí, en una inhóspita camilla, con el brutal castigo de la ciencia sobre el pecho.

## 72

El aire pesa como una losa invisible.

En los rincones de la trastienda yacen las palabras que Ángela acaba de desvelar. Después de que las pronunciara, fueron perdiendo su fuerza inicial hasta quedar convertidas en formas difusas pero aún afiladas, similares a hojas de afeitar capaces de herir de muerte a quien intente ignorarlas o pretenda volver a usarlas en una nueva conversación.

Y el daño que esas palabras le han hecho a Elena es monumental.

No solo porque han lacerado su presente, sino porque también han mutilado su futuro. Ya no puede pensar en su padre desde un lugar que no sea el odio. Nunca más podrá recordarlo como el hombre distante y algo frío que fue, sino como algo mucho peor.

Un monstruo.

La confesión de Ángela ha arrancado de raíz la última capa de humanidad que su memoria tenía destinada para él.

No hay excusa.

No hay redención posible.

No existe justificación para las atrocidades que cometió durante años.

—Necesito entender —murmura Elena, la voz quebrada—. ¿Por qué mi padre se convirtió en ese ser tan cruel? ¿Por dinero? ¿Por fama?

La nueva pausa de silencio de Ángela deja entrever que conoce más de lo que ha dicho hasta ahora. Sus ojos oscuros destilan una mezcla de pena y resignación, pero también una urgencia por acabar de vaciar el veneno que lleva años atrapado en su pecho. Es evidente que aún no ha terminado de lanzar sus palabras mortales. Palabras que volverán a herir a Elena, la dejarán sangrando en la silla y luego irán a morir junto a las que se acumulan en las esquinas de la trastienda.

—Vaya, entonces no lo sabes —dice sorprendida, con un tono que roza la incredulidad.

Elena niega con la cabeza.

—¿Qué se supone que debo saber? —insiste.

Ángela respira hondo, con los hombros tensos.

—Tu padre... —comienza con apenas un susurro—. Mejor dicho, tu abuela... Ella es el motivo de todo.

Elena parpadea confusa. Su abuela otra vez. ¿Raquel? La figura lejana, imprecisa, de la que nadie nunca le había hablado.

¿Será esta nueva confesión de Ángela parte del plan maestro de Daniel?

—Tu abuela murió de eclampsia al dar a luz a tu padre

—dice—. El mismo doctor Hausser se lo contó a mi madre durante una de las sesiones en su laboratorio. Por eso siempre estuvo obsesionado con encontrar una cura. Creía que, si lograba curar la enfermedad, de alguna forma se redimiría de la pérdida de su madre.

—Entonces ¿cada atrocidad que cometió contigo… y conmigo… fue para salvar a una persona que ya estaba muerta…? —exclama Elena al tiempo que se pone de pie empujando la silla hacia atrás.

—Parece que lo hizo para encontrar una solución a la culpa que cargaba desde que nació.

Ahí está, por fin: la razón.

El huérfano que nunca había superado la pérdida de su madre y que para castigar al destino hizo arder el mundo.

El niño al que su clan familiar nunca abrazó y que de adulto quemó su hogar para sentir ese calor que nadie le había brindado.

Las paredes de la trastienda parecen desplomarse sobre Elena.

—Necesito salir… —masculla mientras se da la vuelta y corre a trompicones hacia la puerta.

El aire nocturno de la calle la golpea con fuerza cuando sale de la librería, pero no le brinda el alivio que busca.

«¿En qué momento se ha terminado el día?».

Aspira bocanadas profundas.

«¿Cuántas horas he pasado ahí dentro?».

No consigue calmar la tormenta de sus pulmones.

No hay escape de la verdad.

Dentro de ella algo se ha roto para siempre.

«¡Maldigo tu sangre, que corre por mis venas, papá!».

Pero entonces sucede.

Una sombra.

Una presencia tras ella.

A Elena se le eriza la piel.

Se conecta a aquella noche, la noche en que comenzó todo, la de su primer aniversario con Daniel.

El instinto de peligro se activa, pero, antes de que pueda girarse, siente que una mano le cubre la boca.

No puede gritar.

«¡Son ellos, han vuelto!».

Su primer impulso es luchar, pero el pánico, al igual que esa otra vez, la paraliza.

Antes de que pueda reaccionar, un golpe seco en la nuca le corta la consciencia en dos.

El dolor estalla como una chispa cegadora.

Y después de la explosión, el mundo se apaga.

# QUINTA PARTE

*De los apuntes del doctor Josef Hausser:*

*El tiopentato de sodio es un derivado del ácido barbitúrico y se distingue por su efecto hipnótico, que, en pequeñas dosis, desaparece en cuestión de minutos. A lo largo de los años, se ha utilizado en psiquiatría debido a su capacidad para mejorar la fluidez en las respuestas de los pacientes. Por este motivo, se ha ganado el apodo de «suero de la verdad». Bajo sus efectos, las personas tienen más dificultades para mentir, ya que el fármaco actúa deprimiendo las funciones corticales superiores del cerebro.*

*La mentira, al ser una construcción consciente y compleja, se vuelve difícil de mantener cuando estas funciones se ven alteradas. Con el deterioro de la actividad cortical, la voluntad del sujeto se debilita y la «verdad» tiende a fluir con mayor facilidad en la conversación.*

*Además, el tiopentato de sodio tiene la capacidad de rela-*

*jar el criterio de quienes se encuentran bajo sus efectos. Al disminuir las defensas mentales, la persona comienza a bajar las barreras psicológicas y es más vulnerable a la sugestión externa. Las líneas que separan la realidad de la manipulación se vuelven difusas, lo que permite que el sujeto termine aceptando casi todo lo que le digan. En este estado, la capacidad crítica se diluye y el individuo es más susceptible de influencias externas. No es solo un «suero de la verdad»: es también una manera de debilitar el juicio, de moldear la mente ajena y, en los peores casos, una forma de lavado de cerebro.*

## 73

Elena, mi querida Elena. Mi imprescindible Elena.

No tendrías que haber regresado.

No necesitas decírmelo, pero sé que estás aquí por culpa de Daniel. Y con «aquí» me refiero a Pinomar y no a este lugar donde te hallas ahora, inconsciente y encerrada. También sé que siempre le tuviste miedo a tu marido. Confiésalo. Temías su sonrisa, que jamás te pareció sincera; sus ojos, que nunca se posaban en ti; sus largas ausencias, que ahora sabes que eran visitas a su verdadera familia. Y tú, ilusa, por un momento creíste que te amaba. Llegaste a pensar que un hombre como él te había elegido a ti. ¡Qué ingenua eres!

Por eso nunca llegarás a ser una buena científica por más que te esfuerces. Porque tenías todas las pruebas frente a los ojos, ahí, al alcance de la mano, y no supiste llevar a cabo tu observación sistemática, la medición de los hechos y la formulación de tu hipótesis. Has fallado. ¡No has logrado confirmar tu propia teoría!

Bueno, ahora no te queda más remedio que asumir las consecuencias de haber vuelto. De haber caído en la trampa de Daniel. De no haber tomado la determinación de irte. De haberle permitido que te arrastrara de regreso a Pinomar. No tendrías que haberlo hecho. No te eduqué para eso, Elena Hausser. Pero también sé que odias tomar decisiones. Nunca has sido buena para elegir entre una cosa y otra, por algo siempre reaccionas *a posteriori*.

Te darás cuenta de que estoy al tanto de todo. De cada uno de tus pasos. De las medidas que has tomado, de los momentos que has dejado pasar e incluso de las sorpresas que no le has revelado a nadie.

Sí, Elena, incluso de *esa* sorpresa.

Sobre todo de esa sorpresa.

Lo que más lamento es que hayas terminado siendo la víctima de una guerra que no te pertenece. Porque esto era algo entre Daniel y yo. Bueno, más bien esto era algo que él tenía contra mí. Siendo sincero, nunca llegué a conocerlo y su existencia en este mundo no me despierta el menor interés. Era apenas un mocoso cuando su madre trabajaba conmigo, y, salvo Ángela y tú, los demás niños de Pinomar eran invisibles para mí. No existían. No eran relevantes.

De hecho, mi experiencia como médico me ha demostrado que los niños son muy poco importantes para los adultos. En el fondo, no les interesa lo que ocurra con ellos. Viven en un mundo diferente. Así ha sido siempre. Y así seguirá siendo.

Hablando de Ángela, supe que te reuniste con ella. Que os encerrasteis varias horas en la trastienda de la librería de

Aurora para hablar sobre mí. ¿De quién si no? Soy el único punto en común entre vosotras, la razón por la que vuestras vidas se han cruzado irremediablemente.

Ojalá ahora pudieras hablar para que me contaras si discutisteis sobre los acrósticos de vuestras respectivas libretas. Reconozco que el tuyo fue el más difícil de escribir, tal vez porque siempre tuviste un lugar en mi corazón, Elena, y por eso lo que tenía que ver contigo debía ser especial. ¿Te gustó? ¿Te sentiste importante? ¿Te costó mucho encontrar su verdadero significado?

Para el acróstico que escondía tu nombre utilicé palabras dignas de un médico reputado, de alguien que se ha dedicado a dejar una huella en la profesión. «Epilepsia», para tu primera letra E. «Leucemia» para la L. «Eczema» para la siguiente E. Recuerdo haberme pasado un día entero intentando crear esos versos, jugando con los conceptos de las diferentes enfermedades que seleccioné.

Tengo que confesar que me sorprendiste. Jamás imaginé que encontrarías tu libreta escondida en el mausoleo familiar. De hecho, nunca pensé que volverías a ese lugar. Siempre imaginé que tu última visita al panteón sería la del día de mi entierro. Por eso decidí esconder el cuaderno ahí, en el fondo de un nicho aún vacío. ¿A quién se le ocurriría hurgar en el interior de una tumba? Supongo que solo a un Hausser. Por eso estoy tan impresionado, porque por primera vez me diste razones para que me sintiera orgulloso de ti.

Pero no te confundas, que aún te queda mucho por aprender. Y por eso estás aquí. Porque te necesito para seguir adelante. Eres imprescindible para mi trabajo, Elena. Cuando despiertes y me descubras a tu lado, vas a tener muchas preguntas. Lo anticipo. Seguro que vas a gritar. Y a llorar. Y yo tendré que explicarte lo justo y necesario para no perder un tiempo valioso. Hay mucho que hacer. ¡No te imaginas cuánto!

«Deja que los muertos entierren a los muertos». ¿Recuerdas esa expresión? La repetía casi a diario cuando aún vivía con tu madre en nuestra casa de Pinomar. La utilizo hasta el día de hoy para transmitir la idea de superar el pasado, o lo que ya está perdido, y concentrarse en lo que tiene vida o en lo que de verdad importa en el presente. En resumen, dejar atrás lo que no se puede cambiar. Permitir que lo que está muerto siga su curso mientras uno se enfoca en lo vivo.

Y ese, Elena Hausser, es el motivo por el cual no puedo seguir adelante con mi labor si no es contigo a mi lado. Necesito concentrarme en lo vivo. Mejor aún: en lo que aún no ha nacido. Eres fundamental, sobre todo por lo que llevas en el vientre: mi pequeño gran tesoro. Mi trofeo después de tantos años de estudios. Mi nuevo campo de experimentación.

No, no tendrías que haber regresado.

Por eso tuve que arrastrarte hasta aquí.

Por fin vamos a ser muy felices los tres, hija mía. Te lo prometo.

Yo más que nadie.

## 74

Elena despierta como quien regresa del fondo de un abismo, arrastrada contra su voluntad por una marea fuerte y peligrosa. Le pesan los párpados, y la desdibujada realidad a su alrededor es un paisaje que apenas reconoce. El entumecimiento del cuerpo la advierte de que ha estado inmóvil demasiado tiempo. Intenta moverse, pero un hormigueo le recorre las extremidades y la detiene.

Desde su posición alcanza a ver el ángulo superior de una ventana. A través del cristal se aprecia un arco de piedra invadido por el desorden verde de una enredadera. Y si baja la vista hacia el suelo, la familiaridad de unas baldosas blanquinegras le deja saber ha estado ahí antes. Varias veces.

Además, la habitación huele a desinfectante y a jabón antiséptico. Un aroma habitual.

Pero ¿dónde está...?

Algo va mal.

Entonces lo ve.

El sol de su galaxia.

Josef Hausser.

Su padre.

Un grito mudo le atraviesa el pecho y la deja helada. Él no puede estar ahí. No es posible. Ella fue testigo de cómo metían el ataúd en uno de los nichos del mausoleo familiar. Sintió el frío cortante de la tumba abierta. Lloró desolada al saberse huérfana.

Pero contra toda lógica allí está él, de pie, observándola con aquella misma frialdad solemne que la hace retroceder hasta los cinco años de vida.

—Elena, mi querida Elena. Mi imprescindible Elena —dice Josef sin perder la sonrisa de triunfo.

Ahora entiende por qué le entregaron el féretro sellado a pesar de sus peticiones, sin la posibilidad de ver el cuerpo de su padre para despedirse por última vez. Entonces ¿*qué* enterró en el cementerio de Pinomar? ¿Una urna llena de piedras? ¿Un cadáver anónimo?

Y no solo eso: ¿qué hace Josef Hausser de pie?

La última vez que estuvo frente a él no era capaz de hablar ni tampoco de levantarse de su silla. Era un hombre muerto en vida. Al menos eso era lo que le repetía Luisa cada vez que coincidían: que las consecuencias del derrame habían sido graves y devastadoras. Y se lo repitió tanto que ella terminó por creerlo.

Pero, ahora que lo piensa, Elena estaba en Italia de vacaciones cuando Josef tuvo el supuesto accidente cerebral. Jamás lo vio en el hospital ni tampoco habló con ningún médico. Aceptó como ciertas las palabras de la enfermera de confianza y asumió que su padre estaba condenado a vivir postrado en una silla de ruedas por el simple hecho de que así lo encontraba cuando iba a verlo dos veces al año.

—No puede ser... —murmura con voz rota.

Antes de que Elena pueda procesar lo que está viendo, oye que una puerta se abre a sus espaldas. Al girarse descubre que Luisa está ahí, sonriente y hospitalaria, sin ningún atisbo de sorpresa o incomodidad por lo que está ocurriendo. Como si presenciar el reencuentro entre una hija y su padre resucitado fuera lo más normal del mundo.

—Buenas tardes, señora Elena. Me alegra verla de nuevo.

Justo en ese momento termina de atar los cabos. Con sorpresa descubre que se encuentra en la misma casa donde Josef vivió los últimos años, posiblemente en alguna de las habitaciones del fondo de la residencia.

—Bienvenida —la saluda alguien a sus espaldas.

Alguien que no es ni su padre ni Luisa.

Alguien que lleva el cabello blanco, con un corte moderno que le otorga elegancia y un toque de juventud.

—Volvemos a vernos, muchacha —dice Victoria.

Ahí están, juntas, las dos enfermeras del doctor Hausser: Victoria, la que lo ayudó a mentir en el pasado; Luisa, la que le organiza las mentiras en el presente.

—Tu padre podrá estar muerto —prosigue Victoria—, pero está más vivo que nunca. ¿Recuerdas mis palabras? Te lo comenté cuando nos vimos en el hospital de Pinomar. ¡Y vaya si tenía razón!

—¡¿Qué me habéis hecho?! —grita.

—Lamento haber tenido que golpearte —se excusa Victoria—. Pero era la única forma que teníamos de traerte hasta aquí.

—¿Por qué …?

—Porque es hora de retomar el trabajo, Elena —sentencia Josef—. Da gracias a que he estado sacando dinero de la cuenta bancaria, en secreto, para poder comprar equipo médico y materiales. Ya tengo todo lo necesario para proseguir. ¡No hay tiempo que perder!

Su padre le da la espalda y se acerca a una mesa donde puede ver que se acumulan diversos instrumentos de laboratorio. Sin necesidad de recibir ninguna orden, Luisa y Victoria lo siguen y se instalan una a cada lado, preparadas para asistirlo.

Una mano acaricia el pelo de Elena en un intento por tranquilizarla.

Una mano que no pertenece a ninguna de las dos enfermeras.

Sin embargo, una mano tan familiar como su propia historia.

—¿Qué haces aquí, Begoña? —pregunta al descubrirla junto a ella.

La traición de ver a *su* Begoña ahí, en ese lugar y rodeada de esa gente, se mezcla con la confusión que ya la embarga. Una oleada de arcadas le remonta la garganta.

—Yo solo cumplía órdenes —confiesa la mujer.

—Así es —confirma Josef—. Nuestra querida y fiel Begoña ha trabajado para mí todo este tiempo.

—Tenía que darte unas gotitas de tiopentato de sodio en el té dos veces al día... Fue lo que me pidió tu padre, Elenita.

—¡Mi padre está muerto! —brama, sintiendo cómo la rabia le sube por el pecho.

—No, no lo estoy —interviene el médico con su tono implacable—. Con la ayuda de Luisa fingí lo del accidente vascular para poder dejar atrás el caos de la vacunación fallida. ¿Quién podría sentir odio por un viejo discapacitado? Nadie... Era la mejor manera de ponerle punto final a ese lamentable episodio.

Elena lo mira, incrédula, con los ojos llenos de una mezcla de desconcierto y horror.

No consigue asimilar lo que oye.

—Pero no contaba con la aparición de Daniel. ¡Ese infeliz te puso en peligro, Elena! Jamás me imaginé que fuera capaz de confabularse con el pueblo entero en tu contra. Y yo no estaba dispuesto a permitirlo. —Las pupilas le relampaguean con determinación—. Aunque no lo creas, simulé mi muerte para salvarte la vida. Para poder seguir adelante con mi proyecto desde las sombras.

Elena explota de rabia. No puede contenerse más y se lanza hacia él; le golpea el pecho con todas sus fuerzas, gritando con una furia desbordante. Los embates son desesperados, cargados de dolor.

—¡Ya sé lo que hiciste! —ruge entre puñetazos—. ¡Sé que experimentaste conmigo, que me usaste como un maldito conejillo de Indias!

Josef permanece impasible. La deja hacer hasta que sus

fuerzas se desvanecen y los puños le caen inertes a cada lado del cuerpo. Cuando Elena al final se resigna, él la observa con una mezcla de frialdad y algo que casi parece compasión.

—Nunca lo he negado —dice, sin rastro de remordimiento—. No había otra opción. Lo hice por la ciencia, para por fin modificar el gen de la eclampsia. Estoy a punto de lograrlo, Elena. Y tú eres la pieza clave.

Ella retrocede, sacudiendo la cabeza, tratando de procesar lo que acaba de escuchar.

—Quiero decir, tu hijo… o hija… es la pieza clave —corrige Josef, imperturbable.

Elena siente un escalofrío de horror serpentearle por la espalda.

—Sí, Begoña me informó de que estás embarazada —explica el médico—. Ella estaba allí, a tu lado, cuando recibiste la noticia.

—Esto es… inhumano —susurra Elena, mirando a su padre como si lo viera por primera vez—. ¡No vas a volver a ponerme un dedo encima!

—He revisado tu historial médico y tienes claros síntomas de preeclampsia e hipertensión gestacional —dice Josef, acercándose a ella con la calma de quien tiene todo bajo control—. ¡Es el momento preciso para actuar! Y lo que llevas en tu vientre es la clave para salvar miles de vidas.

—¡Nunca! —escupe Elena, los ojos arrasados de lágrimas—. ¡Eres un monstruo! ¡Un asesino!

Josef sonríe: una mueca fría, calculadora, letal como un bisturí en las manos equivocadas.

—¿Yo? —balbucea—. ¿No te gustaría que habláramos de la muerte de Daniel?

Elena retrocede aún más, pero choca con la pared. Está atrapada. No tiene escapatoria a la pregunta que la acorrala.

—¿Daniel está muerto...? —alcanza a musitar.

«Solo soy capaz de pensar en lanzarme sobre Daniel para hundirle los pulgares en los ojos y presionar hasta sentir cómo los globos oculares se le revientan como uvas demasiado maduras».

—Sí, lo asesinaron a sangre fría anteanoche, en su restaurante. ¿De verdad estás segura de que yo soy un asesino, Elena Hausser...? —insiste.

«Y seguir hundiéndolos hasta tocar su cerebro, hasta meter la mano entera en cada cuenca, hasta sentir que el último estertor abandona su cadáver desmembrado».

A Elena se le hace un nudo en el estómago.

¿Dónde estaba ella hace dos noches...?

¿No fue justo esa mañana cuando se despertó en el salón de su casa, incapaz de recordar qué había hecho las horas anteriores?

La verdad la golpea con la fuerza de una pesadilla: tal vez, bajo ese techo, el monstruo no es solo su padre.

## 75

El funeral ha congregado a todos los habitantes de Pinomar. El inesperado asesinato del hijo de Florencia ha sacudido al pueblo como pocas cosas en las últimas décadas.

El ataúd descansa entre flores marchitas por el calor inclemente del sol. A su alrededor, la comunidad entera se esfuerza por darle la despedida que se merece. Hasta hace muy poco, Daniel Cano era uno más de ellos, el único que había sabido conducir la furia colectiva y la ira que arrastraban desde los años de la fallida vacunación. El hijo de la víctima, la que pagó con pena de cárcel las atrocidades del médico. El niño al que le arrebataron la infancia al privarlo de una familia. El adulto capaz de organizar un plan perfecto que los implicaba a todos y que buscaba devolver algo de dignidad a los mártires del doctor Hausser.

Pero alguien, protegido por la oscuridad de la noche, había puesto fin a su vida. Y con él se iba un sueño colectivo de justicia.

¿O venganza?

Desde mi lugar en medio de la muchedumbre, veo a Catalina, la viuda, llorar deshecha, con un dolor casi palpable, arrodillada junto al féretro, en una postura que parece más de súplica que de duelo. A su lado, la pequeña María aprieta contra el pecho un conejo de peluche. Sus ojos vagan entre las caras de los adultos y la figura descompuesta de su madre. Es evidente que no entiende nada. Seguro que la muerte es un concepto que aún no ha asimilado. No comprende por qué todos se lamentan ni por qué su padre no ha vuelto a casa.

Pero alguien falta entre los presentes.

Y su ausencia pesa como un insulto.

Aunque Pinomar entero conoce el engaño, muchos esperaban verla ahí. Sin embargo, Elena no ha dado señales de vida.

La gente murmura, y esos murmullos son cada vez más oscuros.

A pesar de todo lo que sé de él, siento una punzada de tristeza por la muerte de Daniel, mi jefe en el restaurante. Y más aún por lo que pueda significar que Elena no haya llegado al funeral. Intento seguir el rito que encabeza el padre Milton, pero mi mente no deja de preguntarse dónde estará. La incertidumbre me corroe. Y mi inquietud aumenta al escuchar las voces de los vecinos, que comienzan a formar un rumor peligroso.

—Fue ella —susurra una mujer, y la frase se esparce como la pólvora—. Lo mató y ha huido.

Me niego a creerlo, pero sé que, si Elena no aparece pronto, esas palabras se convertirán en acusaciones más serias.

Entre la gente distingo a Begoña, de pie junto al ataúd, con el rostro sombrío y la mirada baja. «También vive en casa de los Hausser —pienso—. Debe de saber dónde se ha metido Elena».

Camino hacia ella, decidido a preguntarle, pero de repente un uniforme de policía me corta el paso y me obliga a detenerme en seco.

—¿Dónde está la hija del doctor Hausser? —me pregunta Manuel, el hermano de Nora.

No parece ser alguien que se deje llevar por las habladurías, pero algo en su tono me inquieta. Me queda claro que la situación es delicada. Si Elena no aparece pronto, el rumor dará paso a una búsqueda oficial. Y si me vinculan con su desaparición, es muy probable que mi verdadera identidad salga a la luz. Y eso es algo que no puedo permitirme.

—Tengo información de que Elena Hausser lleva cuarenta y ocho horas desaparecida —dice el policía.

—No sé dónde está —confieso, tratando de sonar lo más convincente posible.

—Es la sospechosa principal del crimen de Daniel Cano —agrega con gravedad—. Si está huyendo, cuanto antes la localicemos, mejor.

Asiento con un nudo en la garganta. La idea de que Elena de verdad esté escapando —y todo lo que eso pueda significar— me golpea como un puño. Quizá Manuel tenga razón. Si ella está en problemas, necesitará mi ayuda.

«No será la primera vez que desafíe a la justicia por una mujer», me digo con cierta resignación.

—De acuerdo —respondo, fingiendo confianza—. ¿Por dónde empezamos?

## 76

Hay personas que nacen con el privilegio de tomar decisiones. Otras simplemente deben acatar lo que la vida ha seleccionado para ellas.

Begoña era de las que no tuvieron muchas alternativas a lo largo de su existencia.

Por eso, siempre se supo afortunada: a pesar de sus escasas posibilidades, logró envejecer con dignidad gracias a haber formado parte, durante muchos años, de una familia que la consideró una más de los suyos.

Pero, claro, no lo era.

Ese sueño se cortó de golpe un 29 de abril.

Años después tuvo la posibilidad de volver a esa misma casa. De soñar que esta vez sí era una integrante más del clan que la había visto encanecer.

Por eso, cuando recibió la orden no la cuestionó ni la juzgó. Si debía echarle cada día diez gotas de tiopentato de sodio al té de Elena, lo haría sin miramientos. Ella había nacido para habitar esos muros, para reinar en esa cocina fragante a *beignets* y para manejar los hilos de una casa que se resistía a marchitarse. Y diez misteriosas gotas no iban a detenerla.

Un par de golpes secos en la puerta principal resuenan en los pasillos vacíos e interrumpen su cadena de pensamientos. Frunce el ceño y avanza rápido hacia la entrada. No tiene prevista ninguna visita.

Abre y la figura de Brian se recorta en el marco. Sus ojos preocupados se clavan en los de ella.

—¿Qué quieres?

Mantiene la puerta entreabierta, para ocultar el interior.

—Vengo a ver a Elena —dice él sin titubeos—. Hace días que no sé nada de ella. Tenemos que hablar.

Begoña siente que el corazón se le acelera y el calor le sube al rostro. Unos segundos de silencio acrecientan la incomodidad.

«Nuestra querida y fiel Begoña ha trabajado para mí todo este tiempo», recuerda las palabras de Josef Hausser y las expectativas que siempre se han depositado sobre ella. Debe mantenerse a la altura.

—Elena... se... —murmura evitando la mirada de Brian—. Elena se fue... Hizo la maleta y se marchó sin decir nada.

—¿Se marchó?

—Sí. No dio explicaciones. Simplemente... se fue.

El rostro de Brian se endurece. No se cree ni una palabra de lo que escucha. Conoce bien a Elena y no acepta esa versión tan burda. Eso sin contar la voz temblorosa de la mujer, que solo aumenta sus sospechas.

—¡Elena! —exclama—. ¡Déjame entrar!

Begoña intenta cerrar la puerta, pero Brian la bloquea con el pie. No está dispuesto a rendirse. Con una embestida, empuja con fuerza. Begoña se tambalea y pierde el equilibrio. Brian no se detiene, sube la escalera rumbo a la planta de arriba.

—¡Elena! ¡Elena! —grita mientras recorre el pasillo.

Entra en el dormitorio. Está vacío. La cama, perfectamente hecha. Abre la puerta del cuarto de baño y busca dentro. Nada. Abre el armario: su ropa está colgada y ordenada.

Begoña hace un gesto de fastidio: tendrían que haber pensado en eso.

Brian la mira inquisitivo.

«¿Se ha ido y no se ha llevado la ropa?», reflexiona.

—¿Dónde está? —la encara—. ¡¿Dónde está Elena?!

Brian mira expectante a Begoña, que se enfrenta a él desde el quicio de la puerta. Su rostro ha cambiado. Ahora lo observa con un gesto irónico, retador. Ya no es la mujer nerviosa que lo ha recibido.

—No te esfuerces —dice como si estuviera hablando con un niño—. Elena se ha ido, punto. Y tú también deberías marcharte antes de que sea peor para ti.

Brian se le acerca desafiante y se detiene a menos de dos centímetros de su cara. Begoña permanece impasible.

—Dime dónde está. ¡Ahora!

La mujer lo confronta con una mezcla de desprecio y diversión.

—Vamos, Brian... —susurra—. ¿De verdad crees que controlas la situación? Sé quién eres, y has llegado al pueblo equivocado.

El desconcierto acude a él, y apenas consigue disimularlo.

—¡Claro que sé quién eres! —insiste con total seguridad—. Eres un asesino que mató a su novia.

Las palabras estallan como granadas de guerra, perforando el aire entre ellos. Brian siente que un sudor helado le corre por la espalda mientras una mano invisible le estrecha la garganta.

No puede ser.

Su mente gira en busca de una salida.

¿El padre Milton? ¿Habrá roto el sagrado secreto de confesión?

El pánico lo golpea en el pecho.

—¿Qué pensarán en Pinomar cuando descubran que el músico que trabajaba en el restaurante de Daniel Cano, al que han asesinado brutalmente, es un criminal con una orden de búsqueda? —La voz de Begoña es un susurro venenoso—. ¿A quién crees que van a culpar?

Cada palabra de esa mujer lo asfixia un poco más. Intenta hablar, aunque tiene la boca seca. El miedo le ha robado el control. Se obliga a respirar, pero el oxígeno no le llega a los pulmones.

Las sombras del pasado lo persiguen y ahora lo han alcanzado.

—Desaparece de aquí —remata Begoña—. Ahora.

Sí, Begoña no ha tenido muchas alternativas a lo largo de su existencia.

Y las pocas que han llegado a sus manos las ha usado con sabiduría y habilidad.

Eso le ha otorgado un lugar de honor en la historia de la familia Hausser.

Brian se gira con brusquedad hacia la puerta, dispuesto a abandonar esa maldita casa cuanto antes. Después de una breve carrera escaleras abajo, sale. El aire fresco del atardecer le aligera el peso interior y le permite por fin recuperar el aliento.

Levanta la vista y allí, a unos escasos pasos frente a él, ve a una mujer elegante, de edad avanzada, con el cabello gris cuidadosamente recogido en la nuca.

La reconoce al instante.

Aurora.

Pero algo en ella ha cambiado. La dureza habitual de su mirada ha sido sustituida por un vacío. Sus ojos, ahora oscuros, están saturados de un dolor palpable y real.

—Te lo ruego, ven conmigo… —pide en un lamento—. Se trata de mi hija, Ángela.

—¿Qué ocurre ahora?

—Se está muriendo. Y necesita hablar contigo.

77

El zumbido del fluorescente que tiene sobre ella es lo único que consigue oír. El olor a desinfectante mezclado con productos químicos la retrotrae a su infancia.

¿Está despierta?

—Cinco miligramos de tiopentato de sodio —oye de pronto a su derecha.

—¿No será demasiado, doctor? —preguntan desde la izquierda.

—Gracias al trabajo de Begoña, su organismo lleva meses acostumbrándose a la droga. Tolerará la dosis.

Intenta levantarse, pero siente las ataduras que le rodean las muñecas. Entonces toma conciencia de dónde está. Se siente muy débil. Pero, aun así, lucha por mantenerse despierta.

—Inyectado, doctor —informa la voz.

Una figura masculina se mueve entre las sombras. El brochazo de un delantal pinta de blanco el espacio cerca de ella.

—Gracias.

El hombre prepara algo en la mesa llena de útiles médicos y jeringuillas.

Elena cierra los ojos y busca fuerzas para aguantar, pero el dolor bajo el lóbulo de la oreja izquierda le impide concentrarse. Lo que hasta hace poco era una pequeña lesión lo percibe ahora como una burbuja llena de líquido a punto de explotar.

—Tenemos mucha suerte. Ya se están manifestando los síntomas —afirma con emoción mientras vigila en un monitor el ritmo cardiaco y la presión sanguínea—. ¿Cómo va la sedación?

—Quince segundos para que haga efecto, doctor.

Ahora el hombre está junto a ella, bloqueando gran parte de su visión. Solo consigue ver un pedazo de techo gris.

De pronto, un potente foco la ciega y la figura de su padre se recorta contra la luz. Josef Hausser se aproxima con una sonda en la mano, que acerca poco a poco a la nariz de Elena. Ella vuelve la cabeza, se niega.

«No, otra vez no».

—No, papá, por favor. Me duele…

No sabe si lo acaba de decir o si solo lo ha pensado. Como sea, él ignora sus súplicas. Le sujeta la frente con su mano enorme.

—Esto es muy importante, Elena.

La manguerilla le entra por la nariz y comienza el recorrido hacia la garganta. El plástico la quema por dentro. Arde. Somete.

Entonces su respiración se vuelve pesada y sus párpados, tan livianos unos segundos antes, caen convertidos en plomo. Su mente derrapa fuera de control, como si estuviera observando todo desde lejos, incapaz de detener el vértigo que la sacude. Se le distorsiona la visión. Intenta moverse una vez más, pero el cuerpo no le responde. Cada pensamiento surge con lentitud y ninguno de ellos llega a madurar. Mueren a mitad de camino, disueltos en el vacío. Y luego irrumpen el desdoblamiento y un profundo sentimiento de desconexión.

De repente existen dos Elenas.

Una que observa desde lo alto, impasible; la otra, atrapada en su cuerpo, que termina cediendo al peso del letargo.

—Estarás monitorizada día y noche hasta el momento del parto. —El tono de Josef es el mismo que utilizaba cuando ella era pequeña—. Con un poco de suerte, el proceso de modificación genética se ha llevado a cabo dentro de ti a lo largo de todos estos años. Y tú se lo habrás traspasado a tu bebé de forma natural.

Elena siente que las extremidades se le van hinchando y el eco de los latidos le retumba en la cabeza.

—A diferencia del hijo que esperaba Ángela, yo me encargaré de que este sí llegue a buen término —promete—. Igual que ella, tienes la presión altísima y estás eliminando proteína por la orina. Los signos de preeclampsia son claros y constantes.

Josef se acerca sosteniendo una jeringuilla. Elena se revuelve en la camilla, sin éxito.

—Por la misma razón, estás presentando cambios en la

vista, ¿cierto? Sensibilidad a la luz. Dolor de cabeza. Y seguro que oyes un molesto zumbido que no te deja en paz —dice mientras le introduce la aguja en el brazo y le pasa la mano por la frente, para apartarle los mechones de pelo húmedo—. Es normal en tu estado. Yo cuidaré de ti. No como Daniel, que solo quería acabar contigo.

El laboratorio, los sonidos, incluso su propio cuerpo empiezan a alejarse.

Todo lo que la rodea se sumerge en una neblina espesa.

—Lo hice por ti, Elena. Tuve que matarlo por tu bien —confiesa.

Elena intenta emitir un grito de sorpresa, pero no consigue ni siquiera abrir la boca. La neblina ya ha alcanzado su mente y le ha apagado el cerebro.

¿Josef Hausser acaba de confesar un crimen?

Sí, Josef Hausser acaba de confesar un crimen.

—Ya no puedes huir de tu destino, Elena —amenaza la voz desde algún lugar—. No voy a permitir que te marches, y mucho menos que pongas en peligro el trabajo de tantos años. Y ahora vamos a proceder con la amniocentesis...

El monstruo ha emitido su sentencia.

Y la víctima ya ha caído en la trampa.

# 78

Brian avanza a grandes zancadas por el pasillo del hospital.

El eco de sus zapatos retumba contra las inmaculadas paredes blancas.

Con cada paso siente que el peso de la angustia se apodera de su pecho. La noticia de la enfermedad de Ángela ha encendido una apremiante alarma en su mente: Elena está en peligro. Si no hace algo por ella pronto, seguro que también terminará ingresada y con la vida pendiendo de un hilo.

Al llegar a la puerta señalada, se detiene. Desde el interior de la habitación alcanza a oír el susurro del oxígeno que fluye por el respirador.

Exhala un suspiro áspero y abre.

La penumbra envuelve la delgada figura que reposa en la cama. Ángela está allí, inerte, su piel pálida como la cera, empapada en sudor. Los tubos que la mantienen conectada a la vida forman una telaraña que, implacable, atrapa su frágil cuerpo y lo sostiene en vilo.

Cuando abre los ojos, una decaída sonrisa se dibuja en su rostro, llena de una gratitud silenciosa que lo desarma.

Brian se sienta a su lado. La mano le tiembla cuando acaricia la suya, fría y pegajosa.

Cada respiración de Ángela es una batalla perdida.

Jadea.

—¿Dónde... está Elena? —murmura, su voz quebrada por algo que parece dolerle muy adentro.

Brian cierra los ojos un segundo y sacude la cabeza.

—No lo sé, Ángela —dice.

Ella lo mira, y algo en sus ojos lo inquieta. Una urgencia que él no comprende.

—La vi... La subieron a un coche...

Pero su voz se apaga. Incluso hablar la desgarra. El aire entra en sus pulmones a tirones, forzado, como si cada aliento fuese un recordatorio de su fragilidad.

Brian se inclina hacia ella ansioso.

—¿La subieron a un coche? ¿Cuándo...?

Ángela tose, un sonido rasposo y húmedo.

—Victoria..., fue ella...

La mención de ese nombre levanta de inmediato una alerta en la mente de Brian.

«Solo lo ayudé durante un par de años a recopilar la información del sujeto de estudio en el que probaba los avances de su vacuna».

«Josef Hausser era un hombre complicado».

«Tu padre podrá estar muerto, pero está más vivo que nunca».

Sí, recuerda perfectamente quién es Victoria y qué les dijo cuando fueron a buscarla al hospital de Pinomar.

—¿Te refieres a la antigua enfermera de Josef?

Ángela asiente con dificultad.

—La golpeó... y la subió a un coche... Las vi desde la puerta de la librería —susurra.

Vuelve a callar, ya que las palabras le arañan la garganta. Su cuerpo cubierto de llagas tiembla de manera involuntaria.

—¡Sé dónde trabaja esa mujer! —exclama el músico con fuerzas renovadas—. Elena y yo la visitamos no hace mucho.

—Tienes que... encontrarla... —jadea—. Donde esté Elena... está el antídoto... ¡La cura!

Brian la mira sorprendido.

¿Antídoto? ¿Cura?

¿De qué habla?

Se acerca más a la cama con la intención de seguir interrogándola, pero la voz de Ángela ya está cediendo al delirio.

—Josef... laboratorio... Victoria... —Sus torpes labios apenas se mueven. El sudor le resbala por la frente—. Encuéntrala... o las dos moriremos...

La estridente alarma de uno de los monitores se eleva y, al instante, irrumpe en el cuarto un grupo de enfermeras. Gritan órdenes que él ya no oye. Se aparta, observando desde la distancia cómo intentan inútilmente estabilizar a Ángela.

Cuando la última exhalación abandona el cuerpo de la librera, la estancia parece contener el aliento junto con Brian.

Una de las enfermeras —con la misma eficiencia y neutralidad con que guía cada uno de sus movimientos— señala que la paciente ha fallecido. El caos en torno a Ángela se detiene de pronto, y una profunda quietud lo envuelve todo. Hay apenas un brevísimo y delicado instante de silencio, que sirve para despedirla y reajustar los siguientes pasos. Acto seguido, unas manos le cubren el rostro con la sábana, mientras otras comienzan a desconectar los aparatos.

Y en medio de aquello, Brian solo es capaz de oír una y otra vez: «Encuéntrala… o las dos moriremos».

## 79

La habitación cambia de tamaño con cada pestañeo. O quizá soy yo la que cambia de lugar. Hace mucho que ya no entiendo lo que ocurre a mi alrededor. Hay momentos en los que creo que los muros comienzan a derretirse. Y cuando esa masa viscosa y caliente va a alcanzarme, abro los ojos y estoy en un lugar distinto. En otras ocasiones todo está tan oscuro que no sirve de nada hacer el esfuerzo por descubrir qué me rodea. Solo me quedan las voces. No la mía. Esa hace muchísimo que no la oigo. Las otras voces, esas que hablan en torno a mí. Ellas me dejan saber que sigo ahí, viva. Es por tu bien, Elena. Pronto lo entenderás. Y yo trato de entender, sí, pero no lo consigo. Dicen cosas que se escapan a mi comprensión. Después de la nueva extracción de líquido amniótico, vamos a proceder al estudio genético mediante la separación y el cultivo de las células fetales. Muy bien, doctor, como usted diga. Pero a veces las voces también se apagan. Huyen de mis oídos. Y cuando eso ocurre, creo que por fin he muerto. Que me he convertido en otra cosa, en algo que ya no es un cuerpo; porque mi cuerpo, el de verdad, ha desaparecido. Pero un nuevo dolor me trae siempre de regreso al espacio donde navego. Una aguja me atraviesa la piel, creo. Inyectado, doctor. Gracias. Y siento el líquido frío abrirse paso entre mi sangre, recorrer el ramaje de mis venas, inundar mi organismo entero con sus componentes. Esto te ayudará. Yo te cuidaré, siempre lo he hecho. Las voces atraviesan las grietas, se cuelan como luz entre los resquicios de mi mente. Se quedan haciendo eco en algún lugar de mi corteza cerebral, ahí donde se alojan los recuerdos. Pero ya no recuerdo nada. ¿O sí? Elena. Sí. Así me llamo. ¿O llamaba? ¿Cómo saber si todavía sigo viva? Una vez más, abro los ojos y estoy en un lugar distinto. Vamos a inyectar el tiopentato, por favor. Ahí están, han regresado. Las voces. Otra vez. Y ahora no solo hay voces. Hay sombras. Sombras negras que parecen bailar contra un fondo también negro. Se mueven. El fármaco actúa deprimiendo las funciones corticales superiores del cerebro, tiene la capacidad de relajar el criterio de quienes se encuentran bajo sus efectos. ¿Quién ha dicho eso? Una de las sombras se coloca frente a mí. Una luz roja parpadea, brilla como un astro solitario en un cosmos sin estrellas. Todo estará bien, Elena. Yo sé lo que es mejor para ti... y para el bebé. ¿El bebé? Mi bebé. ¿Hay un bebé? ¿Estoy embarazada? Otro pinchazo. Esta vez en el vientre. El líquido duele. Es lava pura que lo arrasa todo a su paso. Quiero gritar, pero se me ha olvidado cómo hacerlo. Al disminuir las defensas mentales, la persona comienza a relajar las barreras psicológicas y es más vulnerable a la sugestión externa. La voz explica cosas que no entiendo. ¿A quién le habla? El líquido me llega por fin al cerebro. La cabeza me arde en llamas. Y por primera vez en toda una eternidad escucho mi propia voz, pero no parezco yo. Brian, olvídate de mí. Olvídame. ¿Por qué digo eso? No quiero decir eso. ¡No quiero! Pero alguien pone las palabras en mi boca. Alguien me sostiene por la cintura, ya no estoy recostada. Papá, ¿qué estás haciendo? Te estoy salvando, Elena. Es por tu bien. La luz roja continúa parpadeando frente a mí. Incansable. Olvídate de mí, Brian. No vuelvas a buscarme. Eso también lo dice mi boca, lo digo yo, aunque no quiero decirlo. Pero no importa lo que yo quiera, es el líquido caliente el que manda. El que gobierna mi cuerpo. Abro los ojos y, una vez más, estoy en un lugar diferente. ¿Inyectamos de nuevo? Todo se vuelve blanco. La luz. La niebla. El espacio. Así es, las líneas que separan la realidad de la manipulación se vuelven difusas y permiten que el sujeto termine aceptando casi todo lo que le digan. Qué interesante, doctor. Uno siempre aprende tanto gracias a usted… La luz explota. Y sigue explotando. Y yo termino de explotar con ella. Y lo único que queda es la luz roja, intermitente, que registra cada una de mis palabras.

## 80

«Encuéntrala... o las dos moriremos».

La advertencia sigue retumbando con fuerza en la cabeza de Brian. Si la confesión de Ángela es cierta y la enfermera de Josef Hausser secuestró a Elena haciéndola subir a un vehículo en mitad de la noche, es muy probable que su vida corra peligro.

Victoria es la única clave que tiene para comenzar la búsqueda. Por eso, echa a andar por New Hill Road, rumbo al hospital de Pinomar.

Sus botas golpean el pavimento con un ritmo que su corazón imita. De pronto, se detiene: la sensación de estar siendo observado le pesa en la nuca, y una presencia invisible tras él le hace girar la cabeza.

Pero no hay nadie. Solo las sombras alargadas de los viejos árboles de la avenida, el cada vez más lejano eco de sus propios pasos y la imperceptible certeza de que alguien lo sigue.

«Te estás volviendo loco —reflexiona—. No puedes permitir que este maldito pueblo se te meta en la cabeza...».

Recorre con los ojos la calle vacía. Todo parece demasiado quieto y normal. No importa lo que vea, o más bien lo que no vea; el frío en la espina dorsal le confirma que no está solo.

Retoma la marcha, esta vez aumentando el ritmo de las zancadas.

No necesita tener ojos en la espalda para saber que *alguien*, tras él, también ha vuelto a ponerse en movimiento.

Al final, lo asume: el peligro por fin lo ha alcanzado.

«Cálmate, cálmate —se repite en un susurro—. No permitas que la paranoia te gane la partida».

Al llegar al hospital, se adentra en el luminoso vestíbulo de recepción. Repitiendo el mismo camino que hizo con Elena no hace mucho tiempo, avanza por el largo e inmaculado pasillo, que lo ataca con un insufrible olor a desinfectante. Llega por fin hasta el puesto de enfermería, donde varias sanitarias ni siquiera se toman la molestia de reparar en él.

—Victoria no está —mascula una de ellas después de que le pregunte.

—¿A qué hora vuelve? Puedo esperarla —dice Brian—. Es importante.

—Victoria se ha jubilado. Ya no trabaja aquí.

No se esperaba esa respuesta. Pero, a pesar del brevísimo desconcierto inicial, Brian no se cree ni una sola palabra. Conoce bien ese tono neutro, impersonal, demasiado ensayado. Sabe que la mujer miente, y por eso no insiste. No conseguirá nada haciéndolo.

Como la enfermera sigue enfrascada en la pantalla del ordenador y no pretende hacer contacto visual con él, Brian aprovecha para subir, sin que nadie lo vea, hacia la cuarta planta, donde se encuentra el área de maternidad. A lo largo de todos los peldaños lo acompaña la familiar sensación se saberse vigilado por alguien que va algunos metros más atrás, hábilmente oculto en el quiebro de la escalera o en las sombras del interminable pasillo rosa pálido.

Una puerta de cristal se abre automáticamente ante su presencia.

Si mal no recuerda, fue justo en ese lugar donde encontraron a Victoria la última vez que estuvieron allí. Y aquel cuarto que se aprecia a mitad del pasillo es el despacho de la supuesta secuestradora.

«Si alguien sabe dónde está Elena es Victoria —se repite a sí mismo—. ¡Tienes que hacerlo!».

Intenta abrir la puerta, pero está cerrada con llave. Sabe que no le costaría trabajo forzar la chapa; de hecho, no sería la primera vez. Mira a un lado y a otro para asegurarse la impunidad.

Nadie lo observa.

«Encuéntrala... o las dos moriremos».

Se dispone a reventar la cerradura cuando alcanza a distinguir, en su visión periférica, una fugaz silueta humana que acorta distancia y se le pega inesperadamente al cuerpo. Un intenso aroma a azúcar caramelizada le revela la identidad de la persona incluso antes de que alce la vista.

—¿Qué haces aquí? —pregunta Brian con frialdad—. ¿Es que te han dicho que me sigas?

Begoña, con actitud burlona, se encoge de hombros.

—Qué casualidad que también vengas a visitar a Victoria —insiste el músico.

—¿Y quién te ha dicho que esté aquí por ella?

—Dime dónde está Elena. ¡¿Dónde la tenéis?!

—No sé de qué hablas. Elena se fue. Hizo las maletas y se marchó sin decir nada. Ya te lo dije.

—¡Mientes! ¡¿Quién te ha pedido que me vigiles?!

—Sé sensato y márchate tú también, Brian. No tienes nada que hacer aquí. No quieras cruzar una línea que no tiene retorno —le advierte.

—No me das miedo, Begoña. ¡Voy a encontrar a Elena y voy a descubrir quién está detrás de todo esto!

—No, tú no vas a hacer nada de eso —escucha una voz masculina tras él.

El descolorido rosa de los muros es el fondo perfecto para que se recorte con total precisión una sotana negra. Y junto a ella surge también el anguloso rostro del padre Milton, la mirada fiera y el prominente mentón en pie de guerra.

—Deja de meterte donde no te llaman —amenaza el sacerdote en tono tranquilo, pero cargado de oscuridad—. Si sigues por ese camino, lo pagarás caro.

—¿Por qué debería parar? ¿Qué sabe usted de Elena y de su padre? —le replica Brian.

—Sé muchas cosas, no lo olvides —responde el cura a modo de advertencia—. ¿O quieres que llegue a oídos de la policía que Kevin Quiroga, el feroz asesino con una orden de búsqueda, se ha escondido en Pinomar?

—Yo confié en usted. ¡Y violó el secreto de confesión! —lo encara—. ¿Lo hizo por dinero? ¿Le están pagando por esto?

Pero Milton ya no tiene intención de responder. La inminente violencia reflejada en sus ojos le deja saber al músico que la situación está a punto de cambiar de intensidad.

Ninguno de los dos hombres se mueve, en abierto duelo. Y junto con ellos, el hospital entero ha quedado en espera.

Antes de que Brian pueda reaccionar, el padre Milton lo embiste con fuerza y lo lanza contra la pared. El impacto le saca el aire de los pulmones, pero Brian reacciona por puro instinto. Levanta el codo y lo estrella contra el rostro del sacerdote, y siente entonces el crujido del hueso bajo la piel.

Milton gruñe, tambaleándose, pero no cede. Se lanza de nuevo hacia el músico, esta vez hundiéndole el puño en el abdomen, con una potencia desgarradora. Brian se dobla por el dolor. Aun así logra contraatacar y le asesta un golpe desesperado en el costado.

—¡Basta! —grita Begoña, desesperada—. ¡Deténganse!

Pero la pelea se intensifica. Ambos hombres forcejean, golpean y se aferran el uno al otro. Milton logra asestarle a Brian un golpe en la mandíbula que hace que se tambalee.

Su labio adquiere un sabor metálico, pero eso no lo frena.

Con un grito furioso, se lanza sobre el sacerdote.

La sotana se va empapando de sangre mientras ambos ruedan por el suelo, intercambiando golpes salvajes. Brian siente que los nudillos se le abren con cada impacto, pero no se detiene. La mirada del sacerdote es de puro odio, y Brian sabe que solo uno saldrá de allí caminando.

Con un enorme esfuerzo final, logra dominar al cura sujetándole los brazos y golpeándolo de nuevo, esta vez directo a la cara.

Otro golpe. Y otro más.

El crujido de huesos. El eco del dolor.

El padre Milton se queda inmóvil y respira con dificultad. Brian se incorpora, tambaleante, los pulmones ardiendo y la sangre resbalándole por el mentón. Mira al sacerdote, que yace inconsciente en el suelo.

—¡¿Qué has hecho?! —brama Begoña—. ¡Lo has echado todo a perder!

Brian se tambalea hacia atrás, su pecho sube y baja sin control. Está agotado, le tiembla cada músculo y su mente solo sabe repetir una cosa: «Corre».

Sin esperar a que su cuerpo se recupere, sale disparado hacia la salida.

El hospital ya no existe para él. Los ruidos, los olores, todo se desvanece en la tormenta de su propia urgencia.

Correr.

Correr y no mirar atrás.

## 81

Seguir corriendo.

El peligro es real.

Pinomar ya no es un lugar seguro. Su secreto no está a salvo, lo saben demasiadas personas. Si la policía se entera, no tendrá escapatoria. Confía en que todavía no haya llegado a oídos de Manuel, el comisario. Lo detendrán y lo encerrarán. Ni siquiera podrá defenderse y contar lo que ocurrió de verdad.

Además, la paliza que acaba de darle a Milton será su sentencia definitiva.

Llega hasta la casa de Nora jadeando por el esfuerzo. Lo recibe la puerta roja que le ha dado la bienvenida los últimos meses. Entra a toda velocidad. Va a echar de menos esa residencia de tres pisos y altísimo techo a dos aguas. A pesar de todo, ha vivido feliz en ese lugar. Un oasis dentro del caos.

Sube en un suspiro la escalera hasta llegar al tercer nivel, consciente de que será la última vez que lo haga.

Abre el armario de la habitación. Saca la mochila con la que llegó al pueblo y mete con celeridad sus pertenencias. No tiene mucho que guardar: un par de camisetas, alguna muda, ropa arrugada...

A partir de ahora, cada segundo cuenta.

El saxofón está sobre la cama. Duda si dejarlo allí, pero ha sido su única compañía en los momentos más oscuros. Al final, lo mete en el estuche y se lo echa al hombro.

Si tiene suerte, podrá llegar en unos minutos a la estación de autobuses y subirse hacia el primer destino que salga. Su situación no le permite pensar demasiado ni ponerse exquisito. Ya habrá tiempo de afinar el plan y tomar mejores decisiones.

Por ahora, lo que tiene que hacer es escapar de ahí.

Lo antes posible.

Está a punto de salir. Echa un vistazo rápido a la estancia para comprobar que no olvida nada. Coge el teléfono móvil y, por inercia, mira la pantalla.

Entonces lo ve: un mensaje nuevo de Elena.

El corazón le da un vuelco.

¿Elena?

Ya daba por sentado que no volvería a tener noticias suyas.

Abre el mensaje. Es un vídeo.

Frunce el ceño, le resulta extraño.

Aún en el marco de la puerta, con un pie ya en el pasillo, lo reproduce.

La pantalla del teléfono se llena con el primer plano del rostro de Elena.

Le cuesta procesar lo que ve. Y no solo porque la calidad no es muy buena, sino porque la expresión desmejorada de Elena le genera más dudas que alivio.

«Esto no se ha hecho con la cámara del móvil —determina—. No está en alta resolución. Más bien parece la imagen de una cámara antigua, de esas que grababan en 8 mm o en MiniDV, a las que se les encendía una luz intermitente roja cuando entraban en funcionamiento».

«¿Cómo ha podido Elena bajar tanto de peso si solo lleva un par de días ausente?», alcanza a pensar antes de que la sangre se le hiele en el cuerpo al ver el contenido del vídeo. Apenas se pone en marcha, Elena abre la boca y los ojos, sombreados por dos profundas y oscuras ojeras. Su piel, blanca en exceso, parece hecha de cera, como si le hubiesen extraído toda la sangre del organismo. Es evidente que está muy nerviosa, sentada en una incómoda e inestable postura, de cara a la lente de la cámara. Como si alguien, fuera del encuadre, la estuviera sosteniendo en vilo.

Brian siente la amenaza inminente de una desgracia instalándosele en el pecho. El pasillo frente a la habitación, la casa de Nora, la urgencia de su partida, Pinomar entero... desaparecen en apenas un pestañeo.

Solo tiene sentidos para ver la imagen, que le revela a una irreconocible Elena.

Cuando por fin ella empieza a hablar, su voz es errática, casi distorsionada:

—Olvídame, Brian. No me busques...

«Sí, esa es Elena, pero parece otra persona —reflexiona—.

Reconozco su voz, pero no se oye auténtica. Es como si le hubieran doblado cada palabra...».

—Olvídate de mí. No vuelvas a buscarme. No quiero volver a verte.

La imagen es borrosa, no se distingue en qué lugar se ha grabado y apenas dura unos segundos.

Lo reproduce de nuevo con la esperanza de captar algún detalle.

Pero el plano es demasiado cerrado. Elena podría estar en cualquier parte.

Mira con apremio una tercera vez. Y entonces se da cuenta: al fondo de la imagen, casi fuera de foco, alcanza a ver lo que le parece que es una chimenea. Una chimenea demasiado limpia. Una que no se ha usado en años, concluye. Y sobre ella, en el muro, un cuadro. Intenta hacer zoom, pero todo se deforma hasta convertirse en una mancha.

Echa a andar de nuevo el vídeo.

—Olvídate de mí. No vuelvas a buscarme...

Pausa.

Ahí está. Sobre el hombro derecho de Elena, un pedazo más nítido del cuadro que está sobre la chimenea. Alcanza a apreciar una... ¿una flor de lis? ¿Eso que también se ve es una suerte de yelmo medieval?

Una flor de lis y un yelmo medieval.

¿Dónde ha visto antes esa imagen tan particular?

De pronto, la respuesta lo golpea como un puño en pleno estómago.

Elena está en peligro.

Baja las escaleras del hostal a tropezones, impulsado por la adrenalina. Sale a la calle dispuesto a echar a correr, pero la realidad lo frena: es imposible que llegue a tiempo de salvarla si va a pie.

Elena está en la casa donde su padre vivía junto a Luisa. Alguien la tiene ahí encerrada.

Lo sabe porque ha reconocido el escudo de armas de la familia Hausser, el mismo que dominaba el despacho de Josef desde lo alto de la chimenea.

Entonces sus ojos se clavan en el coche de Nora, aparcado en la puerta de la casa.

Brian no se lo piensa dos veces.

Vuelve a entrar a toda prisa en la vivienda y toma las llaves, que siempre descansan en un pequeño canasto, en una mesita junto a la puerta. En ese instante, Nora sale de la cocina con una taza de té en las manos. Lo sorprende con las llaves del coche en la mano, dispuesto a salir corriendo hacia el exterior.

—¿Qué pasa? —alcanza a preguntar al notar la expresión descompuesta del músico.

Pero Brian no tiene tiempo de explicar qué hace ahí ni por qué está a punto de llevarse algo que no le pertenece. Se precipita hacia la calle y se sube de un salto al volante. Gira la llave y el motor ronronea.

Nora lo sigue hasta la acera, desconcertada, sin terminar de entender.

—¡Brian! —grita al ver que su coche arranca a toda velocidad.

En apenas un segundo, el vehículo ha desaparecido al final de la calle.

Y ni Nora ni nadie que por casualidad haya presenciado la huida podría imaginar lo que está a punto de ocurrir.

## 82

—Es un asesino peligroso —gruñe Milton, el rostro aún marcado por las huellas de la paliza. Se inclina hacia delante, exhibiendo las heridas como si fueran pruebas indiscutibles—. Mató a sangre fría a su novia y luego se fugó de la justicia. ¡Miren cómo se ensañó conmigo cuando me enfrenté a él!

Nora se retuerce las manos con desesperación. Su voz se eleva, aguda y quebrada por la incredulidad:

—¡Y me robó el coche! —exclama—. ¡No puedo creer que estos meses haya tenido a un criminal viviendo bajo mi techo!

—No sé qué atrocidad le dijo a mi hija… —murmura Aurora, pálida y consumida por el dolor—. Pero Ángela murió justo después de hablar con él. Nunca sabremos si le hizo algo que le causara la muerte.

El ambiente en la sala se tensa hasta que Begoña lo corta con su tono frío y firme:

—Lo sorprendí intentando forzar la puerta del despacho de una enfermera en el hospital. Estoy segura de que quería robar algo de valor. —Su certeza, más parecida a una sentencia, se clava en todos los presentes.

Vicente Robledo, siempre racional, habla con un tono calmado, casi desapasionado:

—Y resulta que tenía la noche libre cuando mataron a Daniel en el restaurante. —Hace una pausa breve mientras la lógica de su argumento queda en el aire—. No hace falta ser un genio para darse cuenta de que fue él quien lo asesinó.

Manuel, el oficial al cargo, termina de anotar los testimonios en su libreta. Relee sus apuntes con detenimiento, en silencio. Luego se ajusta la gorra, levanta la mirada y declara con voz firme:

—Quédense tranquilos. Les aseguro que esta noche Brian Miranda duerme en el calabozo.

—Kevin Quiroga —corrige Milton con voz serena—. Ese es su verdadero nombre.

El policía asiente sin inmutarse.

—Como sea. Este delincuente tiene las horas contadas.

Y, por desgracia, Manuel está en lo cierto.

## 83

Brian calcula que aún le queda una hora y media de carretera antes de llegar a la casa donde Josef pasó sus últimos años de vida, y donde cree que mantienen cautiva a Elena. Por más que lo intenta, no logra imaginar quién podría querer encerrarla ni por qué alguien llegaría a cometer semejante delito.

Solo dos certezas lo impulsan a pisar el acelerador con rabia.

La primera, que a Victoria, la antigua enfermera de Hausser, la vieron metiendo a Elena a la fuerza dentro de un vehículo.

La segunda, que tiene exactamente una hora y media para llegar. Y Brian sabe mejor que nadie que en noventa minutos pueden suceder cosas terribles, cosas capaces de destrozar una vida en un abrir y cerrar de ojos.

Ha vivido ese tipo de situaciones más veces de las que desearía.

Sobre todo cuando respondía al nombre de Kevin.

Cambia de marcha con brusquedad. Sus recuerdos se desplazan de golpe en el tiempo y se instalan ahí, junto a él, dentro del vehículo.

Así comenzó su pesadilla:

—¡¿Cómo has podido, Maggie?! ¡Yo te quiero!

Ella necesitaba con urgencia hacerle entender sus motivos y cuál era su objetivo. Pero él no atendía a razones. Había descubierto por accidente la relación de ella, su novia, con el director de orquesta, el prestigioso Octavio Lara. Maggie, la mujer a la que amaba con locura, tenía un romance con uno de sus superiores, un intocable en la comunidad musical. Y, además, casado.

Brian entra en una curva pronunciada sin siquiera levantar el pie del acelerador. Está excitado, alerta. La adrenalina hace su trabajo y lo obliga a mantener los ojos fijos en la carretera.

—¡Aguanta, Elena! —se sorprende a sí mismo diciendo en voz alta.

Lo que pasó con Maggie no fue culpa suya, aunque muchos quisieran creerlo. El destino le tendió una trampa.

—No es lo que piensas, Kevin —le dijo ella en un susurro desesperado—. Hay cosas que no sabes. ¡Cosas peligrosas! No todo es lo que parece.

Pero, para él, todo era exactamente lo que parecía: el engaño, la traición, los celos… El amor entre ellos siempre había sido intenso, apasionado. Pero aquella noche todo se desmoronó. Fue esa misma noche cuando descubrió que Maggie tenía planes de revelar la verdad sobre una red de corrupción que implicaba a varios músicos importantes, en particular a Octavio Lara, su amante.

Y eso la había convertido en un blanco a eliminar.

«La pesadilla no puede volver a repetirse», declara. Otra vez no. Si no logró salvar a Maggie en el pasado, tiene que ayudar a Elena en el presente.

Debe encontrarla con vida.

—Desapareceré un tiempo —le dijo Maggie cuando, días después, la sorprendió haciendo la maleta—. Es lo mejor para todos, sobre todo para nosotros.

—Iré contigo, no pienso dejarte sola.

—No, Kevin, lo siento. Ya tengo el billete para esta noche.

—Al menos, llévate mi coche para ir al aeropuerto.

Ahora que lo piensa, en el fondo ella quería protegerlo. Quería dejarlo fuera de esa telaraña de corrupción y peligro en la cual Maggie había caído al involucrarse con su amante. Por eso necesitaba huir cuanto antes, para escapar de él, pero no se lo permitieron.

Brian acelera aún más. Las curvas empiezan a ser más cerradas y el coche se desliza peligrosamente en cada vuelta, haciendo chirriar los neumáticos. Él no reduce la marcha. La cautela no sirve de nada en esta ocasión. No hay margen para el error. Elena podría estar condenada a acabar igual que Maggie.

«¿Cómo no lo vi venir?», se pregunta mientras el reloj digital del vehículo le informa de que ya está más cerca de su destino.

La policía no tardó en llegar a su apartamento cuando encontraron el cuerpo de Maggie en el maletero. Recuerda la escena como si fuera ayer: las luces azules parpadeando al otro lado de la ventana, el incansable interrogatorio de los policías, el filo de las esposas alrededor de las muñecas.

Él intentó explicarles que le había ofrecido el coche para que se fuera al aeropuerto; que ella temía por su vida; que para encontrar a los culpables debían empezar por interrogar a Octavio Lara. Pero nadie lo escuchó. Los oficiales solo se limitaron a mirarlo con desconfianza.

Y a las pocas horas llegó el gran mazazo: Octavio Lara, el afamado director de orquesta, el gran hombre de prestigio y amante de Maggie, lo incriminó. Declaró que Kevin estaba celoso de su relación y que era conocido en el mundo de la música por sus peligrosos ataques de ira. Fue su palabra contra la de él. La justicia creyó al poderoso y condenó al débil.

Se le vino el mundo encima.

Lo que le sucedió a Maggie lo cambió para siempre. Pero también lo preparó para este momento. Si algo había aprendido era que rara vez la justicia llega por sí sola. Hay que pelear por ella y arrancársela de las manos a unos pocos privilegiados.

«Elena está viva, tiene que estarlo», declara con los dedos atenazados al volante. Unos monstruos destruyeron la vida de la mujer a la que amaba y, ahora, otro engendro desconocido acecha a la persona que le interesa más de lo que él está dispuesto a admitir.

Pisa con fuerza el freno.

La casa de Josef lo saluda al otro lado del parabrisas.

La coqueta construcción de estilo español naufraga en la oscuridad de la noche. Brian aparca. El corazón le late con fuerza. Sale del coche. Las suelas de sus gastadas botas crujen sobre la grava del camino de acceso. Avanza sigiloso por una senda sombría delimitada por arcos de piedra cubiertos por una enredadera que también parece dormir, como todo lo que lo rodea.

Un camino de baldosas blanquinegras lo conduce hasta la entrada. En la pared, junto al timbre, casi como una advertencia, descubre el escudo de armas de la familia Hausser: un yelmo medieval que se alza desde el centro de una delicada flor de lis.

Brian mira la fachada con una mezcla de miedo y determinación.

Esta vez no fallará.

Esta vez no perderá a la mujer que ama.

Y con ese pensamiento en mente, echando mano de todas sus fuerzas y su coraje, se lanza como un huracán contra la puerta.

## 84

Página tras página, su expresión va cambiando y una sombra oscura se le instala en los ojos. La frialdad clínica de las anotaciones del doctor Hausser, escritas con su perfecta caligrafía en el expediente de Elena, contrasta con el terror creciente que la invade. Cada diagnóstico, cada fórmula, cada pequeño detalle técnico señala lo inevitable: Elena no sobrevivirá al procedimiento.

Al terminar de leer el informe, el horror se cierne sobre Luisa como una verdad irrefutable.

Josef Hausser, su mentor, el hombre en quien más confía, la persona por la que fue capaz de mentir durante años, ha decidido jugar con la vida de su hija.

Siente una mezcla de rabia y traición, como si algo en ella se quebrara irreparablemente.

¿Cómo ha sido capaz de llegar a *esto*?

Una cosa es que la obligara a engañar a Elena diciéndole que su padre había sufrido un derrame, cosa que no era cierta, pero otra muy distinta es condenar a su propia hija a una muerte segura.

A una muerte de ojos abiertos.

A una muerte de lenta agonía.

—Los exámenes son lapidarios. —Luisa se atreve a romper el silencio y apunta al médico con el expediente—. El hemograma, el perfil de inmunoglobulinas, el electrocardiograma... Usted me dijo que solo íbamos a trabajar en una cura de la eclampsia, pero... ¡Elena presenta una insuficiencia suprarrenal que ni siquiera hemos tratado de compensar!

Josef no muestra reacción alguna. Recibe los papeles con la misma frialdad que si estuviera manejando uno de sus instrumentos quirúrgicos, y los hojea con calma.

—¿Cuál es la idea, doctor? ¿Asesinar a dos inocentes? —lanza Luisa.

Victoria, que termina de esterilizar algunos tubos de ensayo, fulmina a su colega con la mirada.

—Creo que es hora de que te vayas a tu casa —dice la enfermera—. La jornada ha sido muy larga y es evidente que estás muy cansada.

Sobre la camilla, Elena comienza a despertarse. Lo primero que percibe es el frío glacial que soplan los conductos del aire acondicionado. Luego los sonidos llegan a sus oídos, distorsionados pero reconocibles. Identifica las voces de su padre, Luisa y Victoria. Aunque tiene los sentidos nublados, las palabras le retumban en la cabeza. Intenta moverse sin llamar la atención, pero las correas que le sujetan las muñecas y los tobillos le laceran dolorosamente la piel.

—¡Ángela ha muerto! Me avisaron del hospital —informa Luisa—. ¿Y ahora qué? ¿Es el turno de Elena? ¡Es su hija, doctor!

—No dramatices —masculla Josef, sin apartar la vista de los documentos médicos—. Todo está controlado. ¿Crees que no he pensado en los efectos secundarios?

—¡¿Controlado?! —espeta Luisa, esta vez alzando la voz—. ¿Es que no me ha escuchado? ¡Ángela está muerta, y eso es mucho más que sufrir un efecto secundario! Su cuerpo no resistió. Y ahora... su propia hija... Sangre de su sangre.

—Basta —la corta Victoria—. Lo mejor será que te vayas.

—¡Su organismo no soportará el embarazo con esos valores tan inestables, doctor! —prosigue Luisa, sin intención de detenerse—. Estamos jugando con su vida.

Ajena a la discusión, Elena se revuelve en la camilla, forcejeando con las ataduras mientras la respiración se le acelera. Le tiemblan las manos, pero sigue tirando con desesperación.

Josef por fin levanta los ojos de los papeles, sin un atisbo de emoción. Su frialdad es perturbadora.

—Ya lo he considerado —responde, impasible mientras se acerca a uno de los muebles del laboratorio—. Y he tomado todas las precauciones necesarias.

Con infinita calma saca un estuche plateado de un cajón. Al abrir la tapa, la tenue luz de la estancia hace brillar tres jeringas ordenadas meticulosamente sobre un delicado paño de seda.

—Aquí está la solución. Llevo meses preparándola —anuncia señalando una de ellas, que alberga un líquido ambarino—. Esta inyección contiene un tratamiento experimental que puede recomponer el organismo de Elena.

—¿Una cura? —pregunta Luisa.

—Sí, podríamos llamarlo así. Una proteína ya sintetizada cargada de excipientes activos, estabilizadores y adyuvantes.

—¿Y las demás qué tienen…?

Josef Hausser pasa los dedos por encima de las otras dos jeringas, como si acariciara el teclado de un piano. Acto seguido, se aleja unos pasos de las mujeres y se acerca a la camilla donde reposa Elena, que, al verlo, se mantiene inmóvil y cierra los ojos.

—Imagino que después de todos estos años trabajando a mi lado ya saben que la aparición de la eclampsia se asocia a un factor hereditario, pero también a elementos ambientales, como la ansiedad y el estrés. Eso significa que las mujeres tienen dentro de sí un gen que rige el comportamiento psicosomático y ansioso, que puede activarse o no…

Josef toma la jeringa del líquido ambarino. Se queda observándola de la misma manera que se contempla una obra maestra.

—Durante todos estos años he intentado sintetizar una proteína que regule la actividad del gen asociado a la ansiedad y el estrés, para así poder controlar y modificar la patología. Mi idea es regular el gen de la eclampsia por medio de un gen traspuesto a una bacteria inofensiva.

Josef entonces señala las otras dos jeringas que aún reposan sobre el paño de seda, dentro de la caja metálica.

—Para eso hay que trasplantar el gen regulador de la eclampsia y sus síntomas asociados a una bacteria inofensiva, que transporta el gen hasta las personas que lo van a necesitar. Y esa bacteria se le inyecta a la mujer enferma.

Luisa retrocede un paso, horrorizada.

—Sí, hay que tener mucho cuidado —explica el médico, que adivina los pensamientos de la enfermera—. Dicha bacteria puede mutar, ya que vivimos en un mundo plagado de antibióticos. De ser así, algunas bacterias desarrollarían capacidades ponzoñosas, con el agravante de que no se sabría cuáles son peligrosas y cuáles no —agrega, y deja la jeringa en su sitio.

—¿Quiere decir que planea administrarle a Elena algo que podría matarla si se vuelve maligno...? —pregunta Luisa con asombro—. ¡Eso destruiría su organismo desde dentro!

—Exactamente —señala Josef—. Y no hay modo de saberlo. Es una amenaza calculada. Solo la bacteria inofensiva y controlada generará los síntomas que me interesan. En cambio, estas otras dos jeringas son... una ruleta rusa. —Y antes de que la mujer continúe con sus descargos, se apresura en señalar—: Para avanzar en la ciencia es preciso asumir riesgos. Y mi hija comprende el sacrificio. Al fin y al cabo, ella también es científica.

Elena, siempre pendiente de no llamar la atención, hace otro intento de soltarse. Pero la tela cruje cuando las manos tiran de las correas.

De pronto, oyen lo que parece ser un violento frenazo en el exterior. A los pocos minutos, un fuerte ruido que proviene de la puerta de entrada les deja saber que, en efecto, alguien intenta entrar en la casa.

—¡Ya sabéis lo que tenéis que hacer! —ordena Josef.

Porque, en ese mismo instante, el huracanado grito de Brian inunda por completo el laboratorio:

—¡¡Elena!!

## 85

Y en el centro del huracán estoy yo, o lo que queda de mí. Mi cuerpo frágil atado a la camilla. Mi mente flota entre el presente y una oscuridad densa que me envuelve. No siento nada, salvo un profundo vacío.

¿Dónde se ha ido mi padre?

¿Cómo han desaparecido tan rápido Luisa y Victoria?

—¡Elena! —Su voz corta la niebla de mi mente.

Entonces la puerta del laboratorio se desploma con un estruendo y los goznes salen volando por los aires. La hoja de madera cae y lo aplasta todo a su paso. Y allí, entre los restos, aparece Brian, jadeante, lleno de furia.

Lo veo entrar, rápido y decidido. Pero antes de llegar a mí se detiene en seco. Sus ojos se agrandan perplejos. Seguro que el laboratorio al que se enfrenta no tiene nada que ver con lo que esperaba. Ya no es la residencia del médico jubilado que él había conocido conmigo semanas atrás. Es otra cosa: un monstruo de cables y máquinas, repleto de monitores que brillan con datos incomprensibles, tubos, equipos, luces que parpadean, microscopios.

—¡Estás aquí! —exclama, y me mira con alivio.

Por fin corre a mi encuentro. Sus manos temblorosas luchan contra las correas. Siento que las muñecas me queman al liberarse, pero no emito ni un sonido. Entonces, de repente, estoy en sus brazos. Brian me sostiene como si yo fuera a romperme. Quiero decirle algo. Gracias. Te amo. Pero mi voz es apenas un susurro.

—Ya estás a salvo, Elena —me dice, con una mezcla de prisa y ternura que me hace temblar. Pero no porque esté asustada, sino porque siento cómo mi cuerpo se resquebraja bajo el peso de todo lo que ha pasado.

Lo abrazo con las pocas fuerzas que me quedan. El calor de su piel se filtra lentamente en la mía, pero no es suficiente. Sigo helada. Perdida en un abismo que no consigo abandonar.

—¿Quién te ha traído hasta aquí? —pregunta endureciendo el tono de voz.

Intento explicarle. Salía de la librería de Ángela. Estaba oscuro. Alguien me golpeó, me arrastró hasta un vehículo… Pero no logro formar las palabras. Mi cerebro no funciona bien. Han sido las inyecciones, estoy segura. Las dosis de químicos que corren por mis venas no me dejan pensar.

—¡¿De quién son estos aparatos?! —exclama Brian, con la rabia creciéndole en la voz.

Pero antes de que pueda responderle, se oyen pasos. No son los de Brian. No son los míos. Se da la vuelta y se le tensan los músculos.

Yo sé quién es.

Lo sé antes de verlo.

Josef Hausser está aquí.

El demonio en persona.

Nos observa. Sus ojos vacíos nos miran como si todo esto fuera un juego. Como si supiera que esta vez también va a ganar.

—No..., no es posible —murmura Brian.

Mi padre sonríe.

Sí, está seguro de que esta vez también va a salirse con la suya. Su expresión trasluce que, si fue capaz de regresar de la muerte, también será capaz de deshacerse de nosotros con apenas un barrido de la mano.

—Sí, estoy vivo —confirma—. Es un gusto conocerte, Kevin. Begoña me ha hablado mucho de ti.

Siento que Brian se tensa y adivino lo que está a punto de hacer.

—Lástima que tengas que irte tan pronto —prosigue mi padre, inmutable—. Los asesinos como tú no son bienvenidos en mi laboratorio.

La violencia de lo que sigue me aturde.

Brian salta sobre él como un gato salvaje.

Un grito desesperado se me escapa de la garganta y desgarra el aire.

—¡Nooo! ¡No le hagas daño!

En mi confusión, ni siquiera tengo muy claro a cuál de los dos estoy protegiendo.

Brian embiste con una furia descontrolada. El primer impacto rompe el silencio con un crujido seco: es el sonido de cinco nudillos estrellándose contra una mandíbula ajena. Josef apenas retrocede, y suelta una risa oscura que se ahoga en la sangre que empieza a brotarle de la boca. Me siento impotente, atrapada en mi propio cuerpo, incapaz de intervenir. Quiero detenerlos, pero estoy paralizada por algo más que el miedo. En un movimiento rápido, el puño de mi padre se hunde en el abdomen de Brian y le corta el aire. Brian se tambalea, pero tampoco se detiene. En sus ojos arde algo que no es solo rabia: es la desesperación de quien lucha por lo que más ama. Los cuerpos vuelven a chocar. Ninguno de los dos piensa parar. No van a renunciar. Son inagotables. Veo la sangre salpicar el suelo. Son gotas, muchas gotas. Gotas que forman charcos escarlata en el suelo blanco. Las manos de Josef se cierran como tenazas alrededor del cuello de Brian. El rostro de Brian se congestiona cada vez más, rojo, asfixiado. Lo está estrangulando. Lo va a matar. Yo había anticipado su triunfo apenas le vi la sonrisa. Esa clásica sonrisa. Esa sonrisa de hombre con poder acostumbrado a la impunidad. Con una fuerza descomunal, Brian logra hundir la rodilla en las costillas de Josef, que lanza un grito de dolor. Mi padre cae de espaldas. Brian se le va a echar encima para rematarlo, pero todo cambia cuando el destello metálico de un cuchillo relampaguea junto a nosotros.

Es Victoria.

Su mano firme sostiene la hoja de una navaja que hunde levemente en mi cuello.

—Suéltalo —ordena la enfermera con voz fría y autoritaria—. Suelta al doctor Hausser o ella muere.

## 86

El inesperado repiqueteo del teléfono obliga a Begoña a precipitarse hasta la cocina. Apenas descuelga el auricular, la angustia en la voz de Luisa al otro lado de la línea le anticipa que el plan está en peligro.

—Brian está aquí —la oye susurrar.

—Ahora mismo aviso a la policía —responde con premura.

Solo basta una llamada para que, a los pocos minutos, la carretera entera se llene del sonido de las sirenas y el despliegue de las patrullas.

A partir de ese momento, ya no hay vuelta atrás: el reloj ha comenzado a correr.

Y todos tienen el tiempo en contra.

## 87

«Deja que los muertos entierren a los muertos».

El refrán que mi padre repetía a diario es lo único en lo que consigo pensar mientras la hoja de la navaja sigue amenazando mi cuello.

¿Por qué?

¿Por qué recordar eso *justo* ahora?

¿Será por esa absurda creencia popular de que cuando estamos a punto de fallecer la vida entera pasa frente a nuestros ojos?

¿Eso quiere decir que, en efecto, voy a morir?

Después de la inesperada aparición de Victoria, el mundo parece haberse detenido a mi alrededor. Brian se ha quedado suspendido a mitad de un salto, con el rostro hinchado y salpicado de sangre, la boca abierta en un grito mudo que no termina de estallar. A su lado, mi padre, el gran doctor Josef Hausser, intenta levantarse del suelo en una postura que lo asemeja más a una bestia salvaje que a un ser humano. ¿Y yo?

Yo estoy petrificada en un estado de eterna sorpresa desde que la enfermera me torció un brazo contra la espalda y me clavó la punta de un cuchillo cerca de la vena yugular interna.

Pero la verdad es que no, en realidad no estamos congelados. Si uno presta atención, consigue darse cuenta de que todos los implicados —Brian, mi padre, Victoria y yo— nos movemos a una velocidad casi imperceptible. Nuestra existencia se ha convertido en una película proyectada con una lentitud insoportable, como si el flujo de los acontecimientos hubiera decidido renunciar a su única labor, que es permitir que las cosas sucedan. Y en medio de este desesperante tiempo elástico en el que estamos atrapados, me invade una lucidez que hace todo el proceso aún más doloroso y cruel, ya que tengo espacio para pensar, recordar, revivir lo que ya viví y repasar cada decisión que me ha traído hasta aquí.

Por primera vez tengo motivos para no querer morir.

Dos poderosas razones.

Estoy embarazada.

Y acabo de confirmar que amo a Brian.

Pero, por más que lo intento, no logro frenar la sucesión de imágenes en mi cabeza: y, aunque no quiero, vuelvo a ver a Daniel pidiéndome matrimonio; mi cumpleaños número cuatro, cuando me regalaron una muñeca a la que, debido a un defecto de fábrica, se le cerraba un ojo más despacio que el otro; las manos de Begoña troceando solo para mí un enorme pan recién horneado; la sonrisa de mi madre enseñándome sus perfumes y cremas de belleza; la maldita sonda que tanto odiaba inyectándome líquido a través de la nariz.

No, me niego. No acepto este destino.

Todo tiene una explicación lógica. Siempre. Y el estado en el que me encuentro también debe tenerla.

Piensa, Elena, piensa. Para eso eres bioquímica.

Estoy segura de que hace tiempo leí un estudio que concluye que, en los momentos cercanos a la muerte, el cerebro experimenta un aumento de actividad neural. De esa manera, entra en una fase de estimulación intensa que genera estados de conciencia elevados. Seguro que ese torbellino de actividad explicaría la activación de los recuerdos emocionalmente significativos.

Ahí está, la ciencia al rescate.

En esta ocasión la cháchara científica, esa que no le importa a nadie, sí tiene una utilidad: acaba de validar que no me estoy muriendo. Es solo que mis células grises se encuentran frenéticas y alborotadas ante una avalancha de estrés extremo.

Descubro que la punta del cuchillo se ha insertado un poquito más en mi cuello. La boca de Brian ha terminado de abrirse, pero sigue en total mutismo. Mi padre ha conseguido despegar el cuerpo del suelo. Aun así, a pesar de ese mínimo avance, tengo la sensación de llevar una eternidad atrapada en esta burbuja, en esta misma pose, en esta misma situación, en este mismo tiempo presente que de tanto estirarse se confunde con el pasado y se alarga hasta tragarse el futuro.

Pero, de pronto, ocurre.

Un estremecimiento que me sube por la espina dorsal me anuncia que la tierra está a punto de volver a girar. Y así es: de golpe, el universo recupera su velocidad normal y, junto con el movimiento, regresan también, como un bofetón, el dolor de la navaja al abrir mi primera capa de piel, el intenso olor a desinfectante, el gélido viento del aire acondicionado y la tensión que electriza el aire del laboratorio.

—¡Elena no puede morir! —ruge mi padre a la enfermera—. El hijo que lleva en el vientre va a ayudarme a salvar miles de vidas. ¡Ese niño ya tiene en su plasma sanguíneo el gen modificado!

Al oírlo, Brian se detiene, sacudido por la inesperada noticia. No es ni el momento ni el modo en que hubiera deseado que se enterara. Por desgracia, no tengo más remedio que asentir. Mis ojos buscan los suyos, pero todo lo que encuentro es confusión y dolor reflejados en su rostro. Intento no derrumbarme bajo el peso de esta verdad.

Mientras tanto, mi padre, orgulloso de lo que ha hecho, sigue hablando con esa arrogancia enfermiza que siempre lo ha caracterizado.

—Ese niño —continúa— es la prueba de mi victoria sobre la naturaleza. He conseguido modificar el gen asociado a la eclampsia. ¡Ninguna mujer volverá a perder la vida en el parto, y será gracias a mí!

Obediente, Victoria retira la navaja de mi cuello. La siento retroceder un par de pasos a mis espaldas.

Brian, por su parte, permanece inmóvil, la vista fija en el suelo. Seguro que está tratando de asimilar la noticia de mi embarazo. Es evidente que la revelación de mi padre ha sido un cuchillo que lo ha apuñalado sin piedad.

Josef Hausser parece leerme la mente. Porque después de mirarme unos instantes, se gira hacia Brian con un gesto de desprecio profundo.

—Pensé que había sido claro al pedirte que te fueras —dice—. Por lo visto, esto es algo que también tendré que resolver yo.

Y justo cuando pienso que la maldad de mi padre ha alcanzado su punto máximo, hace un rápido movimiento con una mano y saca una pistola del interior de un cajón.

Brian comprende que él es el objetivo del cañón del arma.

Una vez más, el mundo se detiene. Y yo soy capaz de presenciar, con todo lujo de detalles, lo que ocurre frente a mis narices.

Brian se lanza instintivamente hacia un lado en un intento por escapar de la futura trayectoria del proyectil.

Entonces se oye el disparo.

El fogonazo estalla en la boca del arma.

Puedo ver con toda precisión la bala cortando el aire gélido del laboratorio y dejando tras de sí una fumarola delgada y recta.

Brian cruza por detrás del cuerpo de Victoria.

El disparo impacta en el pecho de la enfermera, desgarrando la tela del uniforme, la piel, los músculos y el hueso.

Cómo algo tan pequeño puede provocar una hemorragia tan grande.

La mujer se desploma sobre su propia sangre igual que una marioneta a la que le han cortado los hilos. La vida la abandona antes de que alcance a cerrar los ojos.

«Deja que los muertos entierren a los muertos».

Mi padre aún sostiene en las manos la pistola humeante. Observa el cadáver de Victoria en el suelo, sin el más mínimo asomo de remordimiento.

Yo sé que esto aún no se ha acabado.

Sé que Josef Hausser no va a rendirse hasta ver a Brian exhalar su último aliento. Por intruso. Por haberse atrevido a enfrentarse a él. Por protegerme de mi propio padre.

Y no me equivoco. Lo veo apuntar otra vez el revólver. Esta vez no hay nada tras lo cual Brian pueda esconderse. Su cuerpo es su propio escudo.

Mi padre entrecierra un párpado para afinar la puntería. Posa el dedo sobre el gatillo.

Si voy a actuar, tengo apenas una fracción de segundo. El tiempo exacto que tarda el martillo de la pistola en liberarse y golpear con fuerza el percutor. Una vez que eso haya ocurrido, la energía del golpe detonará el pequeño compuesto explosivo, generando una chispa que encenderá la pólvora contenida dentro de la cápsula del proyectil. Esta expansión impulsará la bala hacia delante y hará que esta rompa el sello y atraviese el cañón.

Todo eso en apenas un pestañeo.

Es increíble cómo a veces nos jugamos la vida entera en un abrir y cerrar de ojos.

Con plena consciencia de lo que hago, salto hacia delante y estiro una mano hacia la mesa que tengo a la derecha. Mis dedos se aferran a una de las tres jeringas que reposan, ajenas a todo, sobre el paño de seda.

«Esta inyección contiene un tratamiento experimental que puede recomponer el organismo de Elena —recuerdo la explicación de mi padre—. Estas otras dos jeringas son... una ruleta rusa».

Soy incapaz de saber cuál de todas las jeringas cojo. Pero no me interesa el contenido. Solo pretendo usar la aguja como arma para defender a Brian.

Oigo el clic del martillo de la pistola al liberarse.

El tiempo se acaba.

Brian tiene las horas contadas.

Por eso me estiro aún más, sujetándome del propio aire para impulsarme y alcanzar el cuerpo de mi padre.

Alargo el brazo.

Alzo la mano con determinación.

Le clavo la aguja en la espalda con todas las fuerzas que me quedan.

Lo he conseguido.

Mi arrebato de valentía hace que el tiro se desvíe.

Mientras la bala corta el aire y se estrella contra uno de los muros del laboratorio, todo dentro del arma se vuelve a alinear con precisión.

Mi padre intenta gritar, pero se queda congelado. Se le agrandan los ojos, reflejo de un terror absoluto.

«Hay que tener mucho cuidado. Dicha bacteria puede mutar, ya que vivimos en un mundo plagado de antibióticos. De ser así, algunas bacterias desarrollarían capacidades ponzoñosas».

Y entonces todo se desata.

Su cuerpo empieza a convulsionar, a temblar de forma incontrolable. Se lleva las manos al cuello, pero es inútil.

«¡Eso destruiría su organismo desde dentro!».

Acabo de descubrir qué compuesto le he inyectado a mi padre.

El veneno corre por sus venas como un río desbocado y desata una destrucción que ya ninguna ciencia puede detener. La piel comienza a hinchársele y a enrojecer. Las venas del rostro y las manos se le oscurecen, y se abultan hasta deformarse por completo. Cae de rodillas, gruñendo, su cuerpo desmoronándose bajo la presión de una agonía indescriptible. La piel se descompone ante mis ojos, transformándose en una masa viscosa que borra sus facciones. De lo que antes eran su boca y su nariz comienzan a brotar líquidos oscuros que burbujean como si la sangre se hubiera convertido en ácido. La carne se derrite y termina de desprenderse de los huesos, chorreando en gajos hasta el suelo.

Al cabo de unos instantes, Josef Hausser queda reducido a una pila de restos gelatinosos e irreconocibles.

El silencio que sigue a su muerte es ensordecedor.

Y eso nos permite oír, con toda claridad, el sonido de las patrullas de policía en el exterior.

## 88

Las patrullas rodean la casa de Josef y las poderosas luces azules lanzan destellos intermitentes que convierten la calle en un acuario gigantesco. Manuel baja veloz de uno de los coches, con un megáfono pegado a la boca y sus otros cinco dedos en torno a su arma.

—¡Salgan con las manos en alto! —Su voz metálica retumba a todo volumen a lo largo de la manzana.

Los efectivos se despliegan en grupos y ocupan posiciones estratégicas. Desenfundan las armas, que apuntan hacia la vivienda. La expectación aumenta mientras los vecinos observan detrás de las ventanas entreabiertas. Algunos incluso se atreven a aventurarse hasta la esquina, desafiando las advertencias de las autoridades.

De pronto, hay movimiento cerca de los arcos de piedra de la entrada.

Una sombra en la distancia.

Ruido de pasos.

Un gozne que cruje.

La enredadera se ilumina cuando la puerta de la casa termina de abrirse lentamente.

Manuel intercambia una mirada tensa con uno de sus hombres. Siempre hay que prever un movimiento inesperado, un intento de fuga, de resistencia.

Luisa aparece en el umbral, los brazos alzados y el rostro pálido.

Camina unos pasos hacia la calle bajo la mirada atenta de los agentes.

—¡No disparen! —grita Manuel.

Corre hacia la enfermera y llega a su lado en apenas un par de zancadas.

—Fui yo quien avisó de que Kevin Quiroga está aquí —aclara ella.

—¿El sospechoso sigue dentro?

Luisa asiente, su expresión dominada por la angustia.

—¡Es horrible! —se lamenta la mujer—. ¡Los han matado! ¡Al doctor Hausser... y también a Victoria!

Alarmado al descubrir que ya hay dos cadáveres en la residencia, Manuel se separa unos pasos, se vuelve hacia la casa y da otra orden a través del megáfono:

—¡Kevin Quiroga, estás rodeado! ¡Sal de inmediato con las manos en alto!

Pero la única respuesta que recibe es el silencio. Y, gracias a ese silencio, todos saben que el siguiente movimiento les cambiará la vida para siempre.

## 89

—¡Salgan con las manos en alto!

Oigo a lo lejos la orden de la policía. A pesar de que la estancia en la que nos encontramos no tiene ventanas, creo reconocer la voz de Manuel, algo deformada por lo que, supongo, es un megáfono. Era cuestión de tiempo que dieran con mi paradero. Después de mi pelea con el padre Milton en el pasillo del hospital, estaba seguro de que iban a ponerse en mi contra. Todos. Pinomar entero. Porque la mejor manera de unir a un grupo de personas es buscarles un enemigo en común.

Primero fue Josef. Y luego me tocó el turno a mí.

Hace un par de años fue Kevin el que tuvo que huir. Ahora tendrá que ser Brian.

Pero esta vez es distinto: existe Elena. Y por más negra que se ponga la cosa, no voy a dejarla sola. Acaba de salvarme la vida. Ha matado a su propio padre para defenderme, y eso no es algo que pueda olvidar.

Ya hemos sufrido bastante. Ya hemos peleado más de lo necesario.

Y al menos uno de los dos debe volver a vivir en paz.

La cojo por los hombros y la obligo a apartarse de lo que una vez fue Josef Hausser y ahora es un charco maloliente. Intento abrazarla, pero no me lo permite. Me empuja a manotazos hacia atrás, no para separarse de mí, sino en una búsqueda desesperada de espacio para poder respirar. Está hiperventilando. Abre y cierra la boca con urgencia y los ojos se le han hundido en las cuencas más de lo normal. Durante un segundo me recuerda a alguien que no sé identificar.

—Elena —digo asustado—. ¿Qué te pasa?

Pero no consigo respuesta. Extiende ambos brazos hacia mí dejando a la vista algunas llagas enrojecidas y viscosas que le salpican la piel.

—¡Estás herida!

—Me estoy muriendo... —Es lo único que alcanza a decir.

Un ramalazo de dolor hace que se tambalee como si se hallara al borde de un abismo. Se aferra como puede a la mesa de trabajo que tiene justo a un lado. Dirijo los ojos hacia sus muslos, que comienzan a mancharse de sangre.

—¡El bebé! —grito.

Elena no parece escucharme. Se inclina bruscamente hacia delante, como si fuera a vomitar. Su rostro ha adquirido el color de la cera y luce opaco, sin brillo.

Ya sé a quién se parece: a Ángela en su lecho de muerte.

—Voy a sacarte de aquí —aseguro—. ¡Todo va a salir bien, te lo juro!

La veo alargar una mano temblorosa hacia una caja metálica que alberga en su interior dos jeringas. Deja los dedos suspendidos unos instantes sobre ellas, decidiendo cuál tomar.

—¿Qué pasa, Elena? ¿Qué necesitas?

—Una de ellas tiene la cura... —musita.

—¡Vamos a inyectártela! —exclamo ilusionado al saber que al menos hay una posible salida ante tanta desgracia.

Pero ella sigue indecisa, tambaleándose frágil, los muslos cada vez más rojos de sangre. Niega con la cabeza.

—Una de ellas podría causarme lo mismo que a mi padre —confiesa—. No sé cuál es el veneno y cuál el antídoto...

Me inclino yo también sobre la caja metálica, donde las dos jeringas reposan sobre un paño blanco de seda. Quiero ayudarla a elegir, pero parecen idénticas. Los líquidos son del mismo color y consistencia. No hay diferencia alguna.

Se me revuelve el estómago. Dos jeringas. Dos posibilidades. Una cura. Una mata. No hay forma de saberlo. Solo queda el maldito azar.

Y ella lo sabe. Y yo lo sé.

Es un salto al vacío absoluto.

Podría ser su salvación o su sentencia final.

—¡Kevin Quiroga, estás rodeado! ¡Sal de inmediato con las manos en alto! —se oye una vez más desde el exterior.

A pesar de los espasmos que le sacuden el cuerpo, veo cómo frunce el ceño. Tiene la piel cenicienta, húmeda de sudor. Se le está evaporando la vida.

—¿Kevin?

—Es mi verdadero nombre —confieso—. Es una larga historia que te voy a contar cuando salgamos de aquí.

Le busco los ojos y me enfrento a su mirada.

—Pase lo que pase, Elena, no dudes nunca de mi amor. Te amo como nunca he amado a nadie —exclamo.

—¡Vamos a entrar! —grita Manuel a través del megáfono, y su voz hace eco en los muros blancos del laboratorio.

Elena aprovecha el breve instante de distracción para tomar una de las jeringas. Me desespero. Le agarro la mano a la altura de la muñeca.

—No, Elena, no lo hagas —le suplico—. Voy a entregarme, saldré y pediré ayuda. Te llevarán al hospital y te curarán. ¡Solo tienes que aguantar un poco más!

Pero sabe que no dispone de ese tiempo. La vida se le escapa. Es evidente que está agotada. Trata de rebatirme, pero hasta la voz la ha abandonado. Me doy cuenta de que está agonizando. Lo sé porque pude ver cómo el alma de Ángela abandonaba su cuerpo. Y todo indica que está a punto de pasar lo mismo con Elena.

¿Cómo saber si ha elegido la jeringa correcta?

Por gestos me pide que la ayude a tumbarse en la camilla. Entonces la suelto y, en un descuido, cuando ella finge que se apoya, reúne las pocas fuerzas que le quedan y sale corriendo hacia el baño.

—¡Elena!

Pero cierra antes de que la alcance. Por encima de los frenéticos golpes que le doy a la puerta, oigo que pasa el cerrojo al otro lado.

—¡No lo hagas, Elena! —suplico mientras lanzo puñetazos contra la madera—. ¡Elena, no cometas una locura!

Sí, uno de los dos merece por fin ser feliz.

Y lo voy a hacer por ella. Porque Elena se merece un futuro junto al bebé que lleva en el vientre. Si no me echo encima toda la responsabilidad, no la van a dejar nunca en paz. Nadie la creerá. Se las van a ingeniar para culparla de las muertes de la enfermera y de Josef, e incluso del asesinato de Daniel. Manuel ya me lo advirtió: «Es la sospechosa principal del crimen de Daniel Cano». Van a encerrarla. Van a hacerla enloquecer. Ese hijo también va a crecer sin su madre. Hay demasiado en juego. Soy el único capaz de salvarla. Y si no pude ayudar a Maggie, esta vez sí lo voy a lograr.

—¡Elena, ábreme! ¡Elena, por favor! —pido por última vez.

Ante la imposibilidad de saber qué ocurre dentro del baño, recojo del suelo el revólver de Josef Hausser y, con él en las manos, me coloco enfrente de la puerta del laboratorio. Y aprieto fuerte la mandíbula, alerta, sobrecogido, porque ya oigo los pasos frenéticos de la policía acercándose por el pasillo.

A veces no queda más remedio que hacer el mundo arder.

## 90

Quince segundos son suficientes para que el contenido de una inyección se extienda por todo el organismo.

Por eso, los siguientes quince segundos serán claves en el futuro de Elena Hausser.

Si ha elegido la jeringa correcta, si su padre hizo bien su trabajo y si el contenido que flota dentro del tambor del dispositivo es el adecuado, Elena podrá seguir viviendo.

Por el contrario, si ha elegido la jeringa equivocada y el líquido que contiene resulta ser un compuesto tóxico plagado de bacterias perjudiciales, sus órganos colapsarán en cadena y caerá desplomada, al igual que Josef, presa de estertores y espasmos involuntarios.

Elena sabe que cada caso es incierto y que puede tener múltiples resultados posibles. De hecho, en este instante, encerrada en un baño y con el tiempo en contra, son muchas las alternativas e incertidumbres a las que se enfrenta. Demasiadas. Y, por desgracia, la ley de probabilidades nunca falla:

cuando algo puede salir mal, siempre sale mal. Cuando alguien puede tomar una mala decisión, siempre la toma. Si hay dos jeringas para elegir —una que contiene veneno y otra, la cura de todos su males— hay una altísima posibilidad de que haya escogido la equivocada.

Pero, por primera vez en su vida, Elena no tiene miedo a las consecuencias de su elección. Y ese arrebato de valentía, tan poco habitual en ella, se debe exclusivamente a una sola verdad: ya no tiene nada que perder.

Antes, cuando era muy poco lo que recordaba de su infancia, podía vivir en paz. Porque las atrocidades relacionadas con su apellido estaban ocultas en esa zona de su memoria a la que no había accedido nunca. Porque los recuerdos se desvirtúan, mutan, se disfrazan con ropajes ajenos y así se convierten en otra cosa. Por eso, a veces los que menos saben son los que mejor viven. Porque manejar información obliga a decidir, a actuar, a tomar partido. Y eso cuesta, cansa y, en ocasiones, lanza de bruces al peligro.

Y Elena Hausser ha experimentado en carne propia, durante demasiado tiempo, el peligro de su propio apellido.

Pero ahora tiene que tomar una decisión. Rápido.

Si presta atención, a lo lejos se oyen los gritos de Brian:

—¡Elena, no cometas una locura!

Elena orienta la aguja hacia la piel de su antebrazo. El tiempo de decidir se acabó. Es hora de actuar.

Es hora de descubrir quién ha ganado la partida: si la vida o la muerte.

Es hora de saber si ha elegido la jeringa correcta.

Entonces respira hondo, porque nunca le han gustado los pinchazos.

—¡Elena, ábreme! ¡Elena, por favor!

Y actúa.

Mientras siente el líquido cargado de estabilizadores, adyuvantes y excipientes activos correr sin freno por su organismo, recuerda paso a paso la sucesión de acontecimientos que la han llevado hasta ese preciso instante, a esa cornisa de la cual está a punto de caer. Y todos, todos ellos, tienen el rostro de Daniel.

Daniel. Maldito Daniel.

Y según se llena de odio al pensar en el que fue su marido, cierra los ojos para enfrentarse, en apenas quince segundos más, al resultado de su desesperada elección.

# Epílogo

La fila para entrar en la cárcel avanza lenta. Los murmullos de los otros visitantes y el golpeteo metálico de los detectores de seguridad ya forman parte de su rutina. Las luces frías y fluorescentes proyectan sombras duras sobre las paredes de hormigón gris, muros altos y desprovistos de vida que parecen absorber cualquier atisbo de calidez. El aire huele a metal, a polvo y a detergente, tan estéril y desprovisto de alma como el lugar mismo.

Elena sujeta con firmeza la mano de su hijo.

Desde hace cinco años, acude cada quince días, sin fallar ni uno solo.

Cinco años desde que Brian se declaró culpable para protegerla.

Cinco años desde que su vida cambió para siempre.

La correcta elección de la jeringa y el sacrificio de Brian la salvaron, pero la dejaron rota, con cicatrices que, aunque invisibles, están ahí, presentes en cada latido de su corazón. Reconstruir su vida ha sido un proceso lento y doloroso. Sin embargo, ha encontrado una extraña paz en la constancia de estas visitas, aunque la cárcel la ahogue y le recuerde inexorablemente el sótano de la casa de su padre.

El número 11 de Old Shadows Road.

Qué lejano siente todo aquello: ese pasado falso de su memoria, su dolorosa historia con Daniel, la turbulenta vida en Pinomar.

Pinomar.

Hace también cinco años que pisó por última vez el pueblo. Ni siquiera hizo el intento de regresar a la casa en busca de sus pertenencias. Cuando la policía sacó esposado a Brian desde el lugar donde Josef Hausser la había mantenido secuestrada, no tuvo otra alternativa que seguirlo de tribunal en tribunal hasta su sentencia definitiva. Atrás quedaron la residencia con su enorme vidriera de flor de lis, la cocina intacta desde su infancia, su ropa colgada en el armario, Begoña...

«¿Qué habrá sido de Begoña?», se pregunta de vez en cuando. ¿Qué haría con su vida una vez que Josef desapareció y ella se quedó sin una razón que justificara su presencia? ¿Y Nora? ¿Vicente Robledo? ¿El padre Milton? ¿Conseguirían también ellos dejar atrás el pasado para intentar comenzar una nueva vida, una sin venganzas, o seguirían deambulando por las calles perfectas de Pinomar en busca de una revancha que cada día parece más lejana?

El niño, ajeno a los pensamientos de su madre, tira de su mano con impaciencia. Por lo visto está inquieto por ver a Brian, como cada vez que lo visitan. Aunque no sea su padre biológico, se ha convertido en una especie de guía y mentor. Han creado un lazo profundo en esas breves visitas. Cada enseñanza, cada palabra de Brian es un legado mucho más valioso que lo que Daniel le habría ofrecido nunca. Elena se siente satisfecha, al menos en ese sentido.

Llegan al último control policial antes de entrar en la amplia sala destinada a las visitas. El espacio está lleno de sombras largas proyectadas por las luces parpadeantes del techo. Elena observa cómo las cámaras de vigilancia colgadas en las esquinas giran de forma robótica.

El funcionario de turno saluda a Elena, que le devuelve el gesto con una sonrisa automática. Han sido muchas las visitas. Pocos familiares son tan constantes. La mayoría desaparecen tras unos meses, pero Elena ha perseverado. Y lo ha hecho a pesar del dolor, de la culpa y de la sensación de vacío que la persigue.

Deja el bolso, el abrigo y el móvil en la cinta de seguridad. El niño, al principio reacio a soltar un cochecito de metal con el que juguetea para acortar el tiempo de espera, sonríe emocionado al verlo reaparecer al otro lado de la máquina, como si fuera magia. Elena también esboza una sonrisa, aunque siente que el peso en el pecho nunca desaparece del todo.

A medida que avanzan en la fila, el eco de sus pasos rebota en los muros desnudos y fríos del pasillo.

«Cinco años», piensa Elena.

Cinco años de espera.

Brian ha sido fuerte. Están seguros de que su buena conducta pronto le permitirá salir. Al menos eso es lo que asegura el abogado que ha llevado el caso desde el primer día.

La esperanza es una fecha anotada en un calendario.

Pero ¿qué pasará entonces?

¿Qué queda después de todo lo que han sufrido?

Intentando deshacerse de esas preguntas, Elena se concentra en su hijo. Lo mira con ternura. Él es su esperanza, su único futuro. Pero entonces nota que el niño se rasca el cuello con insistencia, tan fuerte que la obliga a detenerse.

—¿Qué pasa, amor? —pregunta.

El niño no responde. Solo sigue rascándose.

Elena se inclina sobre él y le quita la bufanda con cuidado.

Ahí está: una marca roja, perfectamente redonda, justo bajo la oreja izquierda de su hijo.

Elena no puede moverse.

Los dedos le tiemblan mientras tocan la piel enrojecida. Un escalofrío la atraviesa y los ojos se le llenan de lágrimas. No puede apartar la mirada de esa pequeña lesión que, de repente, parece un pozo sin fondo.

El niño, ajeno al pánico de su madre, la mira y sonríe.

—¿Vamos a ver a Brian, mamá? —pregunta alegre.

Elena es incapaz de articular palabra. El mundo entero ha desaparecido a su alrededor. Los murmullos de los otros visitantes se apagan. El zumbido de la seguridad se desvanece. Solo quedan ella, su hijo y esa herida. Y el terror ante la promesa de un nuevo comienzo.

—Elena Hausser, ya puede entrar —oye desde algún lugar cercano.

Pero Elena ya no está ahí.

Ni volverá a estar.

En su lugar, ha quedado una sombra. Apenas el esbozo de una silueta humana que, tambaleante, obedece al guardia y desaparece al otro lado de la puerta metálica.